위대한 소원

IV

위대한소원 4

초판 1쇄 인쇄 2019년 4월 16일
초판 1쇄 발행 2019년 4월 30일

지은이 하늘가리기
발행인 오영배
편집 편집부
디자인 Another
본문편집 오정인
제작 조하늬

펴낸곳 (주)삼양출판사 · 피오렛
주소 서울시 강북구 도봉로 173
대표 전화 02-980-2112 / **팩스** 02-983-0660
편집부 전화 02-987-9393 / **팩스** 02-980-2115
블로그 blog.naver.com/dan_gul
출판등록 1999년 3월 11일 제9-00046호

ISBN 979-11-283-9655-7 (04810) / 979-11-283-9651-9 (세트)

+ (주)삼양출판사 · 피오렛의 서면 허락 없이는 어떠한 형태나 수단으로도 이 책의 내용을 이용하지 못합니다.
+ 지은이와 협의하에 인지는 생략합니다. 잘못된 책은 구입한 곳에서 바꾸어 드립니다.
+ 이 도서의 국립중앙도서관 출판시도서목록(CIP)은 서지정보유통지원시스템홈페이지(http://seoji.nl.go.kr)와
+ 국가자료공동목록시스템(http://www.nl.go.kr/kolisnet)에서 이용하실 수 있습니다. (CIP제어번호: CIP2019013592)

fi ret 은 (주)삼양출판사의 로맨스 판타지 문학 브랜드입니다.

ROMANCE FANTASY NOVEL

하늘가리기
로맨스 판타지 장편 소설

위대한 소원

The Great Wish

IV

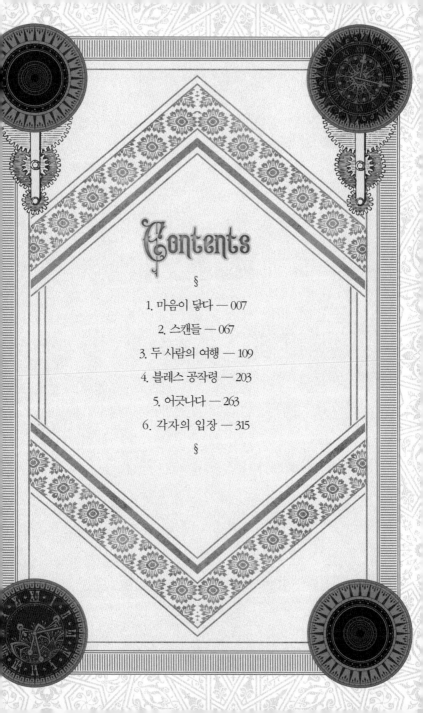

Contents

§

§

1장

마음이 닿다

경갑옷 차림으로 궁을 나서는 은왕을 시녀들이 배웅했다. 그녀의 검술 연습은 매일 꾸준했다. 갑옷을 입은 은왕이 홀로 가는 모습은 익숙한 광경이었다.

그녀는 허리의 검벨트에 검을 매달았으나 손에 또 검을 들었다. 연습 장소는 시에나가 오래전부터 애용하는 곳이었다. 목적지에 가까워질수록 그녀의 심장이 점점 빠르게 두근거렸다.

그리고 약속한 장소에 쿤이 서 있는 모습을 보면.

'아……'

가볍게 오한이 들었다. 요란하던 심장 박동이 갑자기 멈추면서 심장이 뿜어내는 뜨거운 피가 온몸으로 열기를 퍼뜨렸다. 기쁘다. 저 남자를 보는 것만으로도 기분이 고조되었다.

갑옷을 입은 그녀와 다르게 그는 흠잡을 데 없이 차려입었다. 그의 장신의 키는 큰 체격과 균형이 잘 맞았다. 비교할 다른 사람이 곁에 없으면 무척 날렵해 보였다.

그는 맨손이었다. 기사가 아닌 라드 후작이 무기를 들고 입궁했다가는 뒷말이 나올 테니 어쩔 수 없었다.

라드 상회가 후작의 것이라는 소문은 널리 퍼졌으나 칼리고 용병단은 모르는 자들이 더 많았다. 귀족들의 관심사는 아무래도 무력보다는 돈이니까. 그래서 예사롭지 않은 후작의 검술 실력은 거의 알려지지 않았다.

눈이 마주친 그가 미소 지었다.

시에나는 그에게 눈을 떼지 않으며 다가갔다. 한 걸음 다가가는 만큼 그는 쑥쑥 커졌다. 금세 한눈에 담을 수 없게 되었다. 만날 때마다 느끼지만, 그는 정말 커다란 남자였다.

시에나는 쿤을 보며 활짝 웃었다. 저절로 나오는 웃음을 참을 수 없었다.

그의 눈동자가 한층 어두워졌다고 느꼈다. 그리고 눈을 깜빡이는 짧은 찰나에 그가 바짝 다가왔다. 그의 입술이 그녀의 입술을 덮어 눌렀다.

처음엔 다급히 입술만 포갰다. 잠시 후 조금 여유를 찾았는지 그가 두 손으로 부드럽게 그녀의 얼굴을 감싸 쥐었다. 그가 고개를 더 기울이고 두 사람의 입술이 더 벌어졌다.

격렬하게 혀가 엉켰다. 서로 상대방의 안쪽을 빨아들이는 소리가 흘러나왔다.

그들의 키스는 언제나 뜨거웠다. 시에나는 그와 키스할 때마다 뜨거운 불을 삼키는 것 같았다. 데일 것처럼 선명한 감각이 짜릿했다.

'그는 내 입안을 차갑다고 느낄까?'

아무래도 두 사람의 체온이 약간 다른 것 같았다. 키스가 길어질수록 온도 차이가 점점 희미해지면, 시에나는 그의 체온을 나눠 가진다는 기분이 들어 고양감을 느꼈다.

그가 시에나의 입술에 가벼운 키스를 끈질기게 퍼붓다가 마지못해 입술을 뗐다.

시에나가 눈을 떴다.

바로 눈앞에 그의 얼굴이 있었다. 그가 씨익 웃더니 짧은 입맞춤을 몇 번 더 했다. 그 후 그녀의 얼굴을 감싼 미련 가득한 손을 놓았다.

그는 늘 키스를 끝낼 때마다 부족하다는 듯 아쉬워했다. 한 번도 그가 만족하는 표정을 보지 못했다. 그의 끝 모를 욕심이 채워지는 날이 과연 올까?

시에나는 그날이 영영 오지 않기를 바랐다. 그가 끊임없이 자신을 원했으면 좋겠다. 그를 바라보며 생긋 웃었다.

쿤은 작은 한숨을 내쉬었다. 그녀의 무방비한 웃음에 숨이 막히고 세상이 빙글 돌았다. 그녀의 이 웃음을 다른 놈이 본다고 생각하면 그놈을 갈가리 찢어 버리고 싶다는 과격한 충동이 치밀었다.

'내가 갈수록 미쳐 가는구나.'

쿤은 자신의 음험함을 드러내지 않으려 조심했다.

그녀 앞에서는 얌전한 강아지처럼 굴었다.

하지만 언제까지 신사 흉내를 낼 수 있을지 모르겠다.

그녀의 마음이 서서히 열리고 있다고 느끼는 지금은 아직 괜찮았다. 하지만 만약 그녀의 마음이 바뀌어 물러나거나 돌아선다면. 그녀의 판단을 존중해 줄 수 있을까.

'……못 해. 난 절대 당신 못 놔.'

쿤은 시에나가 쥔 검의 손잡이 아래를 잡아 살짝 힘을 주었다. 그녀가 꼭 쥐고 있던 손을 놓았다.

번거롭기는 하지만, 약간 편법을 쓰면 그가 무기를 챙길 수는 있었다. 하지만 시에나가 '괜히 책잡힐 일은 하지 마.'라며 자청해서 연습용 검을 가져왔다.

그녀가 자신을 위해 수고해 주는 것이 좋았다. 그래서 잠자코 그녀 말에 따랐다.

"그제와 다른 검이네."

시에나는 검을 살피는 그를 흘겨보았다.

자신은 아직 조금 전 키스의 여운에서 빠져나오지 못했는데 그의 표정은 말끔했다.

'모든 남자가 다 이러지는 않겠지?'

때때로 그가 능숙하다고 느꼈다. 타고난 성격 같기도 했다. 비교할 사람이 없어서 구체적으로 딱 집어 말하지는 못하겠다. 그녀의 관찰하는 시선을 느낀 그가 고개를 들었다.

"왜?"

"아는 사람과 닮아서."

"내가?"

"응."

쿤이 미간을 일그러뜨렸다.

"누구와?"

"있어. 그런 사람."

꿈에서 본 당신. 시에나는 속으로 중얼거렸다.

"늘 가져오던 검인 줄 알았는데……. 어떤 점이 달라?"

쿤은 '대체 누구야? 어떤 놈인데?'라고 따지고 싶은 마음을 꾹 참았다. 못마땅한 표정으로 대답했다.

"더 가벼워."

"가벼운 건 안 좋은가?"

"장단점이 있지. 완력이 부족하면 가벼운 검이 휘두르기에 낫고. 무거운 검은 공격력이 강하고."

"그럼 무거운 게 좋은 거 아니야?"

"제대로 들어 올리지도 못하면 공격력이 무슨 소용이야."

"내가 연습에 쓰는 검은 가벼워?"

"가볍지는 않아. 당신은 힘이 좋은 편이라 더 무거운 검을 써도 괜찮아."

"힘이 좋아? 내가? 난 당신과 연습하면 어른과 싸우는 어린애가 된 심정이라고."

쿤이 웃었다.

"황녀님. 나와 비교하면 안 돼. 여자치고는 힘이 좋다는 거야."

"아. 여자치고."

자신이 여자라는 점에 한계를 느껴 본 적 없었던 시에나는 약이
올랐다.

"그럼 당신은 남자치고 힘이 좋은가?"

"나? 난 인간치고 대단하지."

"……이제 뭔지 알겠어. 내 주변 사람이 이런 오묘한 기분을 느꼈
겠네."

장난스레 웃는 그를 보며 시에나도 따라 웃고 말았다.

"그럼 당신의 검, 예전에 봤던 그……."

쿤은 조심스러워하는 그녀를 보며 미소 지었다.

"궁금한 게 뭐야?"

"……손잡이도 검날도 까맣던 그 검. 유명하다는 흑검, 맞지?"

"좋은 의미로 유명하지는 않지만. 꽤 알려져 있기는 해."

"……."

"그리고? 시에나. 뭐든 괜찮으니 말해 봐."

시에나는 망설이다가 말했다.

"곤란한 질문이면 대답하지 마."

고개를 끄덕이는 그의 표정이 묘했다.

"당신이…… 칼리고의 단장이야?"

"응."

그가 순순히 대답해서 오히려 시에나가 당황했다.

"칼리고의 용병들은 흑검을 가지고 다닌다고 들었어. 그런데 단
장의 검은 더 특별하다고……."

"흑검은 특수한 제련법으로 만들어. 제작 과정에 사막귀의 신체

일부를 첨가해. 그러면 아주 단단하면서도 탄성 있는 흑색 날의 검이 만들어져. 내 검은 좀 달라. 대대로 물려받은 거야. 이 세상에 오직 한 자루만 존재하는 특별한 검이지."

"재질이 달라?"

"물려받은 거라 정확히는 몰라. 그 검의 특별함은, 뭐랄까. 살아 있다는 느낌? 주인을 가리거든."

"어떤 식으로?"

"설명하기는 어려워. 나중에 기회가 되면 보여 줄게."

"칼리고는 라드 상회에 소속된 사병이라던데. 당신이 라드 상회의 주인이니까 단장이 된 거야?"

"무관하다고는 할 수 없지만, 꼭 그래서만은 아니지. 단장이 되려면⋯⋯."

흥미진진하게 듣던 시에나가 고개를 저었다.

"됐어. 더 안 들을래."

쿤이 삐딱한 웃음을 물었다. 어딘지 모르게 날카로웠다.

"당신은 언제나 이래. 조금 다가갔나 싶으면 또 벽을 세워."

시에나는 성마른 표정의 그가 낯설었다. 그를 거부한다고 오해하는 게 싫었다.

"그게 아니라 공평하지 않으니까."

무슨 소리냐는 듯 그가 비스듬히 고개를 기울였다.

"난 당신에게 말할 게 없어. 그런데 나만 당신 이야기를 듣는 건 공평하지 않아."

"공평⋯⋯. 공평이라고?"

그는 중얼거리다가 쿡쿡 웃었다.

"말할 게 왜 없어. 내가 알고 싶은 것이 얼마나 많은데. 시녀는 아닌 것 같은데 당신 궁에 머무는 그 여자는 누굴까, 라든가."

"엠마?"

"백작부인 곁에 있는 모습을 여러 번 봤거든. 옷차림을 봐서는 백작부인이 데려온 하녀는 아닌 것 같았고."

"엠마는 내 부탁으로 궁에서 지내는 내 손님이야. 차를 끓이는 솜씨가 아주 뛰어나. 당신에게도 몇 번 엠마가 끓인 차를 내간 적이 있을걸."

"아. 유난히 차향이 좋은 날이 있었지. 소개받은 건가?"

"응. 백작부인의 인척이야."

쿤이 계속 가벼운 질문을 던졌다. 전부 깊이 생각할 필요가 없는 질문이었다. 몇 시에 일어나고 자는지, 식사 시각은 일정한지, 주로 뭘 먹는지 등. 시에나는 부담 없이 대답할 수 있었다.

대화가 길어지면서 두 사람은 키가 큰 나무 아래에 나란히 앉았다.

"……그래서 백작부인이 주선한 엠마의 혼담은 보류되었어. 하필 그 집안이 모튼 공작의 인척이라. 지금 그쪽은 혼인 이야기를 꺼낼 분위기가 아니래. 당신도 알지? 모튼 공의 아들 사망."

"아아……."

"난 백작부인이 전해 줘서 대충 들었어."

조세프의 사생아 소문을 리바이가 퍼뜨렸고 그것이 공작 가문 둘이 얽힌 살인 사건의 배경이었다는 사실이 밝혀져 난리가 났다.

"당신이 느끼기에는 돌아가는 분위기가 어때?"

"시끄럽기는 해."

"루크 경은 어떤 처벌을 받게 될까."

"사고니까. 적당히 수습할 수도 있지."

"어쨌든 두 공작 가문 사이에 앙금이 생기겠네."

시에나는 꿈속 미래에서도 리바이 모튼이 죽었는지 알 수 없었다. 그런 내용은 나오지 않았다. 아마 조세프는 엄한 처벌을 받지 않을 것이다. 꿈속에서 그는 누군가와 결혼했고 백작이 되었으니까.

생각에 잠긴 시에나의 턱이 잡혀 옆으로 돌아갔다.

"내게 많은 시간을 내어 주는 것도 아니면서. 나와 있을 때는 내게 집중해."

그의 표정은 부드러웠으나 말투는 단호했다.

항거할 수 없는 힘을 느꼈다. 시에나의 고개가 저절로 아래위로 흔들렸다.

"리바이가 당신의 두 번째 약혼자 후보였지?"

"응."

"세 번째도 있나?"

"있으면?"

"그놈도 치워야지."

시에나는 눈만 깜빡거렸다. 농담인가? 농담이겠지? 농담이 아니면 따져 볼 구석이 많은 문장이었다.

여상한 그의 표정을 보고 시에나는 오히려 자신의 귀를 의심했다. 잘못 들었나? 그녀가 잠시 머뭇거리는 사이에 쿤이 일어나 손을 내밀었다.

시에나가 그의 손을 잡았다. 그가 약간 힘주어 잡아당기는 것만으로 그녀의 몸이 훅 일으켜졌다.

"더 지체했다가는 시녀들이 당신을 찾으러 오겠지. 당신은 시간표를 잘 지키니까."

쿤이 회중시계를 그녀의 눈앞에 들어 지금 시각을 확인시켜 주었다.

"아⋯⋯."

검술 연습으로 빼 둔 시간이 어느새 다 지나갔다. 시에나는 가벼운 충격을 받았다. 시간 가는 줄 모르고 수다를 떨다니. 중요한 이야기도 아니었다. 제대로 기억에 남은 것도 없는 잡다한 내용이었다.

"⋯⋯연습을 전혀 못 했네."

"가끔은 이런 것도 괜찮지 않아?"

쿤이 고개를 숙여 그녀의 입술에 키스했다. 입술만 꾹 붙였다가 떼는 가벼운 입맞춤이었다.

"이틀 뒤에 봐."

누군가 두 사람을 봤다면 그들의 작별 인사가 아주 자연스럽다는 것을 알아차렸을 것이다.

후작 저의 파티 이후 오늘이 일곱 번째 만남이었다. 헤어질 때마다 반복하는 키스 인사에 시에나는 익숙해졌다.

누군가에게 들킬 가능성은 적지만, 그래도 혹시 모르는 일이었다. 사람들에게 알려지는 건 두렵지 않다. 다만, 어머니가 그를 괴롭힐까 봐 걱정되었다.

"쿤. 혹시 나를 핑계로 어머니가 또 당신을 부르면 연기를 해. 그런 거 잘하지?"

"무슨 연기?"

"피해자인 척해. 내가 귀찮게 한다고, 날 상대해 주느라 아주 곤란하다고 오히려 큰소리쳐."

그는 말문이 막힌 표정으로 시에나를 보다가 의미 모를 감탄성을 중얼거렸다.

"나보고 당신 뒤에 숨으라는 거야? 내가 인생 헛살았네. 그렇게 내가 못 미더워?"

"필요하면 몸을 사릴 줄도 알아야지. 그건 부끄러운 게 아니야."

"시에나. 난 체면이 그다지 중요한 사람은 아니야. 하지만 오직 당신 앞에서는 폼 잡아야겠어."

시에나가 인상을 썼다.

"왜?"

"음……. 남자의 자존심?"

"쓸데없어."

"남자는 그 쓸데없는 것에 목숨도 걸어. 이러고 있는 사이에 벌써 은왕궁의 부지런한 시녀들이 당신을 찾으러 오고 있군. 어서 가봐."

그의 논리에 반박하고 지적할 시간이 없으므로 시에나는 어쩔 수 없이 돌아섰다.

'저 남자는 내 경고를 전혀 진지하게 받아들이지 않아.'

어머니의 마수로부터 그를 지켜야겠다고, 시에나는 야무지게 마음을 다졌다.

*   *   *

패트리샤는 더그를 보자마자 언성을 높였다.

"입궁하시라고 전한 지가 언제인데 이제 오세요?"

그녀가 신경질적으로 팔을 휘두르자 시녀들이 한 몸처럼 우르르 빠져나갔다.

"일이 많았다."

"급한 일이라고 했잖아요."

"이번엔 또 뭐. 은왕이 뭘 어쨌기에."

"은왕도 은왕이지만, 오라버니. 그 얘기 좀 해 보세요. 아케론 가문이 엮인 그 혈사 말이에요. 아케론 공작의 딸은 어떤 여자였어요? 폐하와 그 여자의 관계는요? 그 여자가 폐하께 특별했나요?"

심드렁하던 더그의 표정이 진중해졌다.

"글쎄다. 총애하는 여인이니 품으셨을 테고 아이까지 가졌겠지. 하지만 폐하께서 남녀의 연정에 빠질 분이 아니지 않으냐. 그분만큼 차가운 심장을 가진 분이 있을까."

"그 여자는 폐하의 첫정이잖아요. 아버지가 그 일에 관여해서 그들을 그렇게 한 것을 폐하도 아세요?"

더그가 생각에 잠겼다.

"폐하께서 옛 사건 조사를 명하신 후 내가 나름대로 알아봤는데 우리 가문의 가신 중에서 그 사건을 아는 자가 거의 남지 않았더구나."

"남지…… 않아요?"

"다 죽었다. 오랜 세월에 걸쳐서 하나씩. 사고사도 있고 병사도 있고. 그런데 내 생각에는 아마."

"아버지가 손을 쓰셨군요."

"그래. 그토록 철저히 입단속을 하신 것을 봐서는 아마 폐하께서는 모르시는 것 같다."

"……아니에요. 폐하께서는 뭔가 아시는 것 같아요."

"뭐? 들은 얘기가 있니?"

"아직은 심중이에요. 폐하께서 그 옛 사건을 다시 들추는 이유는 리먼 가문을 어떻게든 엮으시려는 게 분명해요."

더그의 안색이 급변했다.

"오라버니는 그때 사건에 관해 얼마나 아세요?"

"돌아가는 즉시 자세히 알아보마."

더그는 아버지가 생전에 조용히 자신을 불러서 했던 말을 떠올렸다.

「과거의 일이 가문의 발목을 잡으면 열어 봐라.」

선대 리먼 공작은 더그에게 비밀 금고의 위치를 알려 주었다.

그 안에 든 것은 결코 재물이 아니며 가문 밖으로 흘러나가면 안 될 비밀 기록이라고 했다.

「네 후계가 장성하고 네가 죽음을 앞둔 날까지 우리 가문에 아무 일이 없으면 그 안의 문서는 모두 태워 버려라. 네가 읽는 것까지는 막을 수 없겠지. 하지만 네 자손에게는 남기지 마라.」

더그는 돌아가 그 금고를 열어 봐야겠다고 생각했다.
"그리고 오라버니. 폐하의 근황을 살펴야겠어요."
"포섭해 둔 자는 몇 있다."
"폐하의 침실까지 들어갈 수 있는 측근이 필요해요."
"큰일 날 소리!"
더그가 버럭 성을 냈다.
"아버지도 못 하신 일이야. 괜한 짓 마라. 일이 잘못되면 폐하께서 용서하실 것 같으냐?"
더그는 강한 어조로 말했다. 누이의 밀어붙이는 성격을 알기에 엄포를 놓았다.
패트리샤가 입을 다물었다. 더그는 자신의 경고가 먹혔다고 생각했지만, 그녀의 머릿속에는 다른 생각이 맴돌았다.
'오라버니는 모르는 건가?'
패트리샤는 얼마 전 중정에서 황제를 만나고 돌아온 후 황제의 말을 곱씹으며 서성거리다가 문득 생각났다. 그녀는 꽤 오래전, 아버지한테서 봉투 하나를 받았다.

「네 힘으로 해결하지 못할 황궁 내의 일이 생기면 그 봉투 안에 적힌 이름을 가진 자의 도움을 받아라. 결정적인 딱 한 번의 도움이다. 태양 아래에 있는 자이니 신중히 사용해라.」

태양 아래에 있는 자.

패트리샤는 그 말뜻을 '황제를 가까이에서 모시는 자'라고 해석했다. 즉시 봉투를 열어 확인했다.

―파렐.

더그의 아들이자 패트리샤의 조카 이름이었다.

하지만 파렐은 더그가 느지막이 본 아들이다. 아직 성년도 안 된 어린애였다. 그러니까 봉투 속의 이름이 조카 파렐일 리는 없었다.

"오라버니. 파렐은 잘 지내지요?"

"뜬금없이."

더그의 입가가 풀어졌다. 아들 이야기를 꺼내는 것만으로도 안색이 밝아졌다. 팔불출 아버지의 기색을 드러냈다. 더그는 늦둥이 아들을 애지중지했다. 무뚝뚝한 성품의 선대 공작을 닮지 않았다. 아들이라면 껌뻑 죽었다.

"파렐의 이름은 오라버니가 지으셨어요?"

"아니. 아버지께서 지어 주셨지."

"어느 분의 이름을 땄어요?"

제국의 귀족들은 가문의 조상 이름을 따서 아이들의 이름을 짓곤 했다. 리먼 가문은 특히 그 전통이 강했다.

"가문의 계보에 존함을 올린 분이기는 한데…… 직계는 아니었다. 존경할 만한 업적을 남긴 분도 아니고. 이제 와 하는 말이지만, 이름이 썩 마음에 들지는 않았어."

"……."

"파렐은 왜?"

"그냥 며칠 전부터 머릿속을 떠도는 이름이라서요. 파렐과 같은 이름을 가진 누군가 중요한 사람을 알았는데 도통 기억이 안 나더군요. 그것 때문에 잠도 설쳤어요."

누이의 편집증적인 성격을 아는 더그는 그러려니 했다.

"같은 이름이라……. 흔히 사용하는 이름은 아니지만, 네가 알 만한 사람은 있지."

"누구요?"

패트리샤의 눈동자가 반짝했다.

"시종장."

패트리샤는 입안을 꽉 물었다. 저절로 헉, 소리가 나올 뻔했다.

"시종장의 이름이 파렐이에요?"

"철자가 약간 틀리지만, 발음은 같다."

"……오라버니 말씀을 들으니 언뜻 기억이 나는 것 같아요. 파렐. 맞아요. 시종장의 이름이었죠. 고마워요, 오라버니. 오늘 밤은 편히 자겠네요."

더그가 돌아간 후 패트리샤는 멍하게 앉아 있다가 정신 나간 사람처럼 한참을 웃었다.

'정말 대단하시군요. 아버지. 존경하는 나의 아버지.'

봉투 속 '파렐'은 시종장이 틀림없다.

'누가 상상할 수 있겠어. 시종장의 배신이라니.'

어릴 때 궁에 들어와 광왕을 곁에서 모시다가 지금은 황제의 최측근인 시종장의 자리까지 오른 입지전적인 인물이었다. 숨은 실세로 불릴 정도로 막강한 위치이지만, 존재감을 드러내지 않았다. 오직 황제의 충실한 종복이었다.

시종장은 시류에 따라 이리저리 흔들리는 자가 아니었다. 특별히 교류하는 귀족이 없었다.

즉, 누구도 시종장에게 줄을 대지 못했다. 한낱 귀족 가문의 고용인도 주인의 신임을 얻으면 으스대기 마련이건만 시종장은 매사 조심했다.

황제는 시종장의 신중함을 두텁게 신뢰했다.

온종일 황제의 곁을 지키는 유일한 사람이었다. 태생이 귀족가의 방계조차 아닌 평민 출신이지만, 시종장을 업신여기는 자는 아무도 없었다.

'아버지가 시종장을 포섭한 건 아닐 거야.'

결정적인 한 번의 도움이라는 표현은 적극적이고 자발적인 협조는 아니라는 느낌이 풍겼다.

'거래했든 시종장이 아버지께 빚을 졌든, 두 사람 사이에 뭔가가 있었군.'

궁금하지만, 지난 사정은 몰라도 상관없다.

'아버지는 오라버니가 아니라 내게 채권을 물려주셨어.'

패트리샤의 붉은 입술이 위로 한껏 휘어졌다.

'폐하의 그 말씀 이면에 무엇이 담겼는지 시종장은 아는 게 있을 거야.'

당장 시종장을 만나러 갈 것처럼 벌떡 일어난 패트리샤가 멈칫, 다시 앉았다.

'……아니지.'

엄청난 무기를 손에 쥐었다. 아무 대가 없이 리먼 가문을 위해 써야 하는가? 내가 왜?

리먼 가문은 패트리샤의 뿌리이지만, 가문의 부와 명예를 갖는 사람은 더그와 더그의 아들이다. 패트리샤의 몫은 없었다. 리먼 가문이 잘못되기를 바라지는 않았다. 리먼 가문과 적왕은 공생 관계이니까.

하지만 패트리샤는 먼 미래, 은왕이 제위에 오른 그 이후를 생각했다. 지금은 오라버니와 죽이 잘 맞지만, 권력은 나눌 수 없는 법.

'오라버니는 분명 언젠가 주도권을 자신이 쥐려 할 거야.'

훗날 밀리지 않으려면 미리 눌러야 한다.

'급할 건 없어.'

당장 리먼 가문이 망하지 않는다. 이 카드는 조만간 더그를 압박할 중요한 협상 도구가 될 것이다.

*　　　*　　　*

제국 의회가 열렸다. 의장은 황제, 의원은 제후들이다.

황제와 여섯 공작만 참석하는 제국 의회는 매달 개회했다. 그러나 모든 제후가 참석하는 진정한 제국 의회는 일 년에 한 번, 매년 봄에 열렸다.

봄의 제국 의회는 황실의 중요 행사였다. 제국 의회에 참석하기 위해 제후 왕국 대표들의 행렬이 속속 수도에 도착했다. 각 나라의 고유성이 드러나는 대표단의 수도 입성 광경은 볼만한 구경거리였다.

회의장은 행관이 아니라 태양궁 내부에 있었다. 높은 천장은 돔형 구조로 빈틈없는 천장화가 장식했고 대리석 기둥에는 섬세한 부조가 화려했다. 거창하고 고풍스러웠다.

긴 직사각 구조의 회의장에 의장석을 제외한 총 열다섯 개의 의자가 마련되었다.

지난해까지 의석은 열둘이었다. 여섯 공작 가문과 여섯 제후 왕국의 대표. 올해는 셋이 늘었다.

책봉 받아 왕이 된 황족은 법에 따라 의석을 갖는다. 황제의 의장석 옆 좌우에 철왕과 은왕을 위한 의자가 놓였다. 그리고 마지막 열다섯 번째는 일곱 번째 제후국으로 합류한 페로 연합국의 외교 대리인, 라드 후작의 자리였다.

개회 시간이 가까워졌다. 의원들이 하나둘 입실해 의석을 채웠다.

루크 공작이 들어오자마자 안을 훑었다. 공작들의 자리는 다 비었다. 공작 중에서는 첫 입장이었다. 공작은 아는 얼굴을 발견하자 반가워하며 다가갔다.

"라드 후."

앉아 있던 쿤이 일어났다.

"일찍 나오셨습니다."

"차라리 일찍 오는 게 낫겠다 싶었지. 늦게 들어오면 시선만 끌지 않겠나."

쿤이 루크 공작가의 서고에 드나들며 루크 공작과 식사를 몇 번 함께 했다.

공작은 쿤이 꽤 마음에 들었는지 제국 생활에 어려움이 있으면 언제든 도와주겠다고 했다. 쿤은 넙죽 어르신으로 모시겠다고 화답했다. 그 후 쿤을 대하는 공작의 태도가 부쩍 편해졌다.

"심려가 크시겠습니다."

공작이 한숨을 쉬며 고개를 내저었다. 근 몇 주 사이에 십 년은 확 늙은 기분이었다.

"좀처럼 진척이 없군. 모튼 공이 아주 완고해."

아들을 잃은 아버지의 원통함을 이해 못 할 바는 아니었다.

하지만 루크 가문에서도 변명할 여지는 있었다. 의도적 살인이 아니라 불행한 사고였다.

가문의 체면이 있으니 모튼 가문에서 원하는 대로 조세프에게 중벌을 내리도록 방관할 수 없었다.

"언짢지 않게 들으셨으면 합니다. 중재를 서도 될까요?"

"자네가?"

"철왕 전하께서요."

"흠……."

공작이 턱을 문질렀다. 솔깃한 표정으로 생각에 잠겼다.

리먼 가문과 껄끄러워지겠지만, 파혼 이후 그쪽에 은근히 마음이 떴다. 리먼 공작이나 적왕이나 빈말이라도 돕겠다는 말조차 없었다.

'상황이 어려워지면 언제든 등 돌릴 위인이야. 제 아버지 배포의 반도 못 따라가는군. 선대 리먼 공작이 자식 농사를 잘못 지었어.'

루크 공작은 더그의 사람됨을 신랄하게 평했다.

"철왕 전하께서 나서 주신다던가?"

"아직 말씀드리지 않았습니다. 루크 가문의 일을 각하께 먼저 논의하지 않고 미리 결정할 수는 없지요."

루크 공작은 후작의 세심한 배려에 은근히 감동했다.

"아마 철왕께서 흔쾌히 맡아 주실 겁니다. 아시겠지만 철왕께서는 두 가문 어디에도 치우친 입장이 없습니다. 그러니 모튼 가문에서도 기꺼이 받아들일 거라고 생각합니다. 이 일로 루크 가문을 적대하기는 부담스러울 겁니다."

공작이 힘주어 고개를 끄덕였다. 이미 거의 넘어간 눈빛이었다.

"음. 진행해 보시게. 이 일이 잘 마무리되면 자네 공은 잊지 않겠네."

"별말씀을 다 하십니다."

모튼 공작이 안으로 들어오다가 루크 공작을 발견하고 걸음을 멈추었다.

루크 공작이 묵례로 인사를 건넸다. 그러나 모튼 공작은 '커흠' 하고 헛기침하며 냉랭하게 지나쳤다.

루크 공작이 겸연쩍어 말없이 자신의 자리로 가서 앉았다.

의원들이 하나둘 입실했다. 블레스 가문만 후계자가 대신 왔고 다른 가문은 공작이 직접 거동했다.

찬바람 부는 표정으로 앉아 있는 모튼 공작 때문인지 회의장에 침묵이 감돌았다.

"그곳의 기암절벽이 아주 기가 막힌 절경이라는 말은 익히 들었소. 죽기 전에는 한 번 구경해야 할 텐데 말이오."

"언제든 환영합니다. 전하. 국빈으로 모시겠습니다."

유쾌한 목소리로 대화를 나누며 두 사람이 들어왔다. 철왕과 제후국의 대표 중 한 사람이었다. 철왕은 회의장 내부를 죽 살폈다. 일제히 시선이 자신에게 꽂히는데도 전혀 주눅 든 기색이 없었다.

"이런, 다들 부지런하시오. 내가 좀 늦었군."

철왕은 가장 먼저 모튼 공작에게 다가갔다. 공작이 당황해 일어났다.

"모튼 공. 공의 힘든 마음을 이해합니다. 훌륭한 젊은이였지요. 장차 제국의 큰 기둥이 될 인재가 아깝게 갔습니다. 고인의 명복을 빕니다."

모튼 공작은 울컥했다. 다들 말조심하며 눈치만 살폈지 공식적으로 위로의 뜻을 전하는 사람은 없었다.

"……감사합니다. 전하. 그 아이의 타고난 운명인데 어쩌겠습니까."

"개인적 비극을 뒤로하고 오늘 공작의 직무를 위해 이 자리에 나온 공의 결단에 경의를 표합니다."

모튼 공작이 겸양의 표현으로 고개를 숙였다.

이후 철왕은 공작들과 제후국 대표들에게 두루 안부 인사를 건넸다. 누군가는 얼떨떨하게 인사를 받고 누군가는 호의적으로 응대했다.

친화력 좋은 철왕의 모습을 여러 번 접한 공작들과 다르게 처음 만난 제후국 대표들은 놀라워했다. 냉랭한 황제만 봤던 터라 황족은 다 저러려니 했었다.

지켜보는 더그의 표정이 굳었다. 주도권을 철왕에게 빼앗겨 못마땅했다.

'황족이 저리 경망스러워서야.'

반쪽 주제에 분수 모르고 나대는 꼴이라니. 더그는 철왕을 비난하며 위기감을 애써 외면했다.

쿤은 디안이 마음껏 활약하도록 물러나 조용히 있었다.

'저 녀석 넉살만큼은 정말.'

어쩌다 저런 변종이 제국의 황실에서 튀어나왔을까. 쿤은 디안을 보면 볼수록 새삼 신기했다.

자리가 거의 다 찼다. 아까부터 쿤은 출입문 방향으로 몸을 돌려 앉았다. 이제나저제나 기다리는 사람이 있었다.

마침내 은왕 시에나 황녀가 입장했다. 턱을 괸 자세로 앉아 있던 쿤의 허리가 저절로 펴졌다.

어제 만나서 그녀의 검술 연습을 도왔다. 하루 만에 다시 보는데도 그의 심장은 요란하게 뛰었다. 경이로운 아름다움이다. 그녀는 제국인들이 머릿속으로 그리는 '신족'의 이미지에 완벽히 부합했다.

그런데 그녀가 낯설었다. 늘 봤던 경갑옷이 아닌, 격식에 맞게 차려입은 의복 때문만은 아니었다. 표정이 달랐다. 완벽했고 견고했다. 냉기가 흘러나올 것처럼 차가웠다.

'아······.'

쿤은 불현듯 깨달았다. 그녀를 처음 만났을 때 지금 모습과 다르지 않았을 것이다.

'당신이 내 앞에서만 보여 주는 표정이 있군.'

딱딱했다고 생각한 그녀의 표정이 지금과 비교하면 무척 풍부하고 부드러웠다. 어리석게도 그녀의 변화를 알아차리지 못했다. 감격스러웠다. 자신의 착각이 아니라고 확인하고 싶었다.

두런두런하던 말소리가 사라졌다. 황녀는 등장만으로 분위기를 압도했다.

시에나는 쏠리는 시선과 순간의 침묵을 전혀 개의치 않았다. 익숙하기 때문이다. 그녀는 주변을 의식하지 않고 자신의 자리로 가서 앉았다. 철왕과 은왕, 두 황족은 각자 다른 의미로 존재감을 드러냈다.

황제의 의장석을 사이에 두고 이복 남매가 좌우로 앉았다. 두 사람을 번갈아 보는 사람들의 표정이 묘했다. 남매는 닮지 않은 듯 닮았다.

시종이 알렸다.

"황제 폐하 납시옵니다."

모두 일제히 기립했다. 황제가 들어와 착석했다.

"모두 앉으시오."

"황공하옵니다. 폐하."

황제는 열다섯 명의 의원들을 전체적으로 훑어본 후 엄숙히 말했다.

"개회를 선언하오."

*   *   *

꼬박 오후를 소모한 긴 회의가 끝났다. 제국 의회는 3일에 걸쳐 총 3회 진행된다.

하지만 3회로 끝난 적은 없었다. 의원 과반수의 요청으로 최대 두 번 연장이 가능했다. 최소한 한 번의 요청은 매년 있었다.

황제는 폐회를 선언하자마자 바로 퇴장했다. 이후 의원들은 곧바로 나가지 않고 친분을 다졌다. 저녁 식사 혹은 술자리로 이어지는 경우도 종종 있었다.

의원들이 삼삼오오 모였다. 특히 제후국 대표들 사이에서 철왕이 인기가 좋았다. 새 인물, 라드 후작에 관한 관심도 지대했다.

시에나는 바로 회의장을 나왔다.

머릿속에는 오늘 회의했던 내용이 가득했다. 어서 돌아가 정리하고 싶었다.

"전하. 은왕 전하."

시에나가 멈추어 서서 고개를 돌렸다. 쿤이 다급히 뒤따라왔다.

"어디 가십니까?"

"궁으로 돌아가오."

"급한 일이라도 있으십니까?"

"오늘 회의 내용 중 모르는 것이 많아 내 공부가 부족했다고 반성했소. 돌아가 보충할 생각이오."

"보충 학습인가요?"

쿤이 낮게 웃었다.

"저도 함께하고 싶군요."

시에나가 그의 진의를 파악하려는 듯 말없이 쳐다봤다.

"궁으로 초대해 주시지요. 밥도 주시면 더욱 좋고요. 아침만 먹고 굶었습니다. 회의 중에 배에서 민망한 소리가 날까 봐 걱정했어요."

쿤은 웃는 얼굴로, 그러나 조마조마한 심정으로 시에나의 답을 기다렸다. 그는 도박하는 심정으로 내질렀다. 그녀의 마음이 정말 열렸다면 주변의 시선 때문에 요청을 거절하지 않을 것이다.

둘이 대화하는 동안 회의장에서 사람들이 나왔다. 그들은 마주 보고 서 있는 두 남녀에게 관심을 보였다.

"그럽시다."

시에나의 흔쾌한 대답에 오히려 쿤이 놀랐다.

"밥도 주십니까?"

시에나가 웃었다.

"뭐가 어렵겠소."

시에나는 굳은 듯 서 있는 쿤을 의아하게 보았다. 바라는 답이 아니었나? 그의 표정을 이해할 수 없었다. 웃는 듯 아닌 듯 기이했다.

"함께 가도 됩니까?"

대화를 엿듣던 철왕이 냉큼 끼어들었다. 그는 곁눈질로 슬쩍 쿤의 표정을 살피며 혀를 찼다.

'어이구. 눈빛 보게.'

광선이라도 쏟아져 나올 것처럼 무시무시했다. '왜 훼방이야!'라고 외치는 소리가 들리는 것 같았다. 디안은 쿤의 눈빛 공격을 외면했다.

'치사하게 굴기는. 나도 은왕과 친해지고 싶다고.'

지금껏 디안의 입장은 방관자였다. 가끔 작은 도움을 주었으나 쿤에게 생색내기 위한 용도에 가까웠다. 두 사람의 관계는 둘이 알아서 할 일이라고 생각했다.

그런데 얼마 전 후작 저에서 열린 파티를 기점으로 생각이 조금 바뀌었다. 그날 디안은 목격했다. 은왕과 후작 사이에 감도는 기류는 상대방을 향한 강력한 호감이었다.

하지만 사람들은 편견에 사로잡혀 고개만 갸우뚱했다. 디안도 사정을 몰랐다면 '무슨 속셈으로 둘이 저러지?'라고 생각했을 것이다.

막연히 '둘이 잘 되어 가는 것 같은데.' 생각하던 것과 직접 목격한 것은 기분이 달랐다. 자신만 소외되어 서운했다. 은왕을 알고 싶다. 사사롭게 친해지면 은왕의 태도가 살가워지는지 궁금했다.

디안은 항상 가족의 정이 그리웠다. 그를 믿고 따르는 사람들에게는 나약함을 드러낼 수 없어서 꼭꼭 숨겼다. 하지만 가끔은 몹시 쓸쓸했다.

그가 정치적 이유로 약혼한 비올렛과 행복한 가족을 만들겠다고 결심한 이유에는 그의 외로움이 근거했다. 끈끈한 남매의 정으로 똘똘 뭉친 적왕과 더그가 항상 부러웠다. 어려운 일을 상담할 수 있는 피붙이는 얼마나 든든할까.

쿤이 고리눈을 뜨고 노려보거나 말거나 디안은 꿋꿋하게 시에나를 보며 너스레를 떨었다.

"나도 거의 식사를 못 했거든요. 두 사람 얘기를 듣다 보니 갑자기 허기가 지는데요."

"식사는 제때 해야지요. 두 사람 다 긴 회의에 대처하는 올바른 자세가 아니로군요."

시에나는 두 남자의 호소력 강한 눈동자를 보며 생각했다.

'배가 많이 고픈가 봐.'

사실 두 남자가 눈빛으로 전하는 내용은 전혀 달랐다. 쿤은 '디안은 거절해.'라고, 디안은 '나도 갈래.'라고 표현했다. 그녀는 그것을 구별할 만큼 섬세한 사람은 아니었다.

"지금 가도 당장 식사는 못 해요. 준비하는 동안 기다려야 하는 점은 감안하세요."

시에나가 돌아섰다.

앞서 걸어가는 그녀의 뒷모습을 두 남자가 바라보다가 서로 시선이 마주쳤다. 쿤의 눈썹이 스윽 올라갔다. 디안은 슬그머니 선수를 쳤다. 빠른 걸음으로 시에나 곁에 붙었다.

쿤이 가늘게 눈을 좁혀 나란히 걸어가는 남매의 뒷모습을 응시했다.

디안은 분명히 방해하지 않겠다고 약속했다.

'디안. 설마 이제 와서 마음이 바뀐 것은 아니겠지.'

누가 디안에게 라드 후작이 은왕과 공모해 딴마음 먹은 것 같다고 속살거리기라도 했나. 별생각이 다 들었다.

'그녀와 내 관계만큼은 양보 못 해.'

쿤이 두 사람의 뒤를 따라잡았다. 비어 있는 그녀의 오른쪽 옆에 섰다. 은왕을 가운데에 두고 양측에 두 남자가 서서 셋이 걸어가는 뒷모습이 퍽 친밀했다.

구경꾼으로 전락한 남은 자들의 표정이 가지각색이었다.

"은왕께서 철왕과 종종 교류한다는 말은 듣긴 했소만."

"은왕께서 라드 후를 가까이한다는 말도 들었지요."

"그게 다 헛소문은 아니었군요."

공작들과 제후국의 대표들은 상대의 수를 읽는 데 나름 잔뼈가 굵은 정치인들이었다. 그런데 도통 저 세 사람의 관계를 추측할 수 없었다. 특히 은왕의 심리는 도저히 모르겠다.

은왕이 철왕 혹은 라드 후작과 따로 만나는 것은 적을 파악할 의도로 볼 여지가 있다.

하지만 막강한 적 두 사람을 동시에 상대하는 것은 영리하지 못했다. 전략의 기본은 숫자 싸움이다. 두뇌 싸움이건 몸싸움이건 머릿수는 상대를 압박하는 기초 수단이니까.

더그의 표정이 한층 어두웠다. 흘끔거리는 주변 시선을 모른 척했다. '너는 외숙이니까 당연히 은왕의 속내를 알겠지?' 하고 다들 눈으로 말했다.

'알 게 뭔가. 어미나 딸이나. 자꾸 나를 골치 아프게 하는군.'

모녀 외에도 신경 쓸 일이 적지 않아 짜증이 났다.

예전이라면 은왕의 처신에 민감했을 것이다. 당장 적왕궁에 가서 패트리샤와 논의했을 것이다. 지금 더그의 정신은 다른 데 쏠렸다. 술 한잔하자는 모든 공작의 제안을 거절하고 태양궁을 나왔다.

그는 얼마 전 아버지가 남긴 금고를 열어 추악한 진실을 마주했다. 선황제가 왜 아케론 가문을 눈엣가시로 여겼는지, 아버지와 죽은 아케론 공작과 선황제와의 관계, 아버지가 저지른 일 등.

'왜 아버지가 자손에게 남기지 말라 하셨는지 알겠어.'

금고에는 아버지의 일기장이 있었다. 한 사람의 일대기가 오롯이 담겼다.

'아마 아버지는 그걸 누구에게도 보여 줄 생각 없이 기록하셨겠지.'

일기장은 죽은 선대 공작의 어둠이었다. 드러내지 못할 자신의 치부를 적나라하게 기록했다. 가문을 위해서라는 명분 아래에 어떤 반인륜적인 짓을 저질렀더라도 더그는 충분히 아버지를 이해했을 것이다.

그러나 아버지의 인격적 미완성은 충격이었다.

신처럼 위대했던 아버지의 실체가 열등감에 사로잡힌 저열한 인간이었다니.

아버지를 향한 존경심은 더그를 지탱하는 든든한 기둥이었다. 더그의 상실감은 엄청났다. 마흔 살을 훌쩍 넘은 나이에 길 잃은 어린아이의 심정이 되었다.

그는 아버지의 비호 아래에 세상 무서울 게 없는 공작의 후계자였다. 선대 공작이 죽은 지금도 여전히 아버지로부터 독립하지 못했다.

'그래도…… 가문을 위하는 아버지의 마음만큼은 존경스럽군.'

아들 앞에 발가벗는 심정으로 일기장을 남겼을 것이다. 더그는
아버지처럼 할 자신은 없었다.

한숨이 나온다. 눈앞이 깜깜했다.

'그나마 아케론 가문에 생존자가 없어서 다행이다.'

더그는 황제가 옛 사건에 관해 얼마나 아는지 확인할 방법을 고
민했다.

'하지만 폐하가 그 일을 알았다면 왜 아버지를 가만 놔두었을까.'

아버지는 노환으로 돌아가셨다. 돌아가시기 직전까지 리먼 가문
은 승승장구했다.

'일단…… 패트리샤에게는 말하지 말자.'

더그의 마음 깊은 곳에는 항상 영악스러운 여동생을 향한 경계
심이 있었다. 남동생이었다면 틀림없이 후계자 자리를 빼앗겼을 것
이다.

*　　　*　　　*

포프 백작부인은 시에나와 함께 온 손님들을 반갑게 맞아들였
다. 상반된 매력의 두 미남은 구경만으로도 흐뭇했다.

"백작부인. 차는 집무실로 들여 주시오."

"집무실이요?"

"세 사람이 함께 앉을 만한 넓은 테이블이 그곳밖에 없군. 필기구
도 필요하오."

"아아, 예. 무슨 말씀인지 알겠습니다."

"세 사람분의 저녁 식사 준비도 서둘러 주시오."

"예. 전하."

세 사람은 잠시 응접실에 앉아 있다가 집무실로 자리를 옮겼다. 그 사이 시녀들이 준비를 마쳤다. 구석 벽에 딱 붙여 두었던 테이블을 중앙에 배치하고 소파를 옮겼다. 테이블에 의자 셋과 필기구를 세팅했다.

세 사람이 자리에 앉았다. 디안이 주변을 두리번거렸다.

"좋군요. 집중이 잘 될 분위기예요."

주인을 꼭 닮은 방이라고 생각했다. 널찍한 책상은 잘 정돈되어 깔끔했다. 책상에 앉으면 손이 닿을 위치, 의자를 돌려 앉으면 등 뒤, 일어나 두어 걸음 걸으면 닿는 위치에 각각 책장이 있었다. 아마 서류의 중요도와 보는 빈도수에 따라 나누어 정리할 것이다.

"언제 내 궁에 놀러 와요. 나도 집무실 보여 줄게요. 아, 그냥 내일은 내 궁으로 갈까요?"

디안은 핑곗김에 시에나를 초대했다.

'내일도 또 끼겠다고?'

디안을 보는 쿤의 시선이 곱지 않았다.

"철왕. 놀자고 여기 앉은 게 아닙니다. 지금부터 오늘 회의 내용을 복기할 거예요. 각자 기억나는 만큼 시간 순서에 따라 눈앞에 있는 종이에 적으세요."

디안이 뜨악한 표정을 지었다.

"은왕. 속기록을 받아 오면 되는데 굳이……."

"내 기억을 되살려야 공부가 됩니다. 나중에 속기록과 비교해서 내가 무엇을 놓쳤는지 확인할 수 있고요."

"……늘 이런 걸 해요?"

"모든 회의는 못 합니다."

디안이 질린 눈으로 시에나를 보았다. 은왕의 성실함을 익히 들었지만, 그녀의 공부량은 상상 초월이었다.

조용한 집무실에 펜이 종이를 스치는 소리만 울렸다. 세 사람은 거의 한 시간이 넘도록 말없이 쓰기만 했다.

슥슥 적어 나가던 디안의 펜이 멈추었다.

'으음. 여기서 누가 말했더라.'

그는 황실의 핏줄답게 타고난 머리가 좋았다. 길고 긴 회의 내용을 기억에만 의존해 되살렸다.

'정리되고 좋긴 하네.'

디안은 한숨을 내쉬며 슬쩍 펜을 내려놓았다.

'그래도 머리 쥐 날 것 같다. 손도 아파.'

머리를 쥐어짜는 일을 기본적으로 싫어했다. 머리가 좋은 것과 공부를 좋아하는 것은 별개였다.

디안은 한 손으로 턱을 괴고 시에나와 쿤을 번갈아 보았다. 둘 다 거침없이 써 내려가고 있었다.

한 장 꽉 채운 종이가 차곡차곡 쌓였다.

'둘 다 괴물이야. 그래. 괴물끼리 잘 만났어. 정말 어울리는군.'

괴물들 틈에서 평범한 사람은 고되다고, 디안은 투덜거렸다.

"은왕."

"예."

"우리는 신목의 관을 두고 경쟁하는 사이라고 했던 말, 기억합니까?"

시에나가 고개를 들었다.

"물론입니다."

"진심이었어요?"

"그게 언제 일인데 지금 묻나요."

"그때 묻지 못했으니까요. 아직도 그 생각에 변함없어요?"

"진심이었고 변함없습니다."

"난 사실 은왕처럼 성실하지 못해요. 황족의 기품이나 위엄도 부족할 겁니다. 자질이 부족한 자와 겨뤄야 하는 게 분하지 않아요?"

꿈속 미래의 시에나는 그랬다. 분노에 사로잡혀 본질을 외면했다. 그리고 처절하게 후회했다.

"제위는 승부에서 이긴 자가 갖는 부상이 아니니까요. 하늘이 내리는 자리입니다."

대답하며 그녀는 약간 부끄러웠다. 꿈의 실패를 발판 삼아 찾은 답이기 때문이다.

"……그럼 내가 황제가 되어도 하늘이 인정했다고 받아들이겠다는 건가요?"

아무리 듣는 사람이 없다지만 수위를 넘나드는 대화였다. 쿤은 가라앉은 눈빛으로 잠자코 경청했다.

"신목의 관을 쓴 순간부터 황제의 치세가 시작됩니다. 제국인이라면 승복해야 하는 아르의 뜻이지요. 난 제국에 혼란을 초래할 생각이 없습니다. 그리고 철왕은 자질이 부족하지 않습니다."

"내가요?"

"철왕은 장점이 많아요."

"구체적으로 어떤 점이요?"

"철왕의 친화력은 내가 흉내 낼 수 없는 부분이에요. 철왕은 명령이 아니라 설득하는 황제가 될 거라고 생각합니다."

디안이 한참 만에 겨우 대답했다.

"과분한 평가네요."

디안은 복잡한 감정이 담긴 눈으로 시에나를 보다가 흐릿하게 웃었다. 황제가 되겠다는 열망으로 그토록 숨 가쁘게 달려왔건만.

'은왕이 황제가 되어도 억울하지 않을 것 같네.'

디안은 중심이 꼭 잡혀 흔들리지 않는 시에나의 소신이, 경쟁자의 장점을 인정하고 칭찬하는 건강한 자존심이 부러웠다.

"은왕. 제안할게요. 누가 황제가 되든 그 사람이 잘못된 길로 가면 거침없이 비판해 주기로요. 하지만 인신공격은 안 됩니다. 어때요?"

디안이 싱글싱글 웃으며 말했다. 해맑은 소년 같았다. 어디에도 시에나를 향한 적대감은 없었다.

'달라질 수 있구나.'

시에나는 기분이 묘했다.

'철왕과 반목하지 않을 수 있었어.'

꿈속 미래에서는 서로를 아프게 할퀴었다. 끝내 한 사람은 죽고 남은 자는 회한으로 아파했다.

'처음부터 적대하는 관계는 없는 거야.'

관계는 만들어 나가는 것이다.

"좋은 제안입니다."

시에나가 다시 펜을 들었다.

"철왕. 휴식 시간이 너무 길어요."

디안이 울상을 지었다. 때마침 바깥에서 문을 두드려 디안을 구원했다. 시녀가 들어와 식사 준비가 다 되었다고 알렸다.

"밥 먹고 합시다."

디안이 서둘러 일어났다.

이른 저녁 식사를 마치고 그들은 다시 집무실로 돌아왔다. 식사 중에는 내내 활기찼던 디안의 표정이 무거웠다.

'지겹다.'

배가 부르니 더욱더 머리를 쓰기 싫었다.

"은왕. 깜빡 잊었던 일이 생각났어요. 아무래도 난 가 봐야겠어요."

"그럼 내일은 철왕궁에서 할까요?"

"음……. 내일도 일이 있을 것 같아서……. 그건 내일 얘기합시다."

디안은 도망갔다.

집무실에 둘만 남자 쿤이 폭소를 터뜨렸다.

"최고야. 시에나. 물론 당신은 그럴 의도가 아니었겠지만."

"그럴 의도였는데?"

쿤의 눈이 휘둥그레졌다. 시에나가 코웃음 치며 말했다.

"철왕이 눈치가 없네."

쿤이 또다시 웃음을 터뜨렸다. 그녀에게 다가가 뒤에서 끌어안고 그녀의 어깨에 턱을 기댔다.

"시에나."

"응?"

반하고 또 반하는 마음을 그녀는 알까. 이보다 더 좋아질 수 있을까 싶은 한계치를 매번 경신했다.

"대답을 들으려면 더 기다려야 해?"

끌어안은 그녀의 몸이 미세하게 굳었다. 아직인가. 그는 한숨을 삼켰다.

시에나가 고개를 뒤로 돌렸다. 서로의 입술만 닿는 가벼운 키스를 했다.

"당신 말대로 천천히 생각해 봤는데."

그의 까만 눈이 긴장했다. 시에나는 이 남자의 감정을 흔들 때마다 느끼는 짜릿함이 좋았다. 오직 그게 가능한 유일한 사람이고 싶었다.

시에나는 그의 눈동자만 들여다보며 채 말이 없었다. 쿤은 조바심이 났다. 이번만큼은 도무지 차분하게 기다릴 수 없었다.

"그래서?"

"생각할 게 많았어."

"이해해."

"생각하고 또 생각하다가……."

어느 순간 문득 그녀는 '왜 내가 이렇게까지 고민해야 하지?'라는 생각이 들었다.

필요해서 진행한 약혼과 결혼은 식사 메뉴를 고르는 일보다 간단하게 결정했다. 마음이 끌리는 남자에게 마음 가는 대로 하는 것을 주저할 이유가 뭔가.

시에나가 그의 품에서 벗어날 것처럼 상체를 비틀자 그녀를 구속한 팔이 느슨해졌다. 그녀는 제자리에서 방향만 뒤로 돌아섰다. 엉거주춤 두 팔을 벌린 자세로 서 있는 그를 꽉 안았다.

역시 좋다. 단단하고 커다란 몸이다.

그녀가 발끝에 살짝 힘을 주어 완전히 기대어도 흔들리지 않았다. 두 팔로 그의 등 뒤를 감싸 안으면 넘치는 느낌이 났다.

황족의 신체적 우월성 덕분에 시에나는 평소 남녀의 체격 차이를 실감한 적이 거의 없었다. 어지간한 남자는 그녀보다 작으니까.

그런데 쿤과 함께 있으면 그녀는 갑자기 체격도 작고 힘도 약한 여자가 되었다.

신족의 정체성만 가졌던 그녀가 여자인 자신을 처음 자각했을 때는 몹시 당황했다. 왠지 억울하기도 했다. 시간이 지나며 깨달았다. 두 사람은 '남자'와 '여자'로 만났기에 서로에게 끌렸다. 그건 무척 근사한 일이었다.

시에나는 쿵쿵 울리는 자신의 심장 소리를 들었다. 서로의 가슴이 완전히 맞닿도록 안은 자세였다. 자신의 박동이 그에게도 전달될지 궁금했다.

깊은 포옹을 나눈 사람은 그가 처음이었다.

다른 사람과는 하고 싶지 않았다. 그가 다른 사람을 이렇게 안아 주는 것도 싫다.

"당신이 좋아."

그가 곧바로 반응할 줄 알았다. 하지만 조용했다.

시에나는 그의 윗가슴에 묻었던 고개를 위로 들었다. 곧바로 그와 눈이 마주쳤다.

복잡한 눈빛으로 그는 입술을 달싹거렸다. 말을 할 것처럼 입을 벌렸다가 다물기를 반복했다. 시에나가 처음 보는 모습이었다. 평소에 그는 할 말을 삼키는 사람이 아니었다.

"당신이 내린…… 결론이야?"

시에나는 고개를 끄덕였다.

"내 고백의 대답, 맞지?"

"응."

"좋다는 뜻은 아주 다양한 뜻으로 쓰일 수 있잖아. 그러니까 내 말은……."

"좋아해. 당신이 좋아."

"한 번 더 말해 줘."

"……."

"한 번 더. 응?"

"당신이 좋아."

"잘 못 들었어. 뭐라고?"

뭐 하자는 거람. 시에나가 미간을 찡그렸다.

쿤이 웃으며 주름진 그녀의 미간에 입을 맞추었다. 그리고 와락 그녀를 품에 당겨 끌어안았다.

그가 얼마나 힘을 주었는지 압박이 느껴질 정도로 눌렀다. 시에나는 그를 밀치지 않고 미소 지었다. 기뻐하는 그의 마음이 느껴졌다. 가슴 안쪽이 간질간질했다.

쿤이 밀착했던 몸을 약간 떨어뜨린 상태로 그녀의 이마, 눈, 콧방울, 입술을 가리지 않고 자잘한 키스를 쏟아부었다.

"당신에게 이런 걸 할 수 있는 사람은 나뿐인 거야. 그렇지?"

새삼스럽긴. 어차피 지금까지 그랬다. 시에나는 굳이 확인하려는 그를 이해할 수 없었지만, 인심 쓰는 기분으로 대답했다.

"맞아."

"앞으로도 마찬가지야. 애먼 놈들이 집적거려도 받아 주면 안 돼."

"규칙인가?"

"어? 아, 맞아. 규칙이야. 우리 둘이 약속하는 규칙."

"그럼 나뿐만 아니라 당신도 지키는 규칙이 있어야지."

"뭐든 말해. 내가 뭘 할까?"

"음……. 당신도 다른 여자에게 이런 걸 하면 안 돼."

"이런 게 뭔데?"

시에나는 싱글거리는 그를 흘겨보았다.

"안는 거, 키스하는 거."

"물론. 그리고?"

시에나는 고민에 빠졌다. 파티마의 얼굴이 스치고 지나갔다. 그 여자를 언급하기는 조심스러웠다. 쿤이 파티마를 의식하는 사소한 빌미도 주고 싶지 않았다.

"다른 여자가 집적거려도 받아 주면 안 돼."

쿤이 크게 웃음을 터뜨렸다.

"명심하지. 그리고?"

시에나는 더 고민했으나 떠오르는 게 없었다.

"당신이 더 말해 봐."

"날 피하지 마. 내게 화가 났어도 날 만나서 풀어."

"응."

"우리 관계에 영향을 미치는 결정을 해야 할 때는 반드시 상의해. 숨기거나 거짓말하지 않기."

"응."

"내가 당신에게 요구하는 것들은 전부, 당신도 내게 당연히 요구할 수 있어."

"응."

시에나는 흔쾌히 대답했다. 그가 요구하는 규칙은 충분히 합리적이었다.

"난 여기까지. 당신이 더 추가할 규칙은?"

시에나는 고개를 저었다.

"그럼 이제 우리 미래를 얘기해 보자."

시에나는 동그랗게 커진 눈으로 그가 손을 붙잡아 당기는 대로 끌려갔다.

그들은 구석에 밀어 둔 소파에 앉았다.

"난 비밀 연애는 하고 싶지 않아. 당신이 내 여자라고 사방에 외치고 다닐 거야. 이건 있어?"

"그러면……."

"시끄러워지겠지. 스캔들로 수도가 한동안 떠들썩할 거야. 소란이 어느 정도 가라앉아도 사람들의 관심 가득한 시선은 절대 사라지지 않을 테고. 오히려 우리 사이에 우리 두 사람의 문제보다 외적인 문제로 갈등이 생길지도 몰라."

"장점은?"

"세상 사람들이 우리 관계를 아는 것."

시에나는 '흐음' 소리가 나도록 한숨을 내쉬었다.

"장점보다 단점이 커."

"무슨 소리! 단점은 자잘해서 신경 쓸 가치가 없는 것들이야. 남들의 입방아는 다 쓸데없어. 우리 인생을 그들이 살아 주는 것도 아니잖아?"

"쿤. 당신과 나는 각자 입장이 있어. 당신은 철왕의 조력자인데 그쪽 사람들이 당신을 오해하지 않겠어?"

"그 점은 걱정 마. 철왕이 알아서 할 거야."

"철왕이?"

"철왕은 이해해 줬어. 소소한 도움도 몇 번 받았지."

시에나는 사람의 인연이 참 신기하다고 생각했다. 꿈속 미래에서 두 사람을 강제 결혼시킨 사람이 철왕이었다. 과정이 좋지 않았고 결과도 실패했지만, 어쨌든 두 사람을 맺어 주는 역할을 담당했다.

그런데 현실에서도 철왕은 완전한 제삼자가 아니었다. 다르지만, 비슷하다.

"그러니까 나는 괜찮아. 당신은? 곤란해?"

시에나는 어머니 외에 떠오르는 사람이 없었다. 어머니가 모략을 써서 쿤을 공격할까 봐 염려할 뿐 어머니가 방방 뛰는 건 상관없었다.

마침 요즘은 '반항하는 딸' 노릇을 하는 중이라 스캔들이 터져도 어머니는 그게 진짜인지 가짜인지 구별하지 못할 것이다. 언제까지 숨길 수는 없겠지만, 한동안 눈가림은 되겠지.

며칠 전 스투스는 남부로 떠났다. 어머니가 심은 첩자는 한동안 근처에 없다. 이것저것 따져 보니 공교롭게도 걸릴 게 없었다.

"우리 관계를 남이 꼭 알아야 해?"

"알아야 해."

"왜?"

"……웬 놈이 당신에게 같잖은 수작을 부리면 난 그놈 뒷덜미를 잡아 끌어내고 싶으니까."

유치하다. 시에나는 웃음이 터졌다. 까르르 웃는 그녀와 대조적으로 쿤의 표정은 뚱했다. 자신은 아주 심각한데 그녀는 농담처럼 듣는 것 같았다.

"좋아. 알았어."

"정말?"

머릿속으로 설득할 핑곗거리를 쥐어짜던 쿤이 화들짝 놀랐다.

"그러면 사람들 앞에서 키스해도 돼?"

"그건 예의가 없는 거고."

"손은 잡아도 괜찮지?"

시에나가 멈칫했다. 입술에서 손으로 내려가니까 '그쯤이야.'라는 생각이 들었다.

"그건…… 괜찮아."

"이제부터 공식적이든 비공식적이든 당신의 대외적인 파트너는 나야."

시에나는 고개를 끄덕였다.

"며칠 뒤의 철왕의 결혼식 후 연회에 내가 당신을 에스코트하겠어. 데리러 올게."

"백작부인에게 말해 둘게."

"마음 바뀌면 안 돼."

"난 내가 한 말은 지켜."

쿤이 격정에 못 이겨 그녀를 끌어안았다.

근래에 이처럼 기쁜 적이 없었던 것 같다. 어떤 성공도 지금처럼 벅차오르지 않았다.

"쿤."

"음."

"마지막으로 추가할 규칙이 생각났어."

쿤이 상체를 들었다. 눈이 마주쳤다. 시에나는 그의 눈동자에 가득 비친 자신의 모습을 봤다.

그녀의 불안은 아직 사라지지 않았다. 그는 언젠가 변할지도 모른다. 세상에 영원한 것은 없으니까. 저 눈동자에 다른 사람을 담을 수도 있다. 심장이 지끈 아팠다.

사람을 좋아하는 감정이 그저 행복하지는 않았다. 이 남자를 차라리 놓아 버리면 모든 집착에서 해방될 텐데. 이제는 늦었다. 만난 지 고작 1년도 안 된 남자인데 이토록 애틋한 마음이라니.

언어는 불완전한 수단이었다. 시에나는 자신의 이 마음이 고작 '좋아한다.'라는 짧은 단어로 표현하기에 턱없이 부족하다고 생각했다.

"배신하지 마."

쿤의 입가가 미세하게 굳었다. 그는 말없이 소파에서 일어났다. 그리고 그녀의 발치에 한쪽 무릎을 접고 앉았다.

시에나는 당황해 그를 바라보다가 그가 내민 손에 손끝을 얹었다.

쿤이 그녀의 손을 쥐어 당기며 말했다.

"대륙의 어떤 나라를 가면 '세 번의 입맞춤'이라는 독특한 서약의 풍습이 있어."

쿤은 그녀의 손등에 키스하며 말했다.

"첫 번째 키스는 '내 두 눈에는 당신만 보이고.'라는 뜻."

그는 가지런히 모인 그녀의 손가락 마디에 키스하며 말했다.

"두 번째는, 내 두 귀는 당신의 말씀만 들리며."

그는 그녀의 손을 뒤집어 손바닥에 키스했다. 그는 고개를 들어 그녀를 바라보며 느릿하게 말했다.

"내 영혼이 부르는 기쁨의 노래는 오직 당신의 것입니다."

그녀는 명료한 대답을 좋아했다. 하지만 '절대 배신하지 않아.'라는 대답보다 타국의 풍습을 빗댄 은유적 표현이 훨씬 뭉클하게 와닿았다.

시에나는 소파 아래로 내려왔다. 그와 마주 보며 바닥에 주저앉았다. 이번에는 그녀가 그의 손을 잡았다. 고개를 숙여 그가 한 것처럼 손등에, 손마디에, 손바닥에 차례차례 키스했다.

백 마디 말로도 표현하지 못할 감정을 그에게 온전히 전하는 기분이 들었다. 고개를 들어 그를 바라보았다. 일렁이는 그의 검은 눈동자가 아름답다고 생각했다.

"시에나."

그의 두 손이 시에나의 얼굴을 감싸 쥐었을 때 그녀는 눈을 감았다. 곧바로 입술에 따끈한 체온이 닿았다. 각도를 맞추어 빈틈없이 입술이 붙었다. 그가 숨이 차도록 밀어붙이는 바람에 시에나는 조금 할딱거렸다.

잠시 떨어졌던 입술은 다시 붙고 방향을 바꾸어 키스가 이어졌다. 두 사람 다 제어하지 못하는 키스는 멈출 줄을 몰랐다. 바깥에서 문을 두드리는 소리를 듣고 겨우 정신을 차렸다.

"전하. 차를 들일까요?"

바닥에 무릎으로 앉은 두 사람은 그대로 굳었다. 쿤의 두 손이 그녀의 얼굴을 쥐고 시에나의 두 손은 그의 두 손을 잡은 자세였다.

잠시 후 시녀가 또 문을 두드렸다.

"전하. 차를 들일까요?"

평소답지 않았다. 집무실이나 응접실은 시녀가 '들어가겠습니다.'라고 미리 통보만 했다. 시녀가 심상치 않은 낌새를 느낀 걸까, 포프 백작부인한테서 들은 말이라도 있는 걸까.

시에나는 이 상황이 우스웠다.

그녀가 웃기 시작하자 쿤도 웃었다. 두 사람은 이마를 맞대고 키득키득 웃었다.

"아무래도 저건 내게 보내는 경고 같군. 당신과 둘만 있는 시간을 이만큼이나 참아 줬으니 감사한 일이지."

쿤이 짧게 키스하며 말했다.

"당신 유모가 달려오기 전에 그만 가야겠다."

두 사람은 대충 서로의 매무새를 정돈했다. 시녀들이 손 봐준 것처럼 완벽할 수는 없었다. 얼핏 보면 모르겠지만, 유심히 살피면 흐트러진 차림새를 정리한 티가 났다.

쿤은 집무실 문고리에 손을 댔다가 돌아섰다. 그녀에게 기습적인 가벼운 입맞춤을 했다.

"사랑해."

커진 눈동자의 시에나를 보며 그의 눈이 웃었다.

그녀는 잠시 닫힌 문 앞에 그대로 서 있었다. 손을 자신의 심장 위에 올렸다. 너무 뛰는 심장이 아팠다.

* * *

파티마는 모처럼 장터에 나왔다.

'사교 파티가 중독성이 있나 봐. 한동안 안 갔더니 심심하네. 도서관도 못 가고.'

제국 의회 기간에는 황궁의 경비가 한층 삼엄했다. 출입을 일부 통제해서 관리가 아닌 자는 행관 도서관 방문이 불가능했다.

곧 철왕이 결혼한다. 결혼식 다음 날이 올해의 첫 황궁 공식 연회였다. 수십 년 만의 국혼과 더불어 적왕이 연회를 준비한다는 사실이 알려져 사람들의 기대가 컸다.

모두의 관심이 쏠리는 결혼 축하연 날짜가 다가올수록 귀족 자택 파티는 수가 줄었다. 화제를 모으지 못할 바에는 아예 황궁 연회 이후로 미루어 버렸다.

소소한 모임은 파티마의 성에 차지 않았다. 메르제 백작부인을 따라 워낙 규모 있는 자리만 따라다녔더니 눈이 높아졌다.

'메르제 백작부인이 적왕이 주최하는 황궁 파티는 격이 다르다고 극찬했지.'

송년 파티에 참석했을 때는 눈이 돌아가는 화려함에 감탄하느라 정신없었다. 이제는 제법 보는 눈이 생겼다. 연회장에 한 발 들이자마자 주최자의 센스를 대충 감 잡는 정도에 이르렀다. 그래서 이번 황궁 파티는 감상하는 눈으로 볼 자신이 있었다.

파티마는 가판대가 몰린 장터의 한복판에서 키가 쑥 위로 올라온 낯익은 사내를 발견했다. 그녀의 눈이 커졌다. 재빠른 걸음으로 다가갔다.

"우스 님."

우스가 눈빛으로 아는 척했다.

"이런 데서 만나다니. 정말 반가워요."

우스는 말없이 파티마의 옆에 있는 남자를 쳐다봤다.

"내 호위예요."

파티마는 마틴이 붙인 호위가 껄끄러웠다. 자신의 행보가 낱낱이 마틴의 귀에 들어갈 것 같았다. 마틴에게 '호위는 제가 알아서 할게요.'라고 말한 후 메르제 백작에게 부탁해 사람을 구했다.

호위는 딱딱하게 굳은 표정으로 고개를 숙였다.

"만나 뵈어 영광입니다. 칼리 경."

파티마가 당혹스러워하며 호위를 나무랐다.

"이분은 칼리 경이 아니에요. 엄연히 다른 분이지요. 무슨 무례입니까. 어서 사과드리세요."

"예? 아……. 죄송합니다."

석연찮은 표정으로 호위는 사과했다. 쌍둥이라는 사실을 모르니 정말 닮은 사람이구나, 라고 생각했다.

"정말 미안해요. 우스 님. 사실 우스 님이 칼리 경보다 더 뛰어난 전사인걸요. 나는 칼리 경의 영광을 마땅히 우스 님이 가져야 했다고 믿어요."

우스는 팔짱을 낀 자세로 어깨만 으쓱했다.

파티마는 개의치 않았다. 우스는 원래 정중한 예절과 거리가 멀었다.

"우스 님. 혹시 지금 바빠요?"

"딱히 급한 일은 없어요."

"괜찮으면 시간 좀 내주겠어요? 오랫동안 고향을 떠나 있었더니 사막 이야기를 하고 싶어요."

"그럽시다."

파티마는 제국의 사교계에서 인맥이 얼마나 중요한지 배웠다.

우스는 진흙 속의 진주였다. 그는 라드 후작의 최측근이고 검술 실력은 칼리 경 못지않았다. 지금 칼리 경에게 사람들이 경탄하듯 머지않아 우스의 가치가 드러날 것이다. 그래서 사막에서 맺은 인연은 더 굳건히 하고 싶었다.

'친구가 되어야 해. 그럼 쿤 님께 직접 말을 전하는 부탁 정도는 할 수 있겠지.'

두 사람은 자리를 옮겼다. 파티마는 우스를 배려해 평민들이 드나드는 주점으로 갔다. 밤에는 술을 팔고 낮에는 곡물차를 팔았다.

"오랜만이에요. 잘 지냈어요?"

"그럭저럭. 파티마는 잘 지낸 것 같네요. 아, 이젠 이렇게 부르면 안 되나."

"아니에요. 전처럼 불러 주세요. 사막에서는 다 이름으로 부르잖아요. 제국의 풍습은 정중하지만, 거리감이 느껴져요."

"나도 그냥 이름으로 불러요. 전부터 '님' 붙이는 거 불편했으니까."

"그럴게요. 우스. 고향에 온 기분이 나고 좋아요."

배시시 웃는 파티마를 보는 우스의 눈빛이 묘했다.

'사람이 바뀌었네.'

레반은 우스를 '본능만 남은 놈'이라고 평하곤 했다. 반은 비난이었고 반은 부러움이었다.

대개 상대의 속을 읽기 위해 머리를 쥐어 싸매고 수많은 경우의 수를 생각한다. 우스는 단순했다. 그냥 느낌으로 좋은 사람과 아닌 사람을 구별했다.

그래서 우스는 단순한 성격인데도 뒤통수를 맞은 적이 없었다.

속셈을 품고 접근하는 자는 귀신같이 알아차렸다.

우스는 파티마의 가식적인 웃음을 간파했다. 파티마가 쿤을 흠모해서 자신에게 호의적으로 접근한 것은 알고 있었다.

하지만 그런 빤한 속마음이 거슬리지 않을 정도로 사막에서 만난 파티마는 거친 모래바람 속에서도 빛나는 여자였다. 그때는 쿤과 잘 어울린다고 생각했다.

우스가 알던 파티마는 사라졌다. 얄팍한 수작을 부리는 귀족이 되었다. 어쩐지 실망스러웠다.

"혹시 칼리 경께 부탁한 말, 전해 들었어요?"

"들었어요."

"만나러 와 줄 줄 알고 우스를 기다렸어요."

"백작가는 좀…… 아는 사람 집도 아니고."

"아, 내가 생각이 짧았네요. 그럼 우스를 만나려면 어떻게 하면 되죠?"

"그냥 장터로 와요. 별 특별한 일 없으면 거의 매일 나오니까. 대충 이맘때."

"그럴게요."

주점에서 머문 시간은 길지 않았다. 그다지 중요한 얘기도 나누지 않았다. 파티마와 헤어져 우스는 집으로 향했다. 후작 저로 들어가다가 막 나오는 레반과 마주쳤다.

"너 또 장터 갔다 오냐? 출근 도장을 찍는구나."

레반은 우스의 빈손을 보며 말했다.

"오늘은 뭘 사지는 않았네."

우스는 근처 장터에 나가 이런저런 잡화를 사는 취미가 있었다. 사막에서도 장이 서면 꼬박꼬박 보러 갔다.

"야."

"왜."

"쿤의 여자, 은왕 맞지?"

"넌 그런 말을!"

레반이 다급히 주변을 돌아보았다.

"입 다물고 따라와."

두 남자는 저택 담벼락의 구석으로 갔다. 레반이 인상을 썼다.

"말조심해. 사람들 오가는 출입 통로에서 할 말이냐?"

"쉬쉬할 거 뭐 있어. 알 만한 사람은 다 아는데."

"왜 조심하는지 몰라서 그래?"

"둘 사정이 복잡한 건 알지만 그게 문제였으면 쿤은 시작도 안 했을 거고. 어차피 쿤은 이런저런 상황 다 생각해 놨을걸."

"그래도 우리 쪽에서 말 나가서 문제 생기는 건 안 돼."

공처가가 될 거라고 낄낄댔지만, 레반의 속마음은 쿤이 너무 은왕에게 쥐여살까 봐 걱정이었다. 가뜩이나 쿤이 은왕에게 목매는 것 같은데 사고 쳤다가는 아주 납작 엎드려야 할 거다.

"방해하지 마. 결혼할 사람은 쿤이니까 네가 마음에 들거나 말거나 상관없어."

"마음에 안 든다고 안 했다?"

우스가 툭 내뱉고 돌아섰다.

                    *   *   *

　제국 의회는 1회 연장하여 총 4회로 끝났다.

　마지막 폐회 선언을 마친 황제가 퇴장했다. 언제나 그랬듯 은왕
이 가장 먼저 회의장을 나섰다. 그 뒤를 라드 후작이 따라갔다.

　첫날에는 어리둥절하던 의원들이 이틀, 사흘째에는 회의가 끝날
쯤 은왕과 후작을 흘끔거렸다.

　오늘은 과연? 그리고 나흘째의 오늘도 어김없이 두 사람만 어울
려 자리를 떴다.

　공작들의 표정은 아주 복잡 미묘했다. 은왕과 후작의 관계를 어
떻게 해석해야 할지 도통 감을 잡지 못했다.

　첫날에 호된 맛을 본 디안은 이틀째부터는 두 사람 사이에 끼지
않았다. 두 사람이 나간 출입문을 보며 혀를 찼다.

　'둘이 제대로 연애는 하는 거야? 나란히 앉아 책만 읽는 거 아니
야? 저 녀석은 겉만 그럴듯하지 순 허당이야, 허당.'

　디안은 제후국 대표들에게 다가갔다.

　"여러분. 고생이 많았습니다. 딱히 다른 일정들이 없으면 내 궁
으로 가서 가볍게 한잔하는 건 어떻습니까?"

　"전하의 궁에서요?"

　"초대해 주신다니 마땅히 가야지요."

　제후국 대표들은 흔쾌히 대답했다.

　디안은 공작들에게도 같은 제안을 했다. 넉살 좋게 웃으며 리먼
공작에게도 함께 가자고 했다.

"제안은 감사하오나 일이 있습니다."

더그는 불편한 표정으로 거절했다. 뭐, 이런 놈이 다 있나, 속으로 생각했다.

리먼 공작과 루크 공작, 블레스 공작 후계인 블레스 백작 등 셋을 제외한 나머지 셋이 초대를 받아들였다.

디안은 한 무리의 사람들을 이끌고 철왕궁으로 향했다. 한 명 한 명이 전부 거물들이니 눈에 띄었다. 은왕과 후작을 향한 관심마저 그들이 가져갔다.

이틀 후가 디안의 결혼식이었다. 황실의 큰 행사를 앞두고 궁인들은 분주했다. 다른 곳에 관심을 둘 여유가 없었다.

그래서 은왕과 후작이 사이좋게 함께 가는 모습을 지나가는 궁인들이 여러 번 목격했어도 크게 소문이 번지지는 않았다.

덕분에 시에나와 쿤은 제국 의회가 끝난 늦은 오후부터 늦은 저녁까지 은왕궁 집무실에서 데이트를 즐겼다.

시에나는 나흘 모두 회의 내용을 정리했다. 둘째 날부터는 쿤과 반씩 맡아 작성한 후 바꾸어 보기로 했다.

복기가 끝나면 얼추 저녁 먹을 시간이 되었다. 식사를 마친 후 다시 집무실로 돌아왔다. 늦은 밤까지 두 사람만의 시간이었다. 두 사람은 소파에 바짝 붙어 앉아 도란도란 얘기를 나누었다.

"모래 폭풍이 그 정도야?"

"무시무시한 자연재해지. 경험해 보지 않으면 몰라. 사흘 정도 꼼짝 못 하고 갇혀 있는 건 예사야."

어쩌다 사막 이야기가 나왔고 쿤은 사막의 경험담을 풀어놓았다. 그는 대륙 곳곳에 가 보지 않은 곳이 없을 정도로 돌아다녔던 터라 쌓인 여행기가 무척 많았다. 시에나는 흥미진진하게 그의 이야기를 들었다.

"힘들었겠네."

"말했잖아. 고생 많이 했다고."

시에나는 그의 눈썹 위 흉터를 응시했다. 자세히 들여다봐야 알아차릴 정도로 꽤 흐릿해졌다. 그녀가 손끝으로 흉터를 더듬었다.

"왜 다쳤어?"

"야쿠 부족장을 만나러 가는 길에 기습이 있었어. 부족 간 연합을 반대하는 부족장의 반대 세력이었는데 얕은수를 썼어. 사막귀를 끌어들였거든."

"사막귀를 무기로 이용했다는 거야? 그게 가능해?"

"그러니까 얕은수. 그놈들은 괴물이야. 협상이 통하는 상대가 아니지. 난전이 벌어지자 그들은 사막귀로부터 오히려 공격받는 처지가 되었어. 사막인들이 독하긴 해. 등 뒤에서 사막귀가 달려드는데도 날 저격해서 화살이 여기 스쳤어."

그는 남의 경험처럼 덤덤히 말했다. 시에나의 표정이 점점 굳었다.

"정말 위험했잖아!"

"결과적으로는 무사했으니까."

쿤은 그날을 떠올리면 사막귀보다 날뛰던 우스만 생각났다. 쿤이 애꾸가 된 줄 알고 우스의 눈이 휙 돌아갔다. 우스가 제대로 정신이 나가면 쿤도 말릴 수 없었다.

그날 기습한 자 중 살아남은 자는 아무도 없었다. 반대 세력이 싹 죽어 버렸으니 협상은 순조로웠다.

"내게 겁이 없다면서 당신도 마찬가지야. 위험한 일은 하지 마."

"저택에 잔소리쟁이 집사가 있는데 정말 성가셔. 그런데 왜 당신 잔소리는 듣기 좋을까."

시에나가 그의 어깨를 내리쳤다.

"하여간 말은 잘하지."

"진심이야."

쿤이 장난스레 그녀의 입술에 쪽, 쪽 소리가 나도록 키스했다. 시에나가 웃으며 손으로 그의 입을 막았다. 장난으로 시작했다가 분위기는 빠르게 달아올랐다. 두 사람의 혀가 뜨겁게 얽혔다.

지난 며칠의 데이트가 이런 식이었다. 웃으며 장난치고 진한 키스를 하다가 다시 대화하고. 두 사람은 그들만의 알콩달콩한 시간에 폭 빠졌다.

"조만간 블레스 공작령에 다녀올 생각이야."

"당신이 직접?"

"다른 공작가 서고에서 건진 게 거의 없어. 블레스 가문은 워낙 수도에 기반이 없으니 큰 기대는 없지만 그래도 혹시 모르니까."

쿤이 시에나를 꽉 안으며 한숨을 쉬었다.

"당신을 꽤 오래 못 볼 텐데 큰일이네. 아, 가기 싫다."

시에나는 픽 웃었다.

그의 등을 토닥토닥 두드려 주었다.

　국혼의 날이 밝았다. 철왕의 결혼식은 황실의 전통에 따라 진행
되었다.

　황궁의 본질은 신께 봉헌하는 신전이었다. 아마 세상에서 가장
화려하고 세속적인 신전일 것이다.

　황실의 행사는 기본적으로 종교적이고 감정을 절제했다. 절차에
따라 하객들은 수없이 앉았다가 일어나기를 반복했다. 떠들고 웃
는 분위기를 용납하지 않았다. 긴 축복 기도문을 읽는 동안 조용히
듣고 있어야 했다.

　잔뜩 들떴던 사람들은 오후가 되자 억지웃음조차 짓지 못했다.
저절로 정숙한 분위기가 조성되었다.

　혼인의 예식을 주관하는 신관이 황제 부부의 입장을 알렸다. 결
혼식이 온종일 걸리기 때문에 황제는 마지막 절차에만 참석했다.
황제 부부는 내내 비어 있었던 가장 앞줄의 자리에 앉았다.

　예식 제단 위에 오른 신관보다 황제의 자리가 낮았다. 신관은 신
의 대리인으로서 절차를 진행하므로 황제는 신 앞에서 겸허히 몸을
낮춘다는 표현이었다.

　"신랑과 신부, 두 분은 신의 앞에서 맹세로서 서약해 주십시오.
증인들은 이 서약의 무결함을 지켜봐 주십시오."

　은왕과 라드 후작이 앞으로 나갔다. 은왕은 좌측 끝에 후작은 우
측 끝에 섰다.

　디안과 비올렛이 서로 마주 보고 제대 아래에 무릎을 꿇었다. 두

명의 신관이 성서를 들고 신랑 신부의 옆에 무릎 꿇고 앉았다.

예비부부는 오른손을 성서에 얹고 왼손을 들었다. 제단 위의 신관이 맹세를 읊었다. 한 문장이 끝나면 신랑과 신부가 따라 외웠다.

"이로써 두 분은 부부가 되었음을 엄숙히 선언합니다. 하객 여러 분께서는 진심으로 축복해 주시기 바랍니다."

막 탄생한 부부가 좌우 하객석 사이의 길을 따라 걸었다. 부부가 출구에 이를 때까지 박수가 멈추지 않았다.

오전부터 시작해 늦은 오후가 되어서 끝난 긴 결혼식이었다. 보통 결혼식을 마치면 피로연을 열지만, 국혼은 축하연이 다음 날에 있었다.

새신랑과 새신부가 초야를 치르고 진정한 부부가 된 후 비로소 사람들의 축하를 받는다는 의미라고 했다.

하지만 사람들은 진짜 의미는 그게 아니라고 생각했다.

"축하연이 내일이라 다행이죠."

"맞아요. 오늘이면 다들 이미 지쳐서 참석할 수나 있겠어요? 연회장이 텅 빌 거예요."

진이 다 빠진 사람들은 예식이 끝나자마자 조용히 귀가했다.

시에나는 궁으로 돌아가는 마차 안에서 장엄하게 진행된 오늘의 결혼식을 생각했다. 신 앞에서 맹세한 철왕 부부는 서로를 바라보는 눈빛이 따뜻했다. 그들은 의좋은 부부가 될 것이다.

현재 황제와 적왕처럼 각자 애인을 두고 즐기는 모습은 상상이 되지 않았다. 그래서 자꾸 마음에 걸렸다.

「당신은 유일하게 남은 그분의 혈육이었기 때문입니다.」

왜 유일했을까. 아이가 없었나? 불임이었을까?

하지만 꿈에서 공왕이 했던 말은 그런 뉘앙스가 아니었다.

만약 아이가 태어났으나 잘못된 거라면. 그리고 그런 끔찍한 일의 배후에 어머니가 있다면.

관자놀이가 지끈 아팠다. 시에나는 이를 악물었다.

'그런 일은 있어서는 안 돼. 반드시 내가 막겠어.'

2장

스캔들

"아까 말했지만, 우리는 첫 단추부터 잘못 끼웠소."

시에나는 꿈에 들어왔다. 황제의 눈을 통해 지긋한 나이의 쿤을 보고 있었다.

─얼마 만이지? 한 달은 넘은 것 같은데.

꿈의 빈도가 처음에는 들쭉날쭉하더니 언젠가부터 약 한 달 주기가 되었다.

─올해 안으로 이 꿈은 끝날지도 몰라.

만약 이 꿈이 미래의 '하루'를 보여 주는 거라면 꿈속 이 밤을 끝으로 꿈도 끝날 것이다.

─왜 하필 이 날일까.

미래의 무수히 많은 날 중에서 왜 이 날.

무척 많은 일이 발생한 길고 긴 하루이기는 했다.

하지만 미래를 알려 줄 의도라면 차라리 더 먼 미래의 어느 날이었으면 좋았을 것이다.

"그리고 변명하자면 나는 결혼 무효가 나뿐만 아니라 그대에게도 이로운 결정이라고 생각했소."

"왜 그렇게 생각하셨는지 여쭈어도 되겠습니까?"

"서로에게 고통뿐인 관계는 끊는 것이 나으니까."

"그 말씀인즉슨. 폐하께서는 제 존재가 고통스러우셨군요."

"……."

공왕이 쓸쓸한 미소를 지었다.

"결혼 초 폐하와 제가 잘 지내지 못했다는 사실은 인정합니다. 그래도 나중에는 최선을 다해 노력했습니다만. 제가 그토록 싫으셨다니 드릴 말씀이 없습니다."

공왕을 바라보던 황제의 시선이 힘겹게 아래로 내려갔다.

―아.

시에나는 불현듯 깨달았다. 신음처럼 중얼거렸다.

―황제는 공왕, 당신이 싫었던 게 아니야.

자신의 미래이지만, 도무지 공감할 수 없었던 황제를 처음으로 이해했다. 이미 다른 방향으로 갈라진 미래라 해도 황제와 시에나의 본질은 같았다. 본디 같은 사람이다. 서로를 완전히 이해할 수 있는, 이 세상의 오직 단 한 사람이었다.

처음 꿈을 꾸었을 무렵의 시에나라면 몰랐을 것이다. 하지만 지금은 황제의 복잡한 마음을 알겠다.

─황제는 공왕에게 마음이 흔들렸구나. 그래서 도망쳤어.

자신도 쿤에게 끌릴 때 비슷하게 갈등했다. 흔들리는 마음이 낯설고 불안했다. 차라리 도망치고 싶었다.

현실의 시에나는 자신의 감정을 직시하고 인정했지만, 미래의 시에나는 그러지 못했다. 둘은 처한 환경이 다르기 때문이다.

─황제는 처음에 무척 공왕을 싫어했지.

경멸했던 사내가 마음을 건드리니 당황스럽고 인정하기 어려웠을 것이다. 상담할 사람도 없었겠지. 측근들은 공왕을 음해하는 악담만 늘어놨을 테니까. 그녀의 고뇌가 얼마나 컸을지 짐작이 갔다.

아마 두 사람이 계속 부부로 살았다면 언젠가는 마음이 열렸을지도 모른다. 그런데 황제가 된 철왕이 죽었다.

미래의 시에나에게 완벽한 명분을 갖춘 도주로가 눈앞에 놓였다.

─어리석게도. 하지만 당신을 이해해. 당신은 곧 나니까. 내가 당신 입장이라면 같은 행동을 했을 테니까.

"폐하. 제가 혼인 무효에 협의하지 않고 시간을 끈 것은 폐하를 괴롭히려는 의도가 아니었습니다. 다만……."

공왕은 말끝을 흐리며 입을 다물었다. 그리고 한참 간격을 두고 말했다.

"그 일로 아직 폐하를 원망하지는 않습니다. 폐하께서도 그저 지나간 옛일로 생각하시면 됩니다."

―참…… 괜찮은 남자구나.

공왕의 눈빛은 맑았다. 한때 자신의 아내였으나 일방적으로 떠나 버린 여자이자 친구와 수하를 죽인 원수의 딸을 바라보는 눈빛 어디에도 원망은 없었다.

시에나는 저 남자를 택한 자신의 선택이 올바른 것 같아 뿌듯했다.

"선황 폐하에 관해 궁금한 것이 있소."

황제가 화제를 돌렸다.

말을 돌리는 기색이 뚜렷한데도 공왕은 '예, 하문하십시오.'라고 대답했다.

"선황 폐하는 생전에 정통성 문제로 공격을 받으셨소. 왜 블레스 가문은 선황 폐하를 모른 척한 거요? 최소한 공작 가문 하나만이라도 선황 폐하를 적극적으로 지지했다면 그분이 그토록 힘들지는 않았을 텐데."

"폐하. 블레스 공작가는 본래……."

"은둔하는 공작 가문이지. 알고 있소. 하지만 선황께서는 블레스 공작가의 핏줄이잖소."

*　　*　　*

오후부터 황궁의 연회홀에 사람들이 모여들었다.

안목 있는 귀부인들은 연회장 구석구석을 세심하게 살폈다.

"적왕께서 신경을 꽤 쓰셨는데요."

"그러게요. 뜻밖이네요."

오늘 연회를 적왕이 준비한다는 사실은 호사가들의 흥밋거리였다.

"적왕의 체면이 있지, 아무리 철왕 전하의 결혼 축하연이라지만 이름을 걸고 준비한 자리를 망칠 수 있겠어요?"

"하긴, 그분이 이런 쪽의 자존심이 강하지요."

"파티의 여왕이라고 불리잖아요."

귀부인들이 유쾌하게 속닥거렸다. 이를 북북 갈며 파티 준비를 했을 적왕을 떠올리면 쌤통이었다.

적왕은 자애롭게 사람들을 끌어안는 성품이 아니었다. 힘으로 찍어 눌렀다. 제 심기에 거슬리면 공개적인 망신을 주는 일도 다반사였다. 적왕한테 상처받아 공황증에 걸려 아예 사람들이 모이는 장소에 나올 수 없게 된 여자도 있었다.

하지만 누구도 적왕을 비난하지 못했다. 아니꼬워도 다들 열심히 적왕의 비위를 맞췄다.

적왕은 권력자였다. 그리고 그녀의 세련된 감각을 추종하는 자들이 꽤 많았다.

"철왕비는…… 아무래도 힘들겠죠?"

"성품이 너무 순해요. 상대가 안 될 거예요."

적왕에 맞설 용자의 등장은 아직 먼 미래의 이야기인 것 같다. 적왕과 비교하면 비올렛은 부리도 여물지 못한 병아리였다.

참석객이 끊임없이 입장했다. 곧 연회장은 사람들로 북적거렸다. 초대장에 명시된 개장 시각에서 한 시간이 훌쩍 지나도록 눈에 띄는 거물의 등장이 없었다. 특히 오늘의 주인공인 철왕 부부의 모습이 보이지 않았다.

"황제 폐하께서는 오신다 해도 늘 그렇듯 잠깐 납시기만 할 테고 적왕은 아마 안 오시겠죠?"

"안 오실 것 같아요."

"철왕 부부는 왜 안 보일까요."

"은왕 전하도 안 오셨고. 라드 후작님도 안 보이네요."

파티는 흠잡을 구석이 없었다. 술도 요리도 훌륭했다. 하지만 사람들은 왠지 모를 지루함을 느꼈다.

"은왕 전하, 라드 후작 각하 입장입니다."

시종의 외침은 잔잔한 호수에 던진 돌처럼 파문을 일으켰다. 고개가 일제히 돌아가는 광경이 기괴했다.

사람들은 눈을 의심했다. 라드 후작이 은왕을 에스코트해서 나란히 함께 들어왔다.

두 사람은 연회장을 둘러보더니 시종을 불렀다. 시종에게 뭔가를 물었다.

그리고 은왕과 후작은 서로를 보며 짧은 대화를 나누었다. 그리고 함께 어디론가 갔다.

사람들의 시선이 두 사람이 걸어가는 방향을 따라갔다. 두 남녀는 메르제 백작 부부 앞에 멈추었다.

"메르제 백작, 백작부인."

후작의 부름을 듣고 멍하게 있던 부부가 정신을 차렸다. 예의를 차려 인사했다.

시에나가 물었다.

"철왕 부부께서 보이지 않는 이유를 아시오?"

"예? 아, 예. 그게……."

백작이 횡설수설하자 백작부인이 남편을 팔꿈치로 툭 치면서 나섰다.

"두 분은 아직 입장하지 않으셨습니다. 이유는 모르겠습니다."

"이런, 무슨 일이지."

시에나와 쿤이 난감한 눈빛을 주고받았다. 그들은 철왕 부부가 충분히 사람들의 축하를 받을 수 있도록 여유를 두고 일부러 늦게 왔다.

후작이 은왕을 에스코트해서 나타나면 아무래도 관심이 몰릴 것이다. 오늘의 주인공이 되어야 할 철왕 부부를 배려해서였다.

시에나가 시종을 향해 손짓했다. 달려와 고개를 숙이는 시종에게 말했다.

"철왕궁에 가서 두 분이 왜 안 오시는지 여쭙고 오너라."

"예. 전하."

시종이 달려갔다.

은왕이 등장하기 전까지 철왕에게 왜 안 오느냐고 물어도 되는 신분을 갖춘 사람이 없었다.

백작부인이 호기심 가득한 눈으로 물었다.

"한데 두 분께서 함께 오시다니요. 예상도 못 했습니다."

후작이 은근한 어조로 대답했다.

"사교계 소문은 빠르다는 말이 꼭 그렇지는 않은 모양입니다."

"예?"

"내가 그토록 눈에 띄고 싶어 애를 썼는데 말이지요."

"예?"

후작이 옆의 은왕을 부드러운 시선으로 바라보았다.

"하지만 종종 오늘 같은 광경을 보게 될 겁니다."

"예?"

백작부인은 얼빠진 표정으로 앵무새처럼 같은 말만 반복했다.

후작이 자신의 왼쪽 손등에 얹은 은왕의 오른손을 쥐어 고개를 숙여 그녀의 손등에 키스했다.

"앞으로 은왕 전하의 곁에는 내가 있을 테니까."

"라드 후."

은왕이 미간을 굳히며 그를 불렀다. 하지만 후작에게 잡힌 손을 뿌리치지는 않았다.

"이 정도는 봐주십시오. 전하."

그리고 후작은 재차 은왕의 손등에 키스했다.

경악한 메르제 백작부인의 입이 쩍 벌어졌다.

여기저기에서 백작부인을 똑 닮은 표정을 짓는 사람들이 속출했다.

소란스럽던 연회장은 마른 들풀에 불길이 번지듯 빠르게 침묵이 퍼졌다. 그리고 어느 기점으로 팍 터졌다. 순식간에 술렁거림으로 가득 찼다.

입에서 입으로 말이 전해져 넓은 연회장을 가득 채운 모든 사람이 알게 되기까지 얼마 걸리지 않았다.

은왕과 후작은 천천히 연회장을 돌며 사람들과 인사를 나누었다.

"축하합니다. 그로시 공. 백작부인."

수년 전에 사별한 그로시 공작의 옆에는 공작부인이 아니라 딸, 백작부인이 있었다. 부녀는 반쯤 일그러진 미소로 은왕과 후작의 축하를 받았다.

"각하께서도 철왕 부부께서 왜 아직 안 오셨는지 모르십니까?"

"나도 모르오. 늦게 오시려니 싶어 기다리고 있었소."

후작의 물음에 그로시 공작이 대답했다. 연륜 있는 공작은 빠르게 표정을 수습했다.

대화를 나누던 중 철왕궁에 심부름 갔던 시종이 돌아왔다. 시종은 곧바로 은왕에게 다가와 고했다. 자신에게 시선이 쏠리자 긴장하여 시종은 딱딱하게 굳었다.

"철왕 전하를 뵈었습니다. 늦게라도 전하께서만 잠깐 참석하겠다고 말씀하셨습니다."

"이유는?"

시종이 주저했다.

"……철왕비께서 거동이 불편하시어 누워 계시는 터라…….."

그로시 공작이 헛기침했다. 백작부인은 '어머'라고 중얼거리며 시선을 다른 곳으로 돌렸다.

시에나는 시종의 말을 이해하지 못하고 되물었다.

"거동이 불편하시다니? 의관은 부르셨다던가?"

"전하. 철왕비께서는 괜찮으실 겁니다."

쿤은 그녀를 달랜 후 시종에게 말했다.

"수고했다. 가 보거라."

시에나는 여전히 이해할 수 없었다.

"연회장에 나오지 못할 정도로 거동이 불편하다는데 괜찮을 리가 없지 않소. 철왕비는 어제의 긴 결혼식도 의연히 견뎠소. 대체 간밤에 무슨 변고가, 아, 어제 결혼식이 고되어 병이 난 건가?"

주변의 귀족들이 웃음을 참는 표정으로 얼굴을 붉혔다.

"그게 아니라……."

쿤은 시에나를 데리고 그 자리를 벗어났다. 그녀의 귓가에 속삭였다.

"철왕 부부께서 간밤에 무척 즐거운 시간을 보내서 침대 밖으로 나가고 싶어 하지 않는다고 이해하면 돼."

"그럼 그렇다고 하면 되지. 하긴, 게으름을 피우겠다는 말보다 병 핑계가 낫군."

시에나는 소리 죽여 웃는 쿤을 흘겨보았다.

"왜 그렇게 웃어? 불순해."

"언젠가 당신이 오늘을 떠올리며 웃을 날이 올 거야."

"무슨 말이야?"

"자, 이제 저쪽으로 가 봅시다."

"말 돌리지 마."

무슨 말을 하는지 들리지 않지만, 주변에 보란 듯이 다정히 속삭이는 두 사람의 표정만으로 충분했다.

이제 은왕과 후작이 연극을 한다고 의심하는 사람은 아무도 없었다.

백작부인이 그로시 공작을 추궁했다.

"아버지. 저 두 분에 관해 철왕 전하께 들으신 말 없어요? 아버지와 라드 후작은 함께 가는 분들이잖아요."

"글쎄다. 철왕께서는 별말씀이 없었는데."

"아버지만 모르신 거 아니에요?"

"그렇진 않을 게다."

같은 철왕의 측근이라도 입장이 달랐다. 그로시 공작은 비교적 나중에 혼인 동맹으로 합류했다. 오래전부터 철왕을 받든 자들과 데면데면했다. 그런데 라드 후작은 이쪽도 저쪽도 아니었다.

그로시 공작은 라드 후작이 철왕의 측근 중 실세라고 생각했다. 그들을 휘어잡는 대장 노릇을 한다고 넘겨짚었다가 나중에 알고 봤더니 라드 후작은 철왕하고만 가까웠다. 철왕의 다른 측근들과 후작 사이에는 은근한 벽이 있었다.

"나만 모른 건 아닌 것 같구나."

그로시 공작은 멀찍이 서 있는 밀러 백작의 심란한 표정을 보며 말했다. 밀러 백작은 철왕 측근 세력의 중심인물이었다.

흥분한 사람들의 낯이 붉었다. 파티의 흥이 올라서가 아니라 엄청난 스캔들을 목격한 충격과 즐거움 때문이었다. 사람들의 초롱초롱한 시선이 은왕과 후작을 좇았다. 두 사람 주변에 끊임없이 몰려와 기웃거렸다.

쿤은 군중의 집요함에 질렸다.

'구경거리가 된 기분이군.'

"잠깐 숨 돌릴 틈이 필요한 것 같습니다."

쿤은 주변을 돌아보며 양해를 구했다.

시에나는 그에게 이끌려 발코니로 갔다. 바깥으로 돌출된 구조의 발코니는 사람들 틈에서 잠시 벗어나고 싶거나 중요한 이야기를 나눌 때 이용했다. 커튼을 치고 정사를 벌이는 향락의 장소이기도 했다.

하지만 오늘은 아니다. 신성한 결혼 축하연 자리에서 그런 짓을 했다가는 손가락질받을 것이다.

"괜찮아?"

쿤은 그녀의 기분을 살폈다.

"뭐가?"

"다들 너무 쳐다보니까. 당신이 불편하지 않은가 해서."

"익숙해. 평소보다 더 노골적이긴 하지만, 그 정도는……. 당신은?"

"난 문제 없어. 남의 눈은 신경 안 써. 내가 낯이 두껍거든."

"그건 알고 있어."

"당신이 냉큼 인정하니까 어째 좀……."

"칭찬이야. 뻔뻔한 당신이 좋아."

쿤이 그녀를 말없이 바라보다가 손끝으로 그녀의 턱을 들었다.

"시에나."

그의 얼굴이 바짝 다가왔다.

"응."

"지금 우리를 보는 눈들이 제법 많아. 하지만 난 당신에게 키스하고 싶어."

"……."

"키스해도 돼?"

시에나가 새침하게 눈을 내리깔았다.

"……사내가 패기가 없어."

언젠가 디안이 '은왕의 유머 감각이 뜻밖에 상당해.'라고 지나가듯 말한 적 있었다. 쿤은 지금 그 말에 확실히 공감했다. 그는 웃으며 한쪽 팔로 그녀의 허리를 감아 끌어당겼다.

그의 기감에 발코니 안을 엿보며 기웃대는 여러 명의 기척이 느껴졌다. 그는 아예 무시했다.

키스의 목격담까지 더해지면 두 사람의 연애는 확정 사실이 되어 소문이 파다하게 퍼질 것이다. 남에게 보일 작정으로 시작했지만, 쿤은 이내 그녀와의 키스 자체에 빠졌다.

쿤은 입술을 맞댄 상태에서 속삭였다.

"당신 입술에서 사과 맛이 나."

그녀의 눈이 빠르게 깜빡거렸다.

당황했구나. 쿤은 그녀의 작은 감정 변화를 보는 일이 언제나 즐거웠다.

"아까 마신 음료가……."

"몇 잔을 마시더군. 단 것을 꽤 좋아하나 봐."

"응."

"뜻밖이네. 당신은 왠지 그런 건 입에도 안 댈 것 같거든. 하지만 차를 자주 마시던데."

"설탕을 넣어."

"차에?"

시에나는 자신의 차 취향을 그가 당연히 안다고 생각했다. 그런데 곰곰이 짚어 보니 아는 쪽은 꿈속의 공왕이었다. 꿈과 현실이 뒤섞여 잠시 혼동을 일으켰다.

시에나는 평소에 자신의 편식을 외부에 드러내지 않았다. 궁 밖에서는 내색하지 않고 쓴 차를 마셨다.

'공왕이 자신의 아내에게 무심한 사람은 아니었던 것 같아.'

관심이 없으면 입맛 취향을 알 리가 없으니까.

눈앞에 쿤을 두고 또 다른 쿤을 생각하니 기분이 이상했다.

"차의 향은 좋아해. 그런데 쓴맛은 싫어."

"당신이 좋아할 만한 품종의 차가 생각났다. 다음에 가져다줄게."

시에나는 말수가 적은 편이었다.

그런데 쿤과는 계속 얘기하게 되어 신기했다. 왜 할 말이 끊이지 않는지 모르겠다.

시에나는 자신과 한 공간에 있는 자들이 어색함을 참지 못해 주절주절 떠드는 상황을 여러 번 겪었다. 하지만 쿤이 말을 쥐어짠다는 느낌을 받은 적은 없었다. 그와 있으면 편안했다.

"쿤. 블레스 공작령에 가는 일정이 구체적으로 나왔어?"

"아직. 블레스 백작이 수도를 떠나기 전에 만나서 조율해야지."

"함께 가고 싶어."

시에나는 어젯밤 꿈에서 굉장히 중요한 단서를 얻었다. 철왕이 자신을 제치고 황제가 될 수 있었던 이유를 알았다.

철왕의 친모가 공작 가문 출신이라면 철왕의 계승 서열이 올라간다. 시에나보다 서열이 앞서기 위해서는 그저 공작가 혈통으로는 부족했다. 최소한 공작의 직계여야 했다.

왜 블레스 가문에서는 그동안 침묵했을까. 정식 혼인으로 태어나지 않아서? 빈약한 이유였다. 황손에게는 절대 '사생아'라는 수식어를 붙이지 않았다. 존재 자체로 귀한 신족이었다. 더구나 모친이 공작가 혈통이면 흠잡을 곳 없이 완벽했다.

시에나는 블레스 가문이 왜 그랬을까 생각하다가 황제가 재조사를 지시한 옛 사건과 관계가 있을지도 모른다는 생각이 들었다. 그 사건의 시기가 철왕의 탄생 시기와 엇비슷했다.

뭘 찾고 싶은지는 모르겠다. 일단 가 보고 싶었다. 은둔의 공작 가문으로 불리는 블레스 가문의 사람들이 궁금했다.

"안 될까?"

그녀의 갑작스러운 제안에 어리둥절했던 쿤이 재빠르게 고개를 저었다.

"아니. 괜찮아. 안 될 이유가 없지."

"곤란하면 그렇다고 해. 억지 부릴 생각은 없어."

"당신이 함께 가서 곤란한 일은 전혀 없어. 그런데 시간을 낼 수 있겠어? 오가는 시간과 공작령에서 지내는 기간까지 넉넉히 한 달은 생각해야 해."

"한 달⋯⋯. 조정할 수 있을 거야. 당분간 중요한 행사는 없으니까. 가려는 날짜가 정해지면 알려 줘."

"알았어."

"이유는 안 물어?"

"이유가 뭐가 중요해. 한 달 동안 당신을 내가 독차지할 기회인데."

쿤이 와락 그녀를 끌어안았다. 품에 꼭 가두어 안고 그녀의 어깨에 턱을 비볐다.

"끝내준다. 당신과 여행이라니."

시에나는 '이 남자가 정말 날 좋아하는구나.'라는 느낌을 받을 때마다 손가락 끝이 간질간질했다. 그녀가 팔을 그의 등 뒤로 둘러 마주 안으려다가 화들짝 놀라 그를 밀어냈다. '왜'라고 눈으로 묻는 그를 보며 말했다.

"눈이 마주쳤어."

그녀의 손가락이 연회장으로 연결된 방향을 가리켰다.

쿤이 큭큭 웃었다.

"누구였어?"

"몰라. 나와 눈이 마주치자마자 도망갔어. 나이가 꽤 있는 여자였는데. 나잇값도 못 하고 그게 뭐야. 발코니를 엿보다니 매너가 형편없어."

"호기심에 나이가 어딨어. 진정해."

쿤이 씩씩거리는 시에나의 입술에 살짝 입을 맞췄다.

"그만 나가자. 사람들의 인내심이 바닥나기 전에."

쿤의 오른쪽 팔이 자연스럽게 그녀의 허리를 감은 상태로 두 사람은 발코니에서 나갔다. 그 상태로 연회장을 돌아다니다가 시에나는 뒤늦게 깨달았다.

시에나는 그의 옆얼굴을 빤히 쳐다보았다. 그가 고개를 돌렸다. 시에나는 항의의 뜻으로 자신의 허리를 붙든 그의 손을 잡았다. 쿤은 오히려 입술 끝을 올려 웃으며 팔에 힘을 주었다. 그녀의 몸이 그의 몸 방향으로 휙 끌려갔다.

주변 시선만 모을 테니 시에나는 실랑이하기를 포기했다. 불쾌했으면 뿌리쳤을 것이다. 의기양양하게 과시하는 남자가 귀여워 봐줬다.

'파티마 공주가 안 보이네.'

시에나는 연회장 곳곳을 살폈으나 파티마를 발견하지 못했다.

'우리를 봤으면 했는데.'

유치한 심술이라는 것은 알지만, 시에나는 파티마가 현실을 직시하고 마음을 접기를 바랐다. 쿤과 파티마 사이에 간섭할 자격 없다고 생각했던 마음은 이미 바뀌었다.

어젯밤 꿈으로 그 생각이 더 확고해졌다.

「이제 악연은 정리해야 하지 않겠소?」

꿈속에 등장한 단어 하나가 내내 시에나를 괴롭혔다.

그와 나는 악연인가. 서로를 불행하게 만드는가.

하지만 어젯밤 꿈으로 알았다. 두 사람은 그저 어긋났을 뿐이었다.

시에나는 늦게까지 연회장에 남아 있었다. 하지만 끝내 철왕은 나타나지 않았다. 시에나가 걱정스럽게 말했다.

"내일 병문안을 가 봐야겠어."

쿤은 만류했다.

"사람 편으로 안부 인사만 보내. 신혼부부는 당분간 방해하지 않는 게 예의지."

철왕 부부가 없는 결혼 축하연은 속 빈 껍질이나 마찬가지였다. 하지만 연회장의 분위기는 뜨거웠다. 은왕과 후작이 아주 충분하게 역할을 대신해 주었다.

시에나는 마음에 걸려 쿤에게 '철왕의 파티를 가로챈 기분이야.'라고 말했다.

쿤은 무슨 소리냐는 듯 말했다.

"지난번 내 파티에서 진 빚을 갚은 거지. 빈자리를 대신해 줬잖아."

시에나는 그의 뻔뻔함의 원천을 깨달았다.

그는 주변 상황을 자신에게 유리한 방향으로 해석하는 남자였다.

*　　　*　　　*

쿤은 축하연 다음 날 블레스 백작을 만났다. 백작은 이틀 후에 공작령으로 떠날 거라고 했다.

"블레스 경. 조만간 공작령을 방문해 공작 각하를 접견하려 합니다. 전에 공작가에 보낸 공문은 확인하셨는지요?"

"당연히 협조하겠습니다. 한데 서둘러야 할 겁니다. 약 한 달 후부터 여름이 끝날 때까지 대략 석 달 동안 블레스 가문은 손님을 받지 않습니다."

쿤은 바로 일정을 잡았다. 닷새 후 출발. 배를 타고 가다가 육로로 이동하는 기간까지 합해 오늘부터 약 보름 후에 공작가에 도착할 것이다.

백작이 갸우뚱했다.

"수도에서 블레스 공작가 정문까지 편도 열흘? 그보다 닷새는 더 걸릴 텐데요."

"쾌속선을 타고 가려 합니다."

"아주 빠른 배인 모양이군요. 그럼 그 시기에 맞추어 손님맞이를 준비하지요."

"미리 양해의 말씀을 드리면 은왕 전하도 함께 가십니다."

백작의 눈이 휘둥그레졌다.

"은왕 전하께서? 혹시 황제 폐하의 특별한 지시라도 있습니까?"

"아닙니다. 은왕 전하는 저와 동행하시는 겁니다."

백작이 당황해 입을 다물었다.

쿤을 유심히 보다가 중얼거렸다.

"허 참, 설마 했는데……."

더 군말은 없었다. 백작의 반응은 평이했다.

블레스 가문 사람들은 수도에서 벌어지는 크고 작은 일에 그다지 관심을 두지 않았다.

"오신다는데 막을 이유는 없지요. 알겠습니다."

"이틀 후 귀환 길에는 정기선을 이용하십니까?"

"그럴 생각입니다."

"괜찮으시면 상단 소유의 선박으로 모시겠습니다. 여정을 매우 단축하실 수 있을 겁니다."

백작은 쿤의 배려를 흔쾌히 받아들였다.

쿤은 그날 저녁에 은왕궁을 방문했다. 은왕궁의 궁인들이 은근한 시선으로 후작을 흘끔거렸다.

은왕과 후작의 스캔들로 황궁이 들썩이는 가운데 은왕궁 사람들만 '이럴 줄 알았다'라고 차분하게 수긍하는 분위기였다.

오늘은 백작부인이 일찍 집에 돌아가 궁에 없었다. 시녀들은 응접실에 은왕과 후작만 남겨 두고 알아서 모두 자리를 피했다.

"닷새 후?"

시에나는 눈살을 찌푸렸다. 예상보다 날짜가 촉박했다.

"서둘러야 하는 이유가 있어."

쿤은 블레스 공작령의 사정을 설명했다.

"블레스 공이 칩거에 들어간다고? 매년?"

"백작 말로는 그래."

"몰랐어……. 이유는?"

"선대 공작의 기일이 그쯤이라서 그런다는데 자세한 얘기는 꺼리는 눈치였어."

생각할수록 블레스 가문은 이상했다. 다섯 공작 가문과 비교하면 공작가의 이름만 유지하는 수준이었다.

다른 공작이 무려 삼 개월이나 칩거하면 온갖 소문이 나돌아 수도가 시끌시끌할 것이다. 하지만 블레스 공작의 칩거는 누구도 관심이 없다.

"그리고 다녀오는 기간을 최소한 한 달만 잡아도 당신 생일이 다가와. 당신 생일 전에는 돌아와야지."

"아……."

"그거 알아? 닷새 후에 배를 타면 아마 우리가 처음 만난 지 일 년째 되는 날을 강 위에서 함께 맞게 될 거야."

"……일 년."

그와 처음 만난 날이 눈에 선한데 벌써 일 년이라니. 그날 불한당 같은 자라고 이를 갈았던 사내와 1년 후에 연인이 되어 함께 여행하게 될 줄 상상이나 했을까.

쿤이 생각에 잠긴 시에나의 손을 잡았다.

"가자. 시에나."

"하지만 준비할 시간이."

"무슨 준비? 당신은 몸만 와. 여행 준비는 내가 다 알아서 할 테니까. 계획은 이래."

쿤은 종이를 펼쳐 출발일, 도착일, 예상 소요 시간, 예상 경로, 일행의 규모 등 마치 상급자 앞에서 발표하는 관리처럼 일목요연하게 정리해 쭉쭉 적었다.

달콤한 말로 꾀는 것보다 이쪽이 시에나를 설득하는 데 주효했다. 그녀는 결국 '닷새 후에 부두로 나가겠다.'라고 대답했다.

시에나는 다음 날 입궁한 포프 백작부인에게 여행 계획을 알렸다. 베스는 한참 말이 없었다.

"전하. 저는 이제껏 전하께서 하시는 일에 관여하지 않았습니다. 현명한 판단을 내리시려니 믿고 따랐지요. 전하께서는 부족한 저를 유모처럼 의지하신다고 말씀하셨으니 제가 감히 한 말씀 올려도 되겠습니까?"

"……얼마든지 하시오. 그대의 말은 내가 새겨듣겠소."

백작부인의 반응이 무거워서 시에나는 당황했다.

"어쩌려고 그러십니까? 두 분의 스캔들로 수도가 소란스럽습니다. 그런데 함께 장기 여행까지 다녀오시면 두 분을 평생 따라다니는 꼬리표가 될 겁니다. 라드 후작님이야 제가 알 바는 아니지요. 저는 오직 전하만 염려합니다. 전하. 라드 후작님과 미래를 생각하십니까? 아니시잖아요."

"왜 아니라고 생각하시오?"

"전하."

"그대의 눈에는 내가 잠시 연애 놀음에 취한 것으로 보이오?"

베스가 한숨을 내쉬었다.

"그렇게 보이지 않아 걱정입니다. 전하. 힘든 길은 가지 마세요. 제가 이 나이까지 살아 보니 하지 않아도 될 고생은 피하는 게 좋습니다. 고통은 사람을 좀먹을 뿐, 성장시키지 않는답니다."

베스가 시에나에게 손을 뻗었다. 소파에 앉아 있던 시에나가 베스와 가까운 자리로 옮겼다. 시에나가 손을 내밀면 베스의 손을 잡을 수 있었다.

베스는 시에나의 두 손을 꼭 쥐며 말했다.

"전하께서는 장차 이 세상에서 가장 존귀한 자리에 오르실 거예요. 그러면 그 자리에 걸맞은 부군을 맞이하서야 합니다. 라드 후작님은 아니에요."

'아니, 그렇지 않소.'

황제가 되는 사람은 철왕이다. 시에나는 다가올 미래를 말할 수 없었다. 누구에게도 밝힐 수 없는 비밀이었다.

"지금의 달콤함은 즐기셔도 됩니다. 깊이 빠지지만 마세요."

시에나는 피식 웃었다. 남편을 사랑해서 결혼했다고 말한 백작부인이 자신에게는 진짜 사랑을 하지 말라고 한다. 백작부인의 모순이 실망스러웠다.

"백작부인. 후작은 참 괜찮은 남자요. 그대가 보기에는 어떻소?"

"……예. 저도 그렇게 생각합니다."

"나는 그 사람과 있으면."

시에나는 한 손으로 자신의 심장 위를 덮었다.

"여기가 뜨거워. 내가 살아 있는 것 같아."

베스의 눈동자가 흔들렸다.

"그대 말대로 힘들지도 몰라. 언젠가 후회할지도 모르지. 하지만 백작부인. 그대만은 내 편이 되어 줘. 날 응원해 줘. 먼 훗날 어느날 내가 울고 있으면 '그러게 그때 왜 내 말을 안 들었냐' 같은 말은 하지 말아 줘."

베스가 웃는 듯 우는 듯 붉어진 눈시울로 눈을 깜빡거렸다.

"제가 전하를 어떻게 이기겠어요."

베스는 구체적인 계획을 물었다. 시에나는 쿤이 설명하며 적었던 계획서를 베스에게 보여 주었다.

"뱃길로 출발하는데 정기선을 타고 가지 않는다고 했소."

"그렇다면 라드 상단이 소유한 쾌속선이겠군요. 전하를 무시고 가니까 당연히 화이트칩일 테지요."

"화이트칩? 그게 뭐요?"

"라드 상단이 소유한 선박이 여러 척이 있습니다. 그중 가장 유명한 배는 화이트칩이라고 불리는 쾌속선입니다."

"백작부인이 그런 걸 어떻게 아시오?"

"워낙 유명하니까요. 화이트칩은 선체가 순백색이라 붙여진 이름입니다. 아주 호화로운 유람선이자 쾌속선이랍니다. 보통 배의 규모가 크면 속도가 느려지는데 화이트칩은 특수 제작으로 아주 빠르다고 합니다. 귀빈을 모시기 위한 배라서 습격을 방어하는 구조도 갖추었다지요."

"왜 나는 몰랐지……."

'내가 모르는 게 많은 것 같다.'라고 시에나가 중얼거리자 베스가 미소 지었다.

"전하께서는 관심 두지 않는 쪽은 아예 모르시니까요. 가십에는 흥미가 없으시지요."

"화이트칩이라는 배에 관한 정보도 가십이요?"

"그럼요. 아니면 제가 어떻게 알았겠어요. 귀족들 사이에서 화이트칩은 한 번쯤 타 보고 싶은 선망의 대상이에요. 그런데 말만 무성

하고 실제로 타 봤다는 사람은 아직 보지 못했어요."

"그럼 백작부인도 함께 가겠소?"

베스가 고개를 저었다.

"긴 여행에 저는 방해만 됩니다. 그리고 저도 힘들고요. 데려갈 사람으로는 누구를 생각하세요?"

"호위는 길버트 경만 동반할 생각이오."

"한 명은 적지 않은가요? 전하의 호위가 너무 조촐합니다."

"칼리 경도 함께 갈 텐데 사람이 많아 뭐 하겠소. 칼리 경이 기사 열 명 몫은 할 거요. 라드 후도 있고."

"라드 후작님이요?"

시에나가 무심코 중얼거린 말을 베스가 되물었다.

"아······. 라드 후작의 검술 실력이 대단하거든."

"후작님께서요?"

베스는 라드 후작을 떠올리며 납득했다. 그 남다른 체격으로 책만 들이팠을 것 같지는 않았다.

"그래도 후작님이 기사가 아닌데 그분까지 셈하는 건 무리지요."

"라드 후는 정말 강해. 칼리 경과 엇비슷할 정도로."

"대단한 분이시군요."

베스는 빙그레 웃었지만, 속마음은 달랐다.

'하여튼 사내의 허세란.'

베스는 라드 후작이 황녀 앞에서 허풍을 떨었고 순진하게도 황녀가 고대로 믿었다고 생각했다.

"호위 말고 시중들 사람은요?"

"라드 후가 다 알아서 준비한다고 했소."

"하루 이틀도 아닌데 장기적으로는 전하의 시중을 들던 이들이 낫습니다. 제가 시녀 중에서 입이 무겁고 야무진 아이들을 고를게요. 많으면 번거롭다고 하시겠지요. 둘씩 번을 서도록 최소한 네 명은 데려가세요."

"그리하겠소."

"그 외 짐은 꾸리지 않겠습니다. 후작님은 거상이시니 여행에 필요한 온갖 물품을 다 갖추셨을 테니까요."

시에나는 고개를 끄덕였다.

"황제 폐하와 적왕께는 말씀드리고 가실 거지요?"

"그게…… 고민 중이오."

시에나는 한숨을 내쉬었다.

"폐하께 고하는 것은 문제가 아니지만, 어머니는 어찌해야 할지."

"당연히 말씀하셔야 합니다."

"흔쾌히 다녀오라고 하실 리가 없소."

"예."

"방해하실지도 모르오."

"예. 그래도 말씀하셔야 합니다. 전하. 기본을 잊으시면 안 됩니다. 당장 귀에 거슬리는 소리가 싫다고 그분 모르게 한 달이 넘도록 궁을 떠나 계시면 나중에 어찌 뒷감당하시려고요."

"백작부인 말이 맞소. 내 생각이 짧았소."

시에나는 멀리 보지 못한 자신이 부끄러웠다.

어머니의 성질을 모르는 것도 아니고.

시에나가 말없이 여행을 떠나면 패트리샤의 서운함은 노여움으로 변해 애먼 다른 사람들에게 불똥이 튈 것이다. 다시 포프 백작부인이 표적이 될지도 모른다. 아마 이번에는 백작부인이 회생할 수 없는 지경까지 몰아붙일 것이다.

＊　　＊　　＊

시에나는 적왕궁을 방문했다. 모처럼 만이었다. 몹시 반갑게 맞이한 패트리샤는 시에나의 얘기를 듣고 듣고 있던 찻잔을 떨어뜨릴 정도로 과격한 반응을 보였다.

"뭐라고 하셨어요? 내가 지금 잘못 들었나요?"

시에나는 테이블에 나동그라진 찻잔을 봤다가 패트리샤를 바라보며 방금 했던 말을 반복했다.

"라드 후작과 블레스 공작령에 다녀오려 합니다. 나흘 후 출발이고 한 달은 걸릴 것 같습니다."

"은왕!"

패트리샤는 부들부들 떨리는 두 손을 꽉 주먹 쥐었다. 주름이 생길까 봐 평소 예민하게 표정을 관리하는 그녀가 미간을 잔뜩 일그러뜨렸다.

"내가 말도 안 되는 소문을 들었어도 은왕을 믿었기에 불러 추궁하지 않았어요. 그런데 뭐라고요? 라드 후작과 어디를 가요? 아무리 어미에게 맺힌 게 있다지만 선을 넘지는 마셔야지요. 내가 누누이 말했지만, 내가 하는 일은 모두 은왕을 위해서예요. 어미는 은왕을 위해서라면 수단도 방법도 가리지 않습니다. 아무리 은왕이 그게 잘못되었다고 말해도 나는!"

패트리샤의 목소리가 점점 높아졌다. 기어이 버럭 소리를 쳤다가 입을 꾹 다물어 속을 진정시켰다.

"이건 경우가 아니지요. 은왕은 이미 다 결정한 후 내게 통보만 하고 있어요. 한마디 상의도 없어요."

"어머니."

시에나의 목소리도 표정도 차분했다.

몹시 흥분한 패트리샤와 대조적이었다. 선명한 온도 차이에 패트리샤는 당혹스러웠다.

분명히 얼마 전까지 패트리샤는 다양한 감정의 표출로 딸을 좌지우지했다. 대체 언제부터였을까. 딸이 변했고 모녀 관계가 달라졌다.

서늘한 한기가 목덜미를 타고 쭉 올라갔다.

"제 성년 생일이 지난 지 일 년이 다 되어 갑니다. 부모의 허락을 받아야 외출할 수 있는 어린아이가 아닙니다."

시에나는 자리에서 일어났다.

"저는 어머니께 미리 말씀드리는 것으로 예의를 다 했습니다."

"못 갑니다. 절대 허락할 수 없어요!"

"제가 가야겠다면요?"

"막겠어요."

패트리샤는 아까보다 여유를 찾았다. 차가운 웃음으로 딸과 눈을 마주쳤다.

"그럼 저는 어머니와 충돌하겠군요. 말 많은 자들이 좋아하겠습니다. 최근 저와 어머니 관계를 두고 이런저런 말이 나돈다고 하던데요."

먼저 눈을 피한 쪽은 패트리샤였다. 그녀의 기세등등한 표정이 순식간에 서글퍼졌다.

"은왕의 고집을 내가 무슨 수로 당할까요. 자식 이기는 부모는 없다고 하지요."

시에나도 서글퍼졌다. 어머니의 저 변화무쌍한 표정에 더는 마음이 움직이지 않았다.

"한 가지만 은왕 그대의 입으로 확인해 주세요. 라드 후작은 아니지요? 물론 그럴 리는 없다고 생각해요. 말이 안 되니까요."

"라드 후작은 지금껏 제가 만나 본 이들 중 가장 매력적인 사내입니다. 저는 그가 마음에 들어요. 가 보겠습니다. 폐하도 뵈어야 합니다."

시에나는 패트리샤가 크게 눈을 부릅뜨는 모습을 보며 몸을 돌렸다. 뒤에서 '은왕!' 하고 부르는 소리에 뒤돌아보지도, 걸음을 멈추지도 않았다.

'나와 쿤 문제에 집중하느라 주변에 눈 돌릴 겨를이 없으시겠지.'

시에나는 패트리샤가 다른 데 신경 쓸 틈을 주지 말아야겠다고 생각했다. 모든 문제의 근원을 오롯이 자신으로 만들어야 한다.

어머니의 모략에서 철왕 부부를 지킬 최선의 방법이었다. 당분간은 보호막이 될 것이다.

'내가 무슨 짓을 해도 어머니가 날 해치지는 못하실 테니까.'

스캔들을 이용할 것이다. 은왕과 라드 후작은 서로 호감은 있으나 주변에서 떼어 낼 수 있는 정도의 관계로 비치는 것이 가장 이상적이다.

라드 후작에 대한 마음이 진심이라는 것을 어머니에게 들켜서는 안 된다. 아슬아슬한 경계를 유지해야 한다. 생각만 해도 몹시 피곤했다.

시에나는 그 길로 태양궁으로 갔다. 황제를 알현하고 블레스 공작령으로 간다는 예정을 고했다.

"라드 후와 함께?"

"예. 폐하."

"내가 근래 소문을 들었지. 어디까지가 사실이냐?"

시에나는 당황했다.

블레스 공작령을 방문하는 목적을 물으실 줄 알고 그 대답만 열심히 준비했다.

한편으로는 나쁘지 않은 기분이었다. 황제로부터 처음 받아 보는 사적인 관심이다. 어머니 앞에서처럼 적당한 말로 넘어가고 싶지 않았다.

"사실입니다."

"내가 무슨 소문을 말하는지는 알고?"

"……"

"알지도 못하는 소문이 사실이라?"

황제의 입술 끝이 슬쩍 올라갔다. 보던 서류로 시선을 다시 내렸다.

"알겠느니. 무탈히 다녀오라."

"예. 폐하."

"은왕."

돌아서려던 시에나가 멈칫했다.

"예. 폐하."

"그 소문에 관한 일로 내 도움이 필요하거든 찾아오너라."

시에나의 눈이 동그랗게 커졌다.

냉랭한 표정으로 앉아 있는 황제, 아니 아버지를 바라보는 그녀의 눈동자가 감격스럽게 흔들렸다.

'예, 폐하.'라고 대답하는 그녀의 목소리가 떨렸다.

시에나가 돌아간 후 황제는 피식 웃었다.

"고얀 놈."

맹랑하기도 하지. 제법 아닌가. 그새 은왕의 마음을 휘어잡다니. 은왕은 성품이 차고 사람 사이의 정이 옅었다. 황제를 닮았다.

라드 후작은 철왕과 은왕, 둘의 마음을 전부 쥐어흔들고 있다. 제국을 통째로 집어삼킨 것과 무엇이 다른가.

황제는 라드 후작이 자신에게도 어쭙잖은 수작을 부리면 가만두지 않을 생각이었지만, 부르지 않으면 태양궁에 얼씬도 안 했다.

'은왕과 라드 후작……'

황제가 눈을 가늘게 뜨고 생각에 잠겼다.

*　　*　　*

라드 상단에 비상이 떨어졌다. 무려 닷새 안에 최고의 귀빈을 모시는 장기 여행을 완벽하게 준비해야 했다. 다른 곳에 정박한 화이트칩을 수도 부두로 가져오는 데에만 사흘이 걸린다.

어지간한 일에는 뒷짐을 지었던 총지배인 메이슨이 전면에 나섰다.

"시간이 부족하면 사람으로 보충해야지."

메이슨은 당장 움직일 수 있는 상단의 여유 인력이 얼마나 되는지 확인했다. 그 후 상단이 진행 중인 일 중에서 미루어도 되는 것들을 중단시키고 그 일에 매인 사람들을 끌어왔다. 어떤 중요한 프로젝트도 이번처럼 동시에 많은 사람이 동원된 적이 없었다.

메이슨은 해야 할 일의 순서를 정리했다. 그리고 수백 명에게 임무를 할당했다. 간단한 일에는 한두 사람만, 품이 많이 드는 일에는 딱 필요한 만큼만.

메이슨이 '이제 시작' 하고 말하자마자 하나의 유기체처럼 사람들은 일사불란하게 움직였다. 꼭 필요한 일만 딱딱 정하고 적재적소에 인력을 배치하니 잡음이 날 일이 없었다.

레반은 메이슨을 졸졸 따라다니며 스승이 하는 경이로운 지휘를 두 눈으로 보고 기억했다. 스승의 지나치게 고지식한 부분과 맞지 않아 종종 부딪치지만, 진심으로 존경했다.

두 사제는 나란히 앉아 계속 들어오는 보고서를 결재했다. 레반이 1차로 검토 후 메이슨에게 넘겼다.

"스승님."

"오냐."

"전 스승님이 라드 일족을 이끌어도 문제없다고 생각해요."

"또 그 소리냐."

처음에는 무척 역정을 냈지만, 이제는 담담히 받아넘겼다.

"쿤이 네 기준에 부족하냐?"

"……."

"쿤은 지금껏 잘하셨고 앞으로도 잘하실 거다. 네 생각이 나와 다르니?"

"……저도 그렇게 생각합니다."

"난 이제 늙었다. 은퇴를 바라볼 나이지. 나는 할 만큼 했고 말년에는 편히 쉬고 싶구나. 앞으로 길어 봤자 오 년?"

"성질만 좀 죽이시면 십 년은 거뜬하실 거예요."

"이놈아. 내 남은 걱정은 너뿐이야. 너만 속 썩이지 않으면 장수할 거다."

"제가 뭐요."

레반이 뚱하게 대답했다. 눈으로는 계속 보고서를 읽었다.

"네가 한 몫 충분히 해야 내가 홀가분하게 떠나지. 내일이라도 네게 다 맡길 수 있으면 원이 없겠다."

"그럼 저는 한동안 주머니 속 송곳이 될게요. 한 십 년?"

메이슨은 한마디도 안 지는 제자를 보며 혀를 찼다. 눈빛은 따뜻했다.

"너도 쿤과 함께 가지?"

"아마 아닐 거예요."

"왜?"

"그럴 만한 사정이 있어요."

대화가 끊겼다. 잠시 후 메이슨이 넌지시 말했다.

"그분은 뵌 적 있니?"

구체적으로 칭하지 않았으나 은왕 시에나 황녀를 일컫는 것을 알아들었다.

"예. 제가 관리로 일할 때······."

"난 잠시 차만 나누어 마셨다. 대화를 나눠 보고 싶었는데 쿤이 어찌나 득달같이 달려오던지."

메이슨이 그때를 회상하며 껄껄 웃었다.

"눈빛이 단단한 분이더구나. 어떤 비바람에도 쉬이 흔들릴 분 같지 않았지."

"마음에 드셨어요?"

"내 마음이 무슨 상관이라고."

"쿤이 이상한 여자 데려왔으면 뜯어말렸을 거잖아요."

"아니."

"정말요?"

"쿤의 인생이다. 그것까지 내가 간섭할 수는 없지. 그리고 쿤을 믿었다."

"에이, 솔직히 말씀해 보세요. 쿤이 성년 무렵에 어떤 여자 만나는지 보려고 사람들을 매수한 거 알거든요."

메이슨이 머쓱하게 '그거, 쿤은 모르시지?'라고 물었다.

"모르시죠. 알면 난리 났게요."

"흠, 흠. 쿤이 제대로 된 분을 데려오셔서 다행이다. 소문 들었지?"

"들었죠."

"두 분이 여행에서 돌아오시는 대로 결혼식을 준비해야겠지?"

"아오, 스승님."

레반이 정색했다.

"좀, 내버려 두세요. 쿤이 알아서 하게 맡기시라고요. 다른 일은 마음이 넉넉해 넘치는 분이 왜 쿤의 혼사 문제에는 안달이세요?"

메이슨이 커흠, 하고 못마땅한 헛기침을 했다.

"너도 나이 들어 봐라."

"저만치 해낸 것도 얼마나 대견해요? 저는 쿤이 짝사랑만 절절히 하다가 차일 줄 알았다고요. 하여간, 난놈은 난놈이에요."

"예끼, 이놈! 말버릇하고는."

*　　　*　　　*

화이트칩 출항 하루 전, 쿤은 안가 '검은 집'에 머무는 분이 찾는다는 말을 전해 듣고 저녁 무렵 방문했다.

디안의 외숙 제프리가 지내는 안가는 복층의 작은 저택이었다. 평민이 거주하기에는 부담스럽고 귀족이 남들에게 내보이기에 부끄럽지 않은 수준으로 서쪽 거리와 남쪽 거리의 경계에 있었다. 주변은 한산했다.

하지만 근방의 삼엄한 경계는 황궁 못지않았다. 검은 집의 앞, 뒤, 옆의 저택에는 검은 집을 지키는 경비 사병들이 머물렀다. 평범한 행인조차 행인으로 위장한 경비병이었다.

막상 검은 집 내부는 고요했다. 제프리의 시중을 드는 중년의 부부 외에는 아무도 없었다.

"서재에 계십니다."

중년 남자가 쿤을 맞이하며 제프리의 행방을 알려 주었다. 쿤은 서재 앞에서 문을 두드린 후 잠시 기다렸다가 안으로 들어갔다.

'여전하군.'

쿤은 안을 대충 훑어 달라지지 않은 내부를 확인했다. 책장에 책만 가득했다. 그림 한 장 걸리지 않은 서재는 을씨년스러웠다. 건조하게 말라붙은 제프리의 마음이 투영된 것 같았다.

발코니 창 옆에 제프리가 앉은 흔들의자가 흔들거렸다. 쿤은 제프리에게 다가갔다. 제프리의 시선은 창 바깥으로 향해 있었다. 어둠이 깔려 아무것도 보이지 않을 터였다.

"어르신."

제프리가 고개를 돌렸다.

"왔는가."

"무슨 일로 찾으셨습니까?"

쿤은 본론만 꺼냈다. 자질구레한 안부 인사는 제프리가 원하지 않았다.

"블레스 공작령으로 출발이 내일인가?"

"예."

"나도 끼어 갈 수 있겠나?"

"어르신께서요?"

제프리는 황제를 만나러 딱 한 번 외출한 적 외에는 안가 안에서 꼼짝하지 않았다. 마치 자기 자신을 스스로 가둔 것 같았다.

"너무 촉박하게 말했나?"

"아닙니다. 내일 아침 일찍 모시러 오겠습니다."

"디안에게는 미리 말 전하지 말고 날 찾거든 알려 주라고 하게. 한창 신혼 재미에 빠진 녀석을 방해하고 싶지 않군."

"예."

쿤은 제프리의 입가에서 희미한 미소를 발견했다.

제프리가 그나마 산 사람의 느낌이 날 때는 디안 이야기를 할 때였다. 디안의 결혼식에 참석하기를 얼마나 바라셨을까, 쿤은 문득 생각했다.

"내가 할 일이 없는 늙은이다 보니 이런저런 바깥 얘기를 주워듣곤 한다네. 근래 자네의 스캔들이 요란하더군. 시끄러우니 잠시 피하러 가는 건가?"

"시기가 공교롭긴 하지만, 꼭 그런 이유는 아닙니다."

"그 스캔들은 자네 계획의 하나인가?"

"아닙니다."

제프리의 눈썹이 움찔했다.

"자네가 지금 황녀와 불장난 중이라는 말인가?"

"어르신. 가벼운 마음이 아닙니다. 저는 그 사람을 제 동반자로 생각합니다."

"허어."

제프리가 길게 탄식했다.

"다시 생각해 보라고 말하고 싶군."

"디안을 배신하는 일은 없을 겁니다."

"그런 문제가 아니라. 본래 배우자감을 고르기 전에 집안과 부모를 보라고 하지 않나. 조부는 미치광이였고 아비는 피도 눈물도 없는 놈이지. 뭘 보고 배웠겠나."

나직한 어조에 음습함이 담겼다.

쿤은 버석버석하게 마른 사람 같던 제프리의 감춰진 어둠을 처음 접했다.

"말씀이 지나치십니다. 그렇게 따지면 디안도 마찬가지입니다."

"그 녀석은 달라."

제프리의 눈에 아련한 빛이 감돌았다.

"제 어미를 닮았거든. 말괄량이였다네. 참견하지 않는 일이 없었지. 웃음도 많은 아이였는데."

잠시 살아난 눈빛이 다시 꺼멓게 죽었다. 행복한 꿈에서 깨어나 비참한 현실을 깨달은 사람처럼.

"어르신. 내일 그 사람도 함께 갑니다."

제프리가 빤히 쿤을 응시했다.

"불편하시다면 그 사람은 합류하지 않도록 조치하겠습니다."

제프리가 실소를 흘렸다.

"날 염려해서가 아니라 내가 불편하게 할까 봐 걱정해서가 아닌가?"

"……."

"누군가 빠져야 한다면 뒤에 끼어든 내가 양보하는 게 맞는 순서지. 난 신경 쓰지 말게. 방 하나만 내주면 따로 마주칠 일은 없을 테니."

"……예."

저택으로 돌아가는 길에 쿤은 어찌해야 할지 고민했다.

'경우 없는 돌발 행동을 할 분은 아니지만…….'

그녀를 향한 것이 아닌, 그녀의 부모를 향한 원망이라 해도 그녀의 곁에 어떤 작은 위험도 두고 싶지 않았다.

쿤은 저택에 도착하는 즉시 칼리 형제를 불렀다.

마틴과 우스를 나란히 앉혀 두고 말했다.

"둘 다 내일 함께 간다."

"예."

"예."

"마틴. 검은 집의 그분도 합류하시게 되었다. 넌 그분을 신경 써. 잔심부름하라는 소리가 아니라 그분에 관해서는 아는 사람이 적을수록 좋으니까."

"예. 무슨 말씀인지 알겠습니다."

"선실 밖으로는 나오시지 않겠지만, 혹시 나오시면 곧바로 내게 말해라."

"예."

"나가 봐. 발터 들어오라고 해."

형제가 나간 잠시 후 발터가 들어왔다.

"떠날 준비는?"

"얼추 마무리되었습니다."

"귀빈 한 분이 더 타실 거니까 선실 하나 정리하라고 해. 조용한 방이 좋겠다. 승객 한 사람 더 추가하는 데 준비할 게 많아?"

"아니요. 넉넉히 챙겨 놔서 한 사람 정도는 괜찮습니다."

"음. 수고 많았다."

용무는 다 끝났다고 쿤이 손짓했다.

"쿤. 곧 주무실 겁니까?"

"아니. 왜?"

"주무실 거면 목욕물 준비하게요."

"잘 건 아니지만 이따가 하려면 번거로우니 지금 준비해."

"쿤."

"음?"

"일할 거 있으세요?"

"많지는 않지만 떠나기 전에 처리해 둘 것들이 있어."

"간식을 들일까요?"

"차만 줘."

"쿤."

쿤이 푹 한숨을 내쉬었다.

"뭐. 뭔데. 무슨 말이 하고 싶어."

발터는 기다렸다는 듯이 쏟아냈다.

"세상 사람 다 알도록 소문도 나고 그분과 여행도 다녀오시는데 결혼은 언제 하십니까? 멀쩡한 남의 집 아가씨를 사람들 입에 오르

내리게 했으면 책임지셔야 합니다."

쿤이 한 손으로 이마를 짚었다. 그래, 왜 말이 안 나오나 했다.

"곧."

"곧 언제요? 날이 더워지기 전에는 하셔야지요."

"내가 알아서 할 테니까 잡소리 그만하고 나가."

더 두었다가는 아예 날을 잡을 기세라 쿤은 발터를 쫓아내고 문을 닫았다.

3장

두 사람의 여행

이른 아침부터 황궁에서 나온 두 대의 마차가 부두로 달려갔다. 약속한 장소는 물류 창고 뒤쪽의 외진 곳이었다. 마차는 미리 대기해 있던 자들의 안내를 받아 텅 빈 창고로 들어갔다.

시에나는 마차 문이 열리자 밖으로 나갔다. 마차 앞에서 쿤이 기다리고 있다가 그녀의 손을 잡아 마차에서 내리도록 도와주었다.

"바로 배에 오르는 것 아니었소?"

"바로 탈 겁니다. 준비가 필요해서요."

쿤의 뒤에서 칼리 형제가 꾸벅 고개를 숙였다. 형제는 이미 안면이 있는 길버트와도 묵례로 인사를 나누었다.

쿤은 가져온 짙푸른 색의 망토를 나누어 주었다. 쿤과 칼리 형제가 입은 것과 같았다. 품이 크고 길이가 길었다. 시에나가 입었더니 무릎 아래까지 왔다. 시녀들은 발목을 덮었다.

"이렇게 하는 겁니다."

쿤이 이마까지만 가린 시에나의 후드를 코 아래까지 내렸다. 아에 얼굴이 보이지 않도록.

"그럼 앞이……."

시에나는 말하다가 멈칫했다. 특수 제작한 것인지 눈을 가린 후드를 통해 선명하지는 않아도 앞이 보였다.

시에나와 길버트, 데려온 네 명의 하녀가 모조리 같은 망토를 입었다.

"승선하시는 전하 모습을 누가 알아보지 않도록 조심하기 위함입니다."

시에나가 후작과 블레스 공작령으로 간다는 사실은 비공식 일정이었다. 그러면 무려 한 달 가까이 은왕의 행방이 묘연하다.

하지만 시에나는 원래 외부 활동을 거의 하지 않았다. 빈번하게 만나는 사람도 없다. 그녀의 주변 사람들만 말을 맞추면 한두 달 정도의 외유를 숨기는 것은 문제없었다.

"라드 후의 배려에 감사하오."

"밖에 사람이 많습니다. 시끄러워도 놀라지 마십시오."

"이 시각에 사람이 그렇게 많소?"

"구경꾼으로 몰려든 사람들이 있습니다."

"구경? 뭘…… 아. 화이트칩?"

"출발 시각을 이르게 잡았는데도 워낙 눈에 띄는 배라서요."

시에나는 창고를 나와 선착장이 가까워질수록 쿤의 말이 과장이 아님을 알게 되었다. 멀찍이 보이는 새하얀 선체의 배 근처에 사람들이 우글우글했다. 이른 아침부터 구경꾼이 몰려들 정도로 유명세가 대단한 줄은 몰랐다.

백작부인한테 들을 때는 그러려니 했는데 막상 보니까 유명할 만했다. 순백의 선박이 아침 햇살에 반짝거리는 모습은 정말 아름다웠다.

더 가까이 다가가 보자 다행스럽게도 사람들 사이를 비집고 배에 올라야 하는 것은 아니었다. 승선하는 길을 막지 못하도록 건장한 사내들이 지키고 섰다. 시에나와 일행들은 확보된 길을 따라 배까지 쭉 걷기만 하면 되었다.

시에나는 웅성거리는 구경꾼들의 면면을 흘끔 살폈다. 옷차림을 보니 평민과 귀족이 뒤섞였다. 체면 따지는 귀족들이 평민과 섞여 구경이라니. 놀랍고도 우스꽝스러운 장면이었다.

순조롭게 모두 승선했다. 선원들이 곧바로 간이 계단을 끌어올렸고 배는 출발 준비에 들어갔다.

쿤이 시에나를 선실로 안내했다.

"잠시 쉬고 계십시오."

쿤은 다가온 선원이 전하는 말을 듣더니 선원과 함께 갔다. 쿤을 대신해 중년 여자가 간단하게 내부 구조를 설명했다.

응접실을 중심으로 여러 개의 방이 연결되어 있었다. 그중 하나가 시에나가 쓸 침실이고 그녀의 침실 옆방은 시녀에게 배정했다.

시에나는 뱃길 여행 내내 자신이 쓰게 될 침실을 둘러보았다. 호화로운 유람선이라는 말이 무슨 뜻인지 알겠다.

전에 정기선을 타 보았기에 비교할 수 있었다. 그때 머문 최고급 객실이 이 침실에 비할 바가 아니었다. 침실 안에만 있으면 이곳이 배 안이라는 사실을 잊을 것 같다.

침실 구경을 대충하고 응접실로 나왔다. 응접실은 침실의 크기와 거의 비슷했다.

'서 방들은 뭐지? 빈방인가?'

출입문을 제외하고 응접실에서 연결되는 방문이 총 네 개였다. 그중 두 개는 시에나와 시녀가 쓴다. 시에나는 자신의 침실을 나가면 바로 정면에 보이는 문을 열고 들어갔다.

또 다른 침실이었다. 내부의 구조, 장식, 넓이 등이 시에나가 쓸 침실과 거의 비슷했다.

'아……. 여긴 부부가 쓰는 선실이구나.'

"여긴 내 방."

시에나가 고개를 돌렸다. 어느새 쿤이 와 있었다. 시에나가 안으로 들어올 때 문을 열어 두었다. 그는 그 문을 닫고 등을 기대어 섰다가 시에나에게 다가왔다.

"이 방이 더 마음에 들면 여기를 써."

"비슷해서 상관없어. 그럼 이 침실의 옆방은 누가 써?"

"시중드는 고용인이 쓰는 방인데 난 필요 없으니 비어 있겠지."

"길버트 경은?"

"따로 선실을 배정했어."

"당신 옆방을 쓰면 안 되는 거야?"

쿤이 인상을 썼다.

"안 돼."

"왜?"

"당신이 봐서 알겠지만, 여기는 전체가 하나의 공간이야. 남자와 같은 공간을 쓰겠다고?"

"당신은 남자 아니야?"

"……."

불만 가득한 그의 표정의 보며 시에나는 웃었다. 그의 앞으로 가까이 다가가 그를 가볍게 안았다. 고개를 들어 눈을 마주치자 그의 두 손이 시에나의 허리를 살짝 감싸 안았다.

"부부가 쓰는 침실 중 하나를 내게 준 속셈이 뭘까?"

"여기가 제일 좋은 방이라서 당신에게 준 거야. 속셈 같은 거 없어."

"그럼 당신은 다른 방을 써도 되잖아."

"……."

대답을 요구하는 시에나의 시선을 견디지 못한 쿤이 느릿하게 대답했다.

"……무슨 일이라도 생기면 빠르게 대처를."

"내 호위는 쫓아내고?"

"……."

번번이 말문이 막혔다.

"밤에 내 침실에 침입하려고?"

"절대 아니야."

시에나가 '흐응' 하고 중얼거리며 그의 표정을 요리조리 살폈다.

쿤은 자신은 결백하다는 듯 당당했다. 시에나가 그를 밀어내며 돌아섰다. 그리고 문을 열고 나가기 직전 그를 돌아보며 말했다.

"침입해도 돼."

얼빠진 사람 같은 그의 표정이 우스웠다. 시에나는 쿡쿡 웃으며 응접실로 나갔다.

"시……!"

다급히 따라 나간 쿤은 입을 다물었다. 시녀들이 있었다.

시에나는 모르는 척 소파에 앉아 테이블 위에 놓인 책을 들었다. 그녀를 바라보는 쿤의 속은 타들어 갔다. 붙잡고 설명을 들어야 하는데, 말 그대로 해석해도 되냐고 물어야 하는데 그의 속도 모르고 바깥에서 문을 두드렸다.

남자가 들어와서 고했다.

"재점검 완료, 출항 준비가 끝났습니다."

"수고했다."

남자가 나간 잠시 후 또 다른 남자가 들어와 말했다.

"쿤, 잠시 드릴 말씀이 있습니다."

쿤은 시에나를 돌아봤다가 한숨을 한 번 내쉬고 남자를 따라 밖으로 나갔다.

시에나는 그가 나가자마자 책을 바로 테이블에 내려놓았다. 읽는 척만 했을 뿐 한 글자도 머릿속에 들어오지 않았다. 얼굴이 화끈화끈 달아오르는 것 같아 손부채질을 했다.

소파에 앉은 몸이 갑자기 흔들렸다. 큰 진동은 아니어서 놀라지는 않았다.

'출발하는구나.'

출발할 때만 체감했을 뿐 잠시 후에는 지금 배를 타고 강 위를 달리고 있다는 실감이 나지 않았다. 시에나는 멀찍이 대기해 서 있는 시녀에게 말했다.

"들어가 쉬어라. 부르기 전에는 나와 있을 필요 없다. 궁이 아니니 규칙에 얽매이지 않아도 된다."

"예. 전하."

시에나는 내려놓은 책을 다시 들어 펼쳤다. 저자가 분명하지 않은 기행문이었다. 한 권을 다 읽도록 쿤은 돌아오지 않았다. 응접실을 둘러보니 다른 책은 없었다.

시에나는 침실로 들어갔다. 침실 안에도 책은 없었다. 그녀는 침실 구석구석을 뒤졌다. 걸린 그림을 감상하고 모든 서랍을 다 열어 봤다. 모든 일이 빠르게 끝났다.

침실 한가운데에 오도카니 서서 그녀는 천천히 침실을 둘러보았다. 시간을 때울 것이 없을까, 관찰하는 그녀의 시선에 특이한 구조의 의자가 눈에 띄었다. 테이블과 짝을 이루어 배치한 소파들과 별도로 의자는 구석에 덩그러니 홀로 있었다.

시에나는 의자 가까이 다가가 요리조리 살폈다. 재질은 나무이고 1인용 의자치고는 꽤 컸다. 네 개의 다리가 바닥에 완전히 고정된 모양으로 봐서 흔들의자는 아니었다.

시에나는 조심히 의자에 앉았다. 팔걸이에 양팔을 올렸다. 등을 기대어 무게 중심이 뒤로 옮겨가자마자 갑자기 몸이 뒤로 확 넘어갔다.

시에나는 놀라 짧은 비명을 질렀다. 다리가 공중으로 뜬다. 분명히 이대로 의자가 뒤로 넘어가 볼썽사납게 넘어질 거라고 각오했다.

'어?'

더 이상 아무 일도 일어나지 않았다. 그녀는 눈을 깜빡거리며 천장을 응시했다. 앉은 것도 완전히 누운 것도 아니었다. 그런데 정말 편했다. 몸의 무게가 사라진 기분이 들었다. 의자가 그녀의 몸을 받치는 감각이 느껴지는데도 마치 공중에 떠 있는 것 같았다.

'괜찮네.'

의자가 마음에 들었다. 쿤에게 부탁해서 하나 얻어야겠다고 생각했다.

'무사히 출발했구나.'

블레스 공작령에 다녀오겠다고 어머니에게 통보한 후 며칠 동안 적왕궁의 동향이 신경 쓰였다. 뜻밖에 어머니는 조용했다.

'그 말이 효과가 좋았던 걸까?'

라드 후작에게 호감을 품은 듯 던진 한마디가 어쩌면 어머니에게 큰 충격이었을지도 모른다.

'아니면 무슨 일을 꾸미시는 중일지도.'

산을 넘은 게 아니다. 여행을 마치고 돌아간 이후의 일은 예측할 수 없었다.

'나중 일은 나중에 생각하자.'

몸과 마음이 전부 나른하게 풀어졌다. 태어나 자란 황궁을 떠나 오늘 처음 탄 낯선 배 안이 안락하다니, 참 이상한 일이었다.

노곤한 잠기운이 찾아왔다. 그녀는 이런저런 생각을 하다가 어느 사이에 잠이 들었다. 기분 좋게 단잠을 즐기던 그녀는 강한 불쾌감을 느꼈다. 누군가 자신을 만지고 있다. 붙들린 몸이 위로 들렸다. 본능적 방어 기제가 발동하여 그녀의 의식이 빠르게 깨어났다.

"나야, 시에나. 편한 곳으로 옮겨 주려는 거야."

귓가에 들리는 낮고 부드러운 목소리가 익숙했다.

'쿤……'

그는 내게 해롭지 않아. 거부감이 씻은 듯이 사라졌다. 끌려 올라가던 의식이 다시 깊이 가라앉았다. 그녀 미간의 깊은 주름이 서서히 펴졌다.

쿤은 그녀를 안아 들었다. 침대까지 걸어가는 발걸음이 무척 조심스러웠다. 그녀를 눕히고 침대가 흔들리지 않도록 주의하며 옆에 걸터앉았다. 곤히 잠든 얼굴을 한참 바라보았다.

저절로 입가에 미소가 올라왔다. 몇 마디 속삭이니까 금방 착한 아이처럼 다시 잠드는 그녀가 사랑스러웠다. 뽀얀 얼굴에 솜털이 보송보송했다. 새근새근하는 숨소리를 내며 자는 모습이 나이 그대로 어려 보였다.

시에나의 얼굴로 뻗은 쿤의 손이 멈칫했다. 깨우고 싶지 않다. 한편으로 그녀의 금색 눈동자를 보고 싶었다. 그녀의 눈동자에 오롯이 자신만 담길 때의 벅찬 감격은 뭐라 표현할 수가 없다. 그녀의 이마 위에서 망설이던 손이 끝내 그냥 내려왔다.

라드 일족의 장 쿤 라드, 누군가는 그를 보고 탄탄대로의 인생을 걷는 행운아라고 했다. 그는 탯줄로 부와 권력을 거머쥐었다. 비슷한 처지의 여타 왕족이나 귀족은 최후의 승자로 살아남기 위해 치열하게 싸워야 하지만, 쿤 라드는 모든 것을 너무 쉽게 얻었다고 했다.

하지만 뭘 모르는 소리였다. 원래 남의 보물이 더 귀해 보이는 법이다.

그의 인생은 굴곡의 연속이었다. 인생 선배가 되어 줄 아버지를 일찍 여의었다. 아버지의 빈자리는 컸다. '쿤'의 마음가짐을 알려 줄 수 있는 사람은 '쿤'뿐이니까.

그는 벽에 맨몸을 부딪치는 심정으로 하나씩 해냈다. 한 번의 성공은 열 번의 실패로 얻은 교훈이 뒷받침했다.

물론 그는 자신의 운을 부정하지 않았다. 실패에서 교훈을 얻는 능력과 하나에서 둘을 깨우치는 재능은 그에게 주어진 특별함이었다.

많은 사람이 노력한 만큼의 결과조차 얻지 못하는 경우가 허다했다. 그는 노력 이상의 성과를 얻는 일이 빈번하니 확실히 운은 좋았다.

그런데 요즘 그는 자신이 정말 신의 은총을 받은 건가, 심각하게 고민했다. 행운의 여신이 자신만 보며 미소 짓는다는 기분이 들었다.

모든 일이 순조로웠다. 철저한 계획을 세워도 끝없이 어긋나는 게 세상일이다. 그런데 그 어긋남이 퍼즐 조각처럼 잘 맞는 상황이 되니까 쿤은 오히려 불안해졌다. 이 기가 막힌 행운이 갑자기 사라져 버리면 어쩌지.

눈앞에 잠든 여자가 그가 느끼는 행운의 정점이었다. 그저 웃는 얼굴이라도 보고 싶던 때가 있었다. 말 한마디라도 더 나누고 싶어 시간을 끌던 때도 있었다. 손을 잡았더니 안고 싶었고 끌어안은 동안에는 그녀의 마음을 간절히 바랐다.

그녀의 마음마저 얻었건만 왜 욕심은 더 커지는가. 인내심을 가져야 한다는 것은 안다. 그녀를 너무 재촉하면 안 된다는 것도 안다. 자꾸 조급해졌다. 서둘러 그녀를 자신의 옆으로 데려오고 싶다.

손바닥에 놓인 보물을 잃어버릴까 봐 겁이 났다. 어서 주먹을 꽉 쥐어 누구도 보지 못하게 만들고 싶었다. 결혼해 드디어 제 가족을 만든 디안이 얼마나 부러웠는지 모른다.

'당신 대답을 듣기까지가 일 년. 당신에게 프로포즈하면 또 얼마나 기다려야 할까.'

그의 눈빛이 어둡게 침잠했다.

'······대답을 들을 수는 있을까.'

두 사람 사이에 꼬인 매듭이 너무 많았다. 그녀는 주변 상황 다 상관없이 오직 둘만 좋은 결정을 내릴 사람이 아니었다. 그녀의 그런 점이 좋아 반했으면서도 아쉬웠다.

쿤은 시간 가는 줄을 모르고 그녀를 바라보았다.

'안 되겠다. 머리 좀 식혀야지.'

그는 고개를 흔들며 일어났다. 볼수록 충족되는 기분이 아니라 더 바짝바짝 목이 말랐다. 그녀의 수면에 방해되지 않도록 작은 등 하나만 남겨 두고 모조리 껐다. 창문이 없는 침실 내부가 어둠에 잠겼다.

*　　*　　*

시에나는 천천히 눈을 떴다. 주변이 어두컴컴했다. 이내 화들짝 놀라 벌떡 일어났다.

'여기는……'

그녀는 혼란스러운 머릿속을 정리했다. 아침 일찍 출궁하여 화이트칩에 탔고 이곳은 배 안 선실이었다.

'의자에 앉아 있다가……'

잠결에 그의 목소리를 들었다. 그가 침대로 옮겨 주었던 것 같다. 기억에 남은 그의 나직한 목소리가 현실인 듯 꿈인 듯 몽환적이었다.

벽난로 위에서 작은 등이 은은하게 빛났다. 덕분에 주변이 어렴풋이 식별 가능했다. 침대에서 내려오자 출입문 아래로 새어 들어오는 불빛이 보였다.

시에나는 침실의 문을 열었다. 확 쏟아지는 빛이 눈에 부셔 그녀는 손을 들어 앞을 가렸다.

"일어났어?"

응접실 소파에 앉아 있던 쿤이 아는 척했다. 그는 바빠 보였다. 손에 문서를 쥐었고 테이블에도 잔뜩 어지럽게 펼쳐져 있었다.

"내가 얼마나 잤어?"

"거의 정오가 되었지. 슬슬 깨우려던 참이었어. 점심 들여오라고 일러둔 시각이 거의 다 됐거든."

"정오?"

시에나는 안도의 숨을 내쉬었다.

하루를 꼬박 잠으로 보낸 줄 알고 깜짝 놀랐다.

"식사하고 배 구경시켜 줄게."

"일이 많은 것 같은데 무리하지 않아도 돼."

"아, 이거?"

쿤이 손에 들고 있던 문서를 테이블에 내려놓았다.

"급한 일은 아니야. 당신이 봐도 상관없어. 흥미로울걸. 블레스 공작령에 관한 정보니까."

시에나의 눈동자가 호기심으로 반짝거렸다. 하지만 쿤은 그녀가 테이블로 다가오자 얼른 흩어진 문서를 모아 가죽 바인더에 끼웠다.

"봐도 된다며."

시에나가 말과 다른 그의 행동을 불만스럽게 지적했다.

"지금은 말고."

"왜?"

"당신이 이거 붙들면 한참은 꼼짝하지 않을 테니까. 우리는 밥을 먹고 배 구경을 해야지."

쿤은 이리 와 앉으라는 듯 제 옆자리를 탁탁 두드렸다. 시에나는 그를 살짝 흘겨봤으나 그의 옆으로 가서 앉았다. 그리고 그의 어깨에 머리를 기댔다. 아직 잠기운이 남았다.

"점심 먹은 후 한숨 더 잘래?"

"아니. 원래 낮잠 잘 안 자. 개운하지 않은 기분이 별로……."

시에나는 '저 새카만 막대기는 뭘까.'라고 무의식중에 생각했다.

시선에 걸리는 물건을 눈으로 따라가다가 그녀는 기댔던 머리를 들었다. 잠이 확 깼다.

"……검?"

시에나는 무심히 지나친 그의 차림새를 눈여겨 살폈다. 가죽끈이 그의 가슴을 가로질렀다. 등에 검을 고정하는 형태의 검벨트였다. 등에 사선으로 비스듬히 장검이 매달렸다.

"왜 검을 등에 메고 있어?"

"허리춤은 앉았다가 일어날 때마다 자세 잡는 게 불편해. 등에 메는 것이 낫더군."

"등이든 허리든, 왜 검을 갖고 있는데? 배 안이잖아."

"아, 그게."

쿤이 손을 뒤로 뻗어 쑥 검집째 뽑아 보여 주었다. 손잡이가 검은색이다.

"흑검?"

"맞아."

흑검은 대략 1년 전 그와 첫 만남의 날, 처음이자 마지막으로 봤다. 그의 정체에 골몰할 무렵 그를 만나면 검을 소지했는지부터 살폈지만, 그가 흑검을 가져온 적은 없었다. 오늘이 두 번째였다. 검의 유명세를 알고 나서는 처음 본다.

"이 녀석이 심통이 나서 어르고 달래는 중이야."

"심통? 달래?"

시에나는 어리둥절했다. 무기를 상대로 마치 인격이 있는 대상 대하듯 묘사하는 그의 말이 이상했다.

"오랫동안 안 들고 다녔더니 완전히 토라졌어. 이런 말 하니까 정신 나간 사람 같나?"

"……살아 있어?"

쿤이 풋, 웃음을 터뜨렸다.

"아니. 그럴 리가. 음, 뭐랄까. 이 검은 특별해. 왜냐고 묻지는 마. 대대로 물려받아 쓰는 나도 모르니까. 아마 최초의 주인이었던 조상님은 뭔가 알지도 모르지만, 후손에게 정보를 전혀 안 남겼어. 하다못해 난 전 주인이었던 아버지한테도 아무 말 못 들었다고. 하나부터 열까지 내가 직접 경험하고 알아내야 했지."

"뭘 알아냈어?"

"검 주제에 성질이 더럽다."

쿤은 아주 징글징글하다는 표정으로 검을 내려다보았다. 애증이 뒤섞인 눈빛이었다.

"오래 몸에서 떼어 놓으면 어깃장을 부려. 제 몸에 손도 못 대게 하거나 검집에서 검이 안 빠지는 때도 있었고 느닷없이 검날이 다 죽은 것처럼 무디어질 때도 있었지."

시에나는 들을수록 더 미궁이었다. 도저히 상상되지 않았다. 황당해하는 표정을 읽은 쿤은 고개를 끄덕끄덕, 그녀의 반응을 이해했다.

"마침 이 녀석이 얼마나 고약한지 보여 줄 기회네. 이번 심술은 괴롭히기야."

쿤이 검을 테이블에 올려두고 손을 뗐다.

"들어 봐."

"뭘?"

"우는 소리."

시에나는 흑검을 뚫어지게 보며 귀를 기울였다. 처음에는 전혀 알 수 없었다. 검이 울다니. 그게 가능한 건가? 그런데 점점 시간이 지나면서 희미하게 날벌레의 날갯짓 비슷한 소리를 들었다.

"방금……?"

"들었지?"

소리는 점점 커졌다. 이제는 집중하지 않아도 들렸다. 우웅하는 진동음이랄까. 저음도 아니고 고음도 아닌, 정확히는 소리라고 말할 수도 없는 기괴한 파장이었다.

"무시하면 갈수록 커져. 이 소리가 이상하게도 무척 멀리 퍼져서 사람을 괴롭히지. 계속 듣고 있으면 머릿속이 빙빙 도는 것 같아. 예민한 사람은 구토도 하더라고."

쿤이 다시 검을 검벨트에 꽂았다. 그러자 거짓말처럼 소리가 딱 그쳤다.

그의 말처럼 토라진 아이가 심통을 부리는 것 같았다.

"뽑으면 피를 봐야 한다고 했던 말도 검의 특성과 관계가 있어?"

쿤은 고개를 끄덕였다.

"뽑으면 피를 먹여 줘야 해. 그냥 검집에 넣었다가 내가 예전에 호된 골탕을 먹었어. 결정적인 순간에 검이 안 뽑히는 거야. 식은땀이 나더라."

"그 정도면 살아 있다고 해도 되겠어."

"반쯤은 그렇게 믿고 마음을 비웠어."

"검이 화내면 어떻게 풀어?"

"지금처럼 검을 한동안 지니고 다니거나……."

"사과한 적도 있어?"

"……."

"한 적 있구나."

쇳덩어리 검을 쥐고 용서를 구하는 그의 모습을 상상하니까 웃음이 나왔다.

"까다롭게 구는 만큼 일은 잘해?"

쿤은 빙긋 웃었다. 그녀의 표현법이 재미있었다.

"일 잘하지. 이 녀석을 제대로 써 보면 다른 검은 성에 안 차. 베는 느낌이 달라. 날카로움과 강함, 어느 한쪽도 부족함이 없지. 하지만 너무 드센 녀석이라 어지간하면 안 뽑아."

"나와 처음 만난 날은 뽑았잖아."

시에나는 슬그머니 눈을 피하는 그를 쏘아보았다.

"그날 나한테 못되게 군 거였네?"

"……."

"생각해 보니까 내 검을 날려 버린 것도 다분히 고의적이었어. 당신이 그 정도 힘 조절을 못 할 리가 없지."

시에나는 꿈속 미래와 다르면서 같은 지점을 발견했다. 꿈과 현실이 어슷하게 교차했다. 두 사람의 첫 만남은 로맨틱하지 않았다. 꿈속처럼 최악의 관계가 될 수도 있었다.

무엇이 두 사람 관계를 변화시켰는지는 모르겠다. 다만, 아주 사소한 계기가 미래로 가는 방향을 미세하게 틀어 장차 큰 변화를 가져온다는 사실을 느꼈다.

"시에나. 우리 과거는 지나간 일로…….."

쿤은 생각에 잠긴 그녀의 표정을 살피며 체념 어린 투로 말했다.

"……묻어 버리면 안 되겠지. 그날은 내가 과했어."

"그 일을 문제 삼는 건 아니야. 검을 뽑도록 강제한 사람은 나니까. 신기해. 그날의 만남이 아니었으면 우리 관계는 달라졌겠지?"

"어떤 만남이든 난 당신에게 반했을 거야."

그가 천연덕스럽게 장담하자 시에나는 피식 웃었다. 그렇지 않은 미래를 알기 때문이다.

"안 믿는 표정인데?"

"응. 안 믿어."

"뭐? 왜?"

"일어나지 않을 일을 어떻게 알아."

"우리 사이에 신뢰가 고작 이건가?"

말장난 같은 공방을 주고받는 도중에 똑똑, 바깥에서 문을 두드렸다.

"후작님. 점심 진지를 안으로 들이겠습니다."

두 사람은 재빠르게 얼굴에서 웃음기를 지웠다. 쿤이 '들어와'라고 대답하자 문이 열리고 요리 접시를 담은 이동 수레가 줄줄이 들어왔다.

응접실에는 식사를 위한 테이블이 따로 있었다. 두 사람은 그쪽으로 자리를 옮겼다.

식사는 제대로 갖춘 정찬이었다. 전채부터 시작해 마지막 후식에 이르기까지 여러 번에 걸쳐 이동 수레가 요리를 실어 날랐다. 시중드는 사람들이 테이블 근처를 떠나지 않았다. 두 사람은 조용히 식사를 마쳤다.

"칼슨."

식사 시중을 들었던 젊은 남자가 쿤의 부름에 대답했다.

"예, 후작님."

"날씨가 어떻지? 오전에 먹구름이 끼었는데."

"흐리고 바람이 조금 붑니다. 갑판 산책을 하시기에는 적당합니다."

쿤이 시에나에게 말했다.

"전하. 강바람을 쐬며 산책하시겠습니까? 배 구경을 먼저 하시겠다면 안내하겠습니다."

"산책을 먼저 하겠소."

"예. 그럼 가실까요?"

응접실 출입문 바깥에 길버트가 대기하고 있었다. 그는 안에서 나오는 시에나와 눈이 마주치자 고개를 숙였다.

"길버트 경. 식사는 했소?"

"예, 전하."

"배 안에서는 편히 있으시오. 호위는 느슨히 해도 괜찮소."

길버트는 후작을 흘끔 보더니 시에나에게 간절히 요청했다.

"전하. 맡은 임무를 다할 수 있도록 허락해 주시옵소서."

길버트의 고지식함을 알기에 시에나는 가볍게 웃었다.

"그대가 편한 대로 하시오."

시에나와 쿤이 나란히 함께 갑판으로 올라갔다. 그 뒤를 길버트가 따랐다. 길버트는 꽤 융통성을 발휘했다. 두 사람을 따라다니되 제법 멀찍이 간격을 유지했다.

시에나가 방금 느낀 석연치 않은 점을 말했다.

"길버트 경이 당신을 대하는 태도가 딱딱한 것 같아. 내 기분 탓인가……."

"딱딱한 것 맞아. 날 대하기가 곤혹스러운 모양이야."

"당신이 신분을 속인 것 때문에?"

"그건 아니고. 내 생각에는 선물 때문인 것 같아. 요즘도 깃펜을 보내 주고 있거든."

"내가 받아도 괜찮다고 했어."

"길버트 경은 횡재수라고 생각하는 게 아니라 부담을 느껴서 내가 거북한 거지. 보통은 선물을 보내는 사람에게 호의를 품는데 사람이 참 우직해. 사욕도 없고. 당신은 괜찮은 사람을 거뒀어."

"……응. 알아."

시에나는 미소 지었다.

큰 기대 없이 고른 인물이 아주 진국이었다.

갑판 위에는 분주하게 움직이는 선원들이 많았다. 그들은 갑판 위를 산책하는 남녀에게 관심도 두지 않았다. 항상 타인의 주목을 받는 시에나는 그들의 무관심이 좋았다. 무거운 옷을 벗은 것처럼 홀가분했다.

"야! 내가 그쪽 줄 잡아당기라고 했잖아!"

"닐! 닐! 이 새끼 어디 갔어?"

다만 약간, 아니 매우 시끄러웠다. 고함과 욕설이 난무했다. 시에나가 소리가 들리는 쪽을 바라보자 쿤이 겸연쩍어하며 변명했다.

"배를 타는 녀석들이라 좀 거칠어."

말이 끝나기 무섭게 돛대 위에서 떨어진 밧줄이 두 사람의 옆을 스쳐 지나갔다. 반동으로 저만치 날아갔다가 다시 돌아오는 밧줄을 쿤이 붙잡았다. 돛대 위에 앉은 선원이 아래에 대고 소리쳤다.

"쿤! 그쪽 기둥에 묶어 주십쇼!"

쿤은 두말없이 기둥에 밧줄을 단단히 묶었다. 매듭을 묶는 솜씨가 능숙했다. 잠시 멈추었던 쿤이 아무 일도 없었던 것처럼 다시 걸었다.

시에나는 수직적이지 않은 상하 관계가 색다르게 느껴졌다. 선원들은 쿤을 어려워하지 않았다. 하지만 무례하게 구는 것과 달랐다.

"누구는 당신을 후작님이라고 하고 누구는 쿤이라고 해."

"멋대로야. 제국 안에서는 후작이라고 부르라는데 말을 안 듣네."

그는 그다지 언짢아하는 기색이 아니었다.

'신기한 관계야.'

쿤이 칼리 형제를 대하는 태도와 비슷했다. 그와 그를 떠받드는 사람들과의 관계는 어딘지 모르게 일반적인 주종 관계와 달랐다.

두 사람은 갑판의 가장 높은 전망대로 올라갔다. 거칠 것 없이 탁 트인 경관이 눈에 들어왔다.

시에나는 배 여행이 처음은 아니지만, 봉토에 다녀오느라 정기선을 탔을 때는 선실 안에서만 지냈다.

끝이 보이지 않게 이어진 시퍼런 강물이 인상적이었다. 제국을 가로지르는, 제국에서 가장 길고 폭 넓은 강의 위용을 몸소 느꼈다.

"시에나."

그가 뒤에서부터 시에나의 허리를 끌어안았다.

"무엇에도 구애받지 않고 세상을 유람하는 것이 내 꿈이야. 언젠가 나와 함께 가자."

시에나는 대답 대신 허리를 감은 그의 팔을 잡았다. 근사한 꿈이라고, 그녀는 생각했다.

갑판 산책을 마치고 시에나는 그가 안내하는 선실을 구경했다. 호화 유람선답게 유흥거리가 많았다.

다양한 분위기의 실내 장식으로 꾸민 여러 군데의 휴식 공간, 큰 창을 통해 강이 내다보이는 테라스, 갖가지 술을 비치한 살롱, 카드 게임을 비롯한 도박을 즐기는 오락실 등. 구경하는 동안 오후가 다 지나갔다. 그들은 선실로 돌아와 이른 저녁 식사를 했다.

그 후 응접실 소파에 마주 앉아 아까 쿤이 보고 있던 블레스 공작령의 정보를 읽고 의견을 교환했다.

갑자기 소파에 앉아 있던 두 사람 몸이 한쪽으로 급격히 쏠렸다. 쿤이 재빠르게 한쪽 손으로는 소파를 붙들고 다른 한쪽 팔로 시에나를 안았다.

안전을 위해 선실 안의 물건 대부분이 바닥 혹은 벽에 단단히 고정된 상태였다. 배가 거꾸로 뒤집혀도 꿈쩍하지 않을 것이다. 두 사람이 앉은 소파도 마찬가지였다. 테이블 위에 있던 찻잔만 굴러 바닥으로 떨어졌다.

"무슨 일이야?"

"배가 멈췄어."

쿤은 출입문을 응시했다. 잠시 후 바깥에서 다급히 문을 두드렸다. 마틴이 들어왔다.

"쿤. 잠시 나와 보셔야겠습니다."

쿤이 시에나에게 말했다.

"선실 밖으로 나오지 마십시오, 전하."

"알았소."

쿤은 마틴과 함께 나갔다. 혼자 남은 시에나가 놀란 가슴을 쓸어 내렸다. 그새 방에서 나온 시녀들이 쏟아진 찻물을 닦고 찻잔을 주웠다.

"너희는 괜찮으냐?"

"예, 전하."

그녀는 그대로 소파에 앉아 쿤을 기다렸다. 금방 끝날 일이 아닌지 그는 좀처럼 돌아오지 않았다.

'무슨 일인지 알아볼까? ……아니야. 나오지 말라고 했으니까. 시녀도 내보내지 말라는 뜻이었을 수도 있지.'

궁금하지만 걱정은 되지 않았다. 안 좋은 일이었으면 그는 벌써 달려왔을 것이다. 무소식이 희소식이라는 믿음, 그가 해결할 거라는 믿음이 있었다.

그녀는 응접실 벽에 걸린 시계를 확인했다. 어느새 밤이 이슥했다. 시녀를 불러 지시했다.

"잠자리에 들 준비를 해야겠다."

"예. 전하."

목욕을 마치고 자리옷으로 갈아입는 도중에 시에나는 흔들림을 느꼈다. 아침에 배가 출발할 때와 유사한 흔들림이었다.

"다시 출발하는 모양이다."

약간의 불안감마저 사라졌다.

"예, 전하."

"큰일은 아니었던 것 같습니다."

시녀들도 안심했는지 표정이 밝았다.

"수고했다. 물러가 쉬어라."

시녀들을 내보낸 후 시에나는 침대에 누웠다. 눈을 감았으나 머릿속이 맑았다. 긴 낮잠의 후유증이었다. 그녀는 억지로 잠을 청하는 대신 침실의 문을 열었다. 작은 등만 밝힌 응접실은 새벽녘처럼 어스름했다.

침실 문가에 서서 굳게 닫힌 응접실 출입문을 응시했다. 금방이라도 열릴 것 같아 눈을 뗄 수가 없었다.

*   *   *

예기치 못한 사고였다. 화이트칩이 무언가와 부딪쳤다.

충돌을 감지한 조타실에서는 급정거를 결정했다. 선체에 구멍이라도 났으면 대형 사고로 이어질 테니 큰일이었다.

바로 쿤에게 보고했다. 이후 쿤의 지휘에 따라 상황 파악에 들어갔다. 배와 충돌한 것의 정체를 확인하는 작업과 배의 점검을 동시에 진행했다.

충돌 원인은 곧 밝혀졌다. 적막한 밤의 강가에 구해 달라고 소리치는 소리가 메아리로 울렸다.

화이트칩은 비상용 작은 배를 내려 표류자들을 구조했다. 그들은 밤낚시 하던 작은 고깃배의 어부들이었다. 빠른 속도로 다가오는 쾌속선을 미처 피하지 못해 충돌했다. 노련한 어부들은 충돌 직전에 배에서 뛰어내렸다. 허름한 고깃배는 산산조각이 났으나 사람은 살아남았다.

그들의 어업은 불법이었다. 제국에서는 원활한 물자 유통을 위해 가장 많은 배가 오가는 강의 밤낚시를 금했다.

어부들은 잔뜩 겁을 먹었다. 신고되어 처벌받거나 귀한 분들의 배에 흠집을 낸 잘못으로 죽을지도 모른다고 생각했다.

"저들은 어찌할까요?"

선장이 벌벌 떨고 있는 어부들을 가리키며 쿤의 의견을 물었다.

"치료가 필요한가?"

"다친 곳은 없다고 합니다."

"작은 배 한 척 줘서 내보내."

쿤은 굳이 어부들에게 화풀이할 생각은 없었다.

"예, 쿤."

"선체에 이상은 없나?"

"일차 점검으로는 없었습니다. 정밀 점검으로 다시 살펴보려 합니다."

처벌은커녕 오히려 낡아 빠진 고깃배보다 훨씬 좋은 배를 얻은 어부들은 바닥에 코가 닿도록 감사 인사를 올렸다.

정밀 점검이 모두 끝나 '이상 없음' 결론이 날 때까지 꽤 시간이 걸렸다. 배가 다시 출발한 후에도 쿤은 한참 조타실에 있었다. 완벽한 운행 상태를 확인 후 선실로 돌아왔다.

'별일이 아니라 다행이다.'

여행 중 크고 작은 사고를 겪은 경험이 한두 번이 아닌데 이번처럼 놀란 적이 없었다.

배가 멈춘 순간에 온갖 생각이 들었다. 가장 최악의 경우를 떠올리며 어떻게 해야 그녀를 무사히 보호할 수 있을지 고민했다.

응접실 앞은 우스와 길버트가 지키고 있었다. 쿤은 간략하게 설명한 후 돌아가 쉬라고 말했다. 그는 응접실의 문을 열었다. 안쪽이 어둑어둑했다.

'자러 갔겠지.'

시각이 자정이 넘었다. 끝까지 그녀는 조타실에 시녀를 보내 경위를 묻지 않았다. 그녀다웠다.

선장은 '오늘 조타실이 조용합니다.'라고 돌려 말했다. 신기했을 것이다. 사소한 일에도 세상이 무너질 것처럼 난리를 치는 귀빈들의 닦달을 수없이 겪었으니까.

쿤은 자신이 응접실을 나온 이후의 그녀 모습을 상상했다. 담대한 그녀는 아무 일 없다는 듯 행동했을 것이다.

응접실에 들어가자마자 고개가 저절로 그녀의 침실 쪽으로 돌아갔다. 굳게 닫힌 문을 보다가 맞은편 문을 열고 들어갔다.

잠시 후, 잘 준비를 마친 자리옷 차림새로 그는 침실에서 나왔다. 금방 잠이 올 것 같지 않았다. 아까 읽다 만 것들을 가지러 나왔다.

그는 나오자마자 불빛을 보고 흠칫 놀라 그대로 멈추어 섰다. 그녀의 침실에서 새어 나오는 빛이었다. 문이 반쯤 열려 있고 그 사이에 그녀가 서 있었다.

응접실은 어두워 눈빛은 보이지 않았다. 하지만 두 사람은 상대가 서로를 응시하고 있음을 알았다.

시간이 정지한 것처럼 두 사람은 마주 보았다. 멈춘 시간을 깨고 쿤이 움직였다. 문을 붙든 시에나의 손이 움찔했으나 그녀는 뒷걸음질 치지 않았다.

쿤이 시에나의 앞에 바짝 다가와 섰다. 시에나는 그가 무슨 말이라도 하기를 바랐지만, 조용했다. 처음으로 그의 침묵이 불편하다고 생각했다.

그녀는 목 안으로 마른기침을 했다. 목소리가 갈라져 나올 것 같아 신경이 쓰였다.

"무슨…… 일이었어?"

다행히 목소리는 평소와 다름없었다.

"작은 사고. 다 해결됐어."

"난 아직 돌아오지 않은 줄 알고……."

"좀 전에 왔어."

"응…….."

그가 더 가까이 오자 시에나는 놀라 한 걸음 뒤로 갔다. 열린 침실 문틈 사이로 그의 오른발이 들어왔다. 마치 문을 닫지 못하게 막는 것처럼.

시에나는 힘주어 문을 닫으면 그가 물러날 거라고 확신했다. 하지만 그녀는 아무것도 하지 않았다. 시선을 들었다. 그의 검은 눈동자가 주변의 어둠을 다 잠식할 것처럼 짙었다.

"농담이었으면 지금 말해."

가라앉은 목소리가 속삭이듯 낮았다. 오싹 소름이 돋았다.

뭘……?

'침입해도 돼.'라고 아까 했던 말이 언뜻 떠올랐다. 온몸이 확 뜨거워졌다. 심장이 아프도록 뛰기 시작했다.

항상 인내심을 갖고 그녀의 대답을 기다려 주었던 그가 이번만큼은 아니었다. 어떤 답도 바라지 않는 것처럼 그녀의 입술을 덮쳤다. 그의 팔에 감긴 몸이 확 끌려갔다.

아무 생각하지 못할 정도로 몰아붙이는 키스였다. 시에나는 그가 완전히 침실 안으로 들어와 문을 닫는 것을 알아차리지 못했다.

어찌나 단단히 붙잡혔는지 옴짝달싹하기 어려웠다. 전에 그는 시에나를 안을 때 항상 약간의 여지를 두었다. 시에나가 강하게 뿌리치면 그를 떨쳐낼 수 있었다.

시에나는 그의 완력을 체감했다. 힘으로 도저히 상대가 안 되었다. 대항할 생각이 없으니 두려움이나 무력감은 느끼지 않았다. 소극적으로 주저했던 그녀의 두 팔이 그의 목을 감았다. 말 대신 행동으로 대답했다.

격렬했으나 평소보다 짧은 키스였다. 항상 몸을 덥힐 정도로 긴 키스를 나누었던 시에나는 아쉬웠다.

그녀의 몸이 가볍게 들렸다. 눈앞이 빙글 돌았다. 곧 등 뒤에 푹신한 것이 닿았다. 그녀는 침대에 눕혀졌다. 자신의 위를 타고 오르는 그를 올려다보았다.

"쿤……."

쿤이 시에나의 손바닥에 입을 맞추었다.

"제발, 시에나."

그는 애원했다.

"여기서 그만두라고 하지 마."

그녀는 속도감 있게 진행되는 상황에서 비로소 여유를 찾았다. 언제든 그만둘 수 있다. 싫다고 하면 그는 당장 일어나 침실을 나갈 것이다.

"그만두고 싶은 건 아니지만……."

"아니지만?"

시에나는 그가 숨죽여 자신의 대답을 기다리는 기색을 느꼈다. 직전까지 다급히 몰아붙였으면서 모든 것을 멈추었다. 오직 처분만 기다린다는 듯.

그녀는 지나치게 심각한 지금의 분위기가 마음에 들지 않았다. 그래서 손을 들어 올렸다. 어색함을 누그러뜨릴 의도였다. 하지만 볼에 손가락 끝이 닿자마자 그가 소스라치는 바람에 시에나도 덩달아 놀랐다.

시에나는 손을 든 자세 그대로 굳었다. 그리고 그는 시에나가 기대했던 어떤 행동도 하지 않았다.

　자연스레 손을 쥐어 손등에 입을 맞춘다거나 싱글싱글 웃으며 농담 섞인 말을 던지지도 않았다. 그저 깊이가 안 보이는 짙은 눈으로 말없이 바라볼 뿐이었다.

　'아⋯⋯.'

　시에나는 작은 한숨을 삼켰다. 전에 경험한 적도 배운 적도 없지만, 알 것 같았다. 지금 두 사람 사이에는 대화가 필요하지 않았다. 그가 바라는 것은 명백했다.

　'이 남자는 나를 원해.'

　그녀는 자기 자신에게 물었다.

　'나는?'

　망설임은 짧았다. 그의 얼굴을 감쌀 것처럼 뻗은 두 손이 그대로 지나쳐 그의 목을 감았다. 그를 자신의 품으로 끌어당겼다. 시에나는 오직 이 순간의 감정에 충실하자고 결심했다. 솔직한 자신의 마음을 인정했다.

　'나도 원해.'

　쿤 라드라는 남자가 탐이 났다. 온전히 갖고 싶었다.

　그의 상체가 무력하게 끌려왔다. 그녀를 가벼운 인형처럼 번쩍 들었던 사내는 고작 살짝 잡아당기는 힘에 완전히 굴복했다.

　시에나의 입술이 웃음을 머금어 살짝 휘어 올라갔다. 그에게 끌렸던 부분을 또 하나 발견했다. 그는 힘주어 움켜쥘 때와 한발 물러설 때가 절묘했다. 오직 납작 엎드리기만 했거나 혹은 강압적으로 거머쥐려 하기만 했다면 현재 이 마음에 이르지 않았을 것이다.

시에나는 자신의 입술을 그의 입술 위에 꾹 눌렀다. 그는 기회를 놓치는 남자가 아니었다. 곧바로 화답했다. 입술 사이로 파고드는 혀가 능란하게 안쪽을 훑었다.

그녀는 열이 오르는 눈을 꼭 감았다. 겹쳐진 입술의 탄력 있는 촉감이 훨씬 생생했다. 위에서 온몸으로 내리누르는 타인의 무게감이 버겁지 않았다.

그의 키스는 집요하게 이어졌다. 혀를 휘감고 빨아들이는 격한 키스가 입술만 부드럽게 스치는 가벼운 키스로 바뀌었다. 그는 잠시 떨어진 입술을 방향을 바꾸어 다시 포갰다. 마치 그녀에게 다른 생각이 끼어들 틈을 주지 않으려는 것 같았다.

시에나는 머릿속이 몽롱했다. 나른하게 온몸이 풀리는 듯하면서도 긴장을 놓을 수가 없었다. 그녀의 입술을 탐하는 동안 그는 거리낌 없이 얇은 옷감 위로 그녀의 몸을 어루만졌다. 허리와 옆구리를 쓸어올리며 두 손 가득히 가슴을 쥐었다.

그가 손에 힘을 주자 가슴살이 불룩 부풀었다. 그의 손가락이 유두를 스치며 문질렀다. 손가락과 옷감에 마찰한 유두가 자극받아 곤두섰다. 예민해진 가슴 끝을 그가 더 강하게 문질렀다.

"응……."

시에나는 흠칫했다. 손끝부터 시작된 찌릿한 감각이 팔을 파고 올라갔다. 그녀의 반응을 감지한 것처럼 그가 입술을 뗐다. 그녀는 자신의 눈가에 촉촉한 입술을 닿았다가 떨어진 후 눈을 떴다. 바로 앞에 있는 그와 눈이 마주쳤다.

"이상해."

그녀가 말했다. 속삭이는 것처럼 쥐어짜는 소리가 나왔다. 그와 나누는 뜨거운 키스가 마치 처음인 것처럼 긴장됐다.

"기분이 나빠?"

시에나는 '아니.'라고 대답하는 순간 그의 눈동자에 스치는 안도감을 봤다. '이 남자는 왜 이렇게 여유로워.'라는 생각이 흩어져 사라졌나.

마찬가지구나.

이 사람도 나처럼 긴장하고 있구나.

"시에나."

쿤이 그녀의 이마에 자신의 이마를 마주 댔다.

"당신에게 날 주고 싶어. 받아 줘."

그녀는 가쁜 숨을 몰아쉬었다. 심장이 아픈 것도 같고 말랑말랑해지는 것 같기도 했다. 사랑 고백보다 더 깊게 그녀의 가슴 속에 박혔다.

"난…… 당신 말을 들은 그대로 해석할 거야."

"어떻게?"

"내 것은 절대 놓지 않아. 누구와도 나누지 않아."

쿤이 나직이 웃었다. 이마를 맞닿은 상태라 그의 웃음이 진동으로 울려 몸에 전해왔다.

"바라는 바야."

시에나는 반대로 그가 '그러니까 당신도 나에게 줘.' 같은 말을 하면 어떻게 대답해야 할지 알 수 없었다.

타인에게 종속되듯 묶인 자신을 상상해 본 적이 없었다. 그녀는 세상을 내려다보며 군림하는 자의 후계자로 자랐다. 그녀에게 남녀 관계란, 심지어 결혼조차도 수단이자 도구일 뿐이었다.

아직 그에게 줄 답이 준비되지 않았다. 지금껏 그녀를 좌우한 인생관을 하루아침에 바꿀 수는 없었다. 그를 실망시키고 싶지 않지만, 거짓말을 하고 싶지도 않았다. 그런데 그는 아무 말이 없었다.

"쿤. 나는……."

잠시의 머뭇거림을 그의 입술이 집어삼켰다. 그가 달래듯 시에나의 입술을 살짝 깨물고 부드럽게 핥았다.

"당신은 날 꽉 쥐고 절대 놓지 않기만 하면 돼. 놓지 마. 절대."

"……응."

고맙고 미안했다. 그는 항상 흔들림 없이 다가오는데 자신은 가만히 서서 기다리는 것조차 못하는 것 같았다.

쿤이 상체를 일으켜 웃옷으로 걸쳐 입은 가운을 벗었다. 긴 셔츠 형태의 자리옷 상의마저 위로 벗어 던졌다.

동그랗게 커진 눈으로 바라보던 그녀가 화들짝 놀라 고개를 돌렸다. 심장이 너무 뛰어 차마 그의 맨몸을 볼 수가 없었다. 고개를 옆으로 돌린 시선에 그의 팔이 내려와 그녀의 머리 옆을 디뎠다. 몸을 지그시 누르는 압력을 느끼며 그녀는 숨을 들이켰다.

그녀의 볼에 입술이 닿았다. 가볍게 입을 맞춘 그가 그녀의 턱선과 귓가에도 키스했다. 부드럽고 조심스러웠다. 시에나의 시선이 천천히 다시 정면으로 돌아갔다. 아무것도 걸치지 않은 그의 어깨와 가슴을 보자 그림자 때문에 보이지 않는 아래쪽이 상상되어 어쩐지 당혹스러웠다.

살짝 각도를 돌린 그의 얼굴이 다가왔다. 시에나는 눈을 감으며 입을 벌렸다. 열린 입술이 그의 입술과 완전히 맞물리면서 두 사람의 혀가 뜨겁게 얽혔다.

키스를 이어 가며 그의 손은 아래로 내려갔다. 그녀의 종아리를 쥐고 쓸어올리며 허벅지까지 올라갔다. 탐욕스럽게 그녀의 혀를 빨고 있으나 사실 그는 모든 이성을 끌어모아 자신을 억누르고 있었다.

아플 정도로 심장이 뛰었다. 성감이 잔뜩 오른 몸이 긴장했다. 꼿꼿하게 고개를 든 성기는 당장이라도 그녀의 안쪽에 찔러넣어도 될 만큼 단단히 성이 났다. 하지만 그는 정신없이 덤벼들어 그녀를 놀라게 하고 싶지도, 이 환상적인 순간을 빨리 끝내고 싶지도 않았다.

그는 그녀의 잠옷 원피스의 끝단을 잡아 말아 올리고 무릎을 세워 일어났다. 그녀의 등 아래에 손을 넣어 그녀의 상체를 살짝 일으켰다. 그녀의 입술에 여러 번의 옅은 키스를 하며 속삭였다.

"시에나. 팔을 위로."

그녀가 순순히 팔을 들어 올리자 그의 입술이 휘어졌다. 그는 재빠르게 원피스 잠옷을 끌어 올려 그녀의 머리 위로 벗겼다. 그녀를 다시 눕히며 그는 다시 덮치듯 입술을 삼켰다. 이제 두 사람 사이를 가로막는 것은 그녀의 하복부를 감싼 작은 속옷 한 장뿐이었다.

그의 입술이 그녀의 입술에서 볼을 지나 귓가로 움직였다. 턱 밑 깊이 입을 맞추고 귓불을 입술 사이로 물어 혀끝으로 핥았다. 야릇한 느낌에 소름이 돋은 그녀가 몸을 움츠렸다.

갑자기 그녀를 누르던 무게가 사라졌다. 맞닿은 피부가 떨어지니 선뜩한 느낌마저 들었다. 시에나는 눈을 떴다. 그가 마치 취한 사람 같은 표정으로 그녀를 내려다보고 있었다.

넓은 침실은 작은 등만 켜둔 상태라 해 질 녘처럼 어스름했다. 가까이에 마주 서야 서로의 표정이 보였다. 그런데 시에나는 그마저도 너무 밝다는 생각이 들었다. 그의 시선 아래에 자신의 나신이 노출된 상태가 민망했다.

"왜 그렇게 보는……."

"예뻐, 시에나."

가라앉은 그의 목소리가 거칠게 긁혔다.

"정말 예쁘다……."

쿤은 황홀한 눈빛으로 같은 말을 계속 중얼거렸다. 화려한 미사여구를 꾸며낼 정신 따위는 없었다. 이 완벽하게 아름다운 여자를 마음껏 사랑하고 싶다는 생각만으로 머릿속이 꽉 찼다.

그의 커다란 손이 갈비뼈 부근부터 손바닥을 붙여 쓸어올렸다. 가슴이 꽉 움켜잡히는 순간 그녀는 낮은 숨을 내쉬었다.

그가 상체를 숙여 가슴골을 따라 길게 혀로 핥았다. 가슴에 입을 맞추고 한입 가득 삼켰다.

"훗."

시에나는 비음을 흘렸다. 뜨겁고 축축한 입안이 가슴을 감싸는 느낌이 생소했다. 그의 혀가 유륜을 따라 핥았다가 입술 사이로 유두를 물어 비볐다. 그녀의 몸이 파드득 떨렸다.

"아!"

유두가 강하게 빨리는 순간 오싹한 쾌감이 등줄기를 타고 올라왔다. 자극받은 돌기가 단단하게 곤두서자 뾰족하게 세운 혀끝이 예민한 첨단을 파고들었다. 그녀의 입에서 또다시 신음이 흘렀다.

뜨겁다. 간지럽다. 왜 가슴을 희롱당하는데 두 다리 사이가 따끔하게 조여드는지 모르겠다. 두 젖가슴이 그가 깨물고 핥아 축축하게 젖이 드는 동시에 그녀의 아래쪽 은밀한 안쪽부터 홧홧한 느낌이 번졌다.

가슴이 타액으로 흥건해지도록 애무한 입술은 범위를 넓혔다. 그녀의 팔을 쥐어 어깨부터 손등까지 입을 맞추다가 손가락 끝을 입안에 넣고 쪽쪽 빨았다.

느닷없이 빗장뼈를 따라 혀로 핥더니 갈비뼈 아래에 진득이 입술을 붙였다. 그녀의 온몸 구석구석을 전부 맛보겠다는 기세로 그의 입술이 종횡무진 움직였다.

시에나는 설탕 인형이 된 기분이었다. 온몸이 녹아드는 것 같아 색색 숨을 몰아쉬었다. 감각이 곤두서서 모든 게 선명하게 느껴졌다. 그의 혀의 돌기마저 까슬하게 느껴질 정도였다.

그는 그녀를 물고 핥고 빠는 데에 심취했다. 다정하면서도 집착 어린 애무를 받는 동안 그녀의 다리 사이 깊은 안쪽의 따끔한 통증이 사라지면서 뜨거운 물이 흘러나왔다.

그녀는 자신도 모르게 두 다리를 오므렸다. 다리 안쪽을 비비면 간지러움이 조금이라도 해소될 것 같았다. 그때 맞닿은 허벅지를 가르고 그의 다리가 들어왔다. 깊이 들어온 그의 허벅지가 속옷 한 장으로 가린 그녀의 음부에 맞닿아 꾹 눌렀다.

그녀는 얼굴이 화끈거려 시선을 옆으로 돌렸다. 그의 허벅지에 눌려 음부에 완전히 속옷이 밀착했다. 젖은 속옷이 달라붙는 느낌이 들었다. 복부를 미끄러져 내려간 그의 손이 속옷 안으로 들어가자 그녀는 화들짝 놀랐다.

"아……. 흡!"

당황하여 입을 벌리자마자 그의 입술이 덮치며 내리눌렀다. 공격적으로 그녀의 혀를 휘감아 빨아들이는 감각도 질구를 문지르는 손가락만큼 강렬하지는 않았다. 균열 사이로 파고든 손가락이 아래에서 위로 문지르자 하복부에서 시작된 야릇한 쾌감이 번졌다.

손가락에서 미끈거리는 감촉을 느끼며 쿤은 머릿속이 빙빙 돌았다. 정수리까지 치솟은 욕망으로 온몸이 터질 것 같았다. 입구를 문지르기만 하던 손가락을 세워 균열의 안쪽으로 끝을 살짝 넣었다. 끈적이는 애액 덕분에 손가락 한 마디가 쑥 들어갔다.

그녀의 몸이 움찔했다. 그는 달래듯 그녀의 입안을 혀로 부드럽게 휘저었다. 긴장한 그녀 몸이 다시 느슨하게 풀어졌다. 그는 서두르지 않았다. 손가락 끝만 넣었다가 빼기를 반복했다. 그녀가 거부감을 느끼지 않도록 자신의 침입을 서서히 예고했다.

손가락 한 마디는 두 마디가 되고 이내 검지 하나가 온전히 질벽을 파고들었다. 내벽은 손가락 하나를 삼키면서도 빈틈없이 꽉 조여들었다. 촉감으로 느껴지는 내벽의 오돌토돌한 융기가 손가락을 핥는 것처럼 움직였다. 그의 목울대가 꿀꺽 넘어갔다.

그가 살짝 미간을 좁혔다. 이 안으로 들어갈 수 있을까. 그녀를 다치게 할까 봐 걱정되면서도 당장 자신의 분신을 이 뜨거운 안쪽으로 뿌리 끝까지 밀어 넣고 싶었다. 목구멍이 달라붙는 것처럼 목이 탔다.

그의 어깨에 얹은 그녀의 손가락에 힘이 들어갔다. 시에나는 하복부의 이물감 때문에 키스에 집중하지 못했다. 단단한 손가락이 음핵을 꾹 누르고 비볐다가 질구를 파고들어 질벽을 문질렀다.

그의 손가락이 바쁘게 움직일수록 음부에서 후끈후끈 열이 났다. 작은 불꽃처럼 시작된 쾌감이 점점 크게 타올랐다.

"훗!"

시에나는 그를 밀어내듯 손에 힘을 주었다. 이물감이 더 선명해졌다. 질구를 파고드는 손가락이 두 개로 늘었다. 아프다고 할 것까지는 아니어도 약간의 뻐근함을 느꼈다. 그런데 그 뻐근함에서 뭔가가 해소되는 쾌감을 느꼈다.

좀 더 강렬한 감각을 원했다. 더 깊은 곳까지 닿았으면 좋겠다. 끈질기게 입술을 탐하던 그가 살짝 고개를 드는 것도 알아차리지 못했다. 느릿하게 올라가는 쾌감을 좇아 그녀의 엉덩이가 들썩였다. 올 듯 말 듯 아슬아슬한 지점에서 계속 멈추어 있던 쾌감이 어느 순간에 이르자 갑자기 확 터졌다.

"으응……."

그녀의 턱이 위로 올라갔다. 처음 느끼는 쾌감은 낯설고 강렬했다. 순식간에 온몸을 덮쳤다. 숨을 한두 번 몰아쉴 정도의 짧은 시간이었지만, 개운함과 탈력감을 동시에 느꼈다. 고개를 옆으로 돌려 눈을 감은 채 그녀는 인상을 썼다. 아직 여운이 남은 질구가 경련하는 느낌이 이상했다.

시에나는 자신의 허벅지가 잡혀 위로 들리자 놀라 고개를 돌렸다. 축축하게 젖은 속옷의 허리끈이 풀리고 벗겨지는 동안 그녀는 크게 뜬 눈으로 그를 응시했다. 아직 시작도 안 했다는 사실을 깨달았다. 그녀가 받은 성교육에 따르면 남녀의 교접은 성기가 결합해야 한다.

그의 두 손이 그녀의 종아리를 쥐고 벌렸다. 시에나는 흡, 놀란 숨을 들이켰다. 그가 벌어진 그녀의 다리 사이에 자세를 잡고 상체를 숙였다.

동그랗게 커진 그녀와 눈을 마주치며 그가 살짝 웃었다. 그런데 시에나는 그의 미소가 평소와 다르다고 생각했다. 그의 검은 눈동자가 붉어 보인다는 착각이 들 정도로 이글거렸다.

그의 얼굴이 다가왔다. 서로의 코가 닿을 정도로 가까운 상태에서 두 사람이 서로의 눈을 응시했다. 시에나가 천천히 눈을 감았다. 그의 키스를, 나아가 그를 전부 받아들이겠다는 대답이었다.

탄력 있는 입술이 그녀의 입술을 감싸며 덮었다. 혀가 그녀의 입 안을 부드럽게 휘젓고 빠져나갔다. 그녀의 아랫입술을 잘근 깨물고 빨아들이면서 그가 고개를 들었다.

그는 단단히 기립한 제 것을 쥐고 그녀의 작은 구멍에 맞추었다. 한계까지 흥분한 성기는 이미 아까부터 찔끔찔끔 끈적한 액을 흘리고 있었다. 한쪽 팔은 그녀의 얼굴 옆에 딛고 한쪽 팔은 그녀의 허벅지를 잡은 채 허리를 밀어붙였다.

그녀의 눈이 점점 커졌다. 손가락과는 비교되지 않는 거대한 살덩이가 틈새를 비집으며 파고들었다. 아릿한 통증이 그런대로 견딜

만하다고 생각한 것은 잠시뿐이었다. 두 다리 사이로 뜨거운 쐐기가 박혀 드는 것 같았다.

그녀는 손을 뻗어 그의 어깨를 잡아 밀어냈다. 하지만 그는 꿈쩍도 하지 않았다. 느릿하게 계속 파고들면서 가라앉은 눈빛으로 말했다.

"힘들어?"

시에나는 그를 멈추게 할 수 없다는 것을 알아차렸다. 예상 못한 통증에 당황했을 뿐 그녀도 그만두기를 바라지 않았다.

"원래…… 이렇게 아픈 거야?"

"……처음은 그런 경우가 많다는 얘기는 들었는데."

쿤이 미간을 찡그리며 웃었다.

"더 천천히 할까?"

그녀만큼은 아니겠지만, 그도 고통스러웠다. 그녀의 안은 너무 좁아서 피가 몰릴 대로 몰린 그의 성기가 버티기에 지나치게 자극적이었다. 내지르고 싶은 충동을 누르고 할 수 있는 한 느릿하게 움직이느라 등에서 식은땀이 났다.

"멀었어…… 어?"

"음……."

"그냥 빨리……. 흑!"

아래에서 쑤욱 밀고 들어오자 그녀는 이를 악물었다. 아프다. 질벽이 한계까지 벌어지고 골반이 열리는 통증에 눈물이 핑 돌았다. 배 속이 꽉 찬 기분이 버거워 그녀는 밭은 숨을 내쉬었다.

그녀의 안에 자신을 끝까지 묻은 후 쿤은 상체를 숙여 그녀의 머리 옆에 고개를 묻었다. 맙소사, 그는 낮게 숨을 헐떡였다. 상상했던 것과는 비교할 수 없었다. 이런 건 상상으로 재현할 수 있는 감각이 아니다.

앞이 빙빙 돌아 눈을 질끈 감았다. 뜨겁고 탄력 있는 질벽이 그의 성기를 감싸며 꽉 조이는 느낌이 환상적이었다. 그녀와 하나가 되었다는 정신적인 충족감까지 더해져 그는 온몸이 찌릿찌릿할 정도의 쾌감을 느꼈다.

그가 고개를 들어 그녀의 젖은 속눈썹을 훑고 입술을 포갰다. 사타구니가 맞닿을 정도로 깊이 결합한 상태로 그들은 서로의 타액을 삼키는 진한 키스를 나눴다.

그는 그녀의 혀를 빨아들이면서 맞닿은 하체를 비볐다. 흠칫하는 그녀의 콧잔등에 입을 맞췄다. 허리를 뒤로 뺐다가 느릿하게 밀고 들어갔다. 잔뜩 찌푸린 그녀의 미간에 키스하고 다시 물러난 허리를 강하게 치받았다.

"아!"

그녀의 짧은 비명은 어떤 자극적인 교성보다도 그를 흥분시켰다. 그는 아슬아슬하게 빼낸 성기를 끝까지 밀어 넣었다. 질벽이 그의 성기를 쭉 빨아들이듯 삼켰다가 빠져나갈 때 쥐어짜는 것처럼 훑었다. 그의 허릿짓이 점점 강한 힘을 싣고 속도가 붙었다.

"아! 훗……. 아앗!"

뜨거운 살기둥이 안으로 박힐 때마다 그녀의 입에서 비명 같은 신음이 터졌다. 저절로 나오는 소리를 참을 수가 없었다. 빠져나가는 순간에는 질벽이 함께 딸려 나가는 것 같아 소스라치고 쑥 밀고 들어올 때는 좁아진 질벽이 다시 벌어지며 고통스러웠다.

"아! 쿤! 쿤!"

그녀는 눈을 질끈 감으며 애타게 그를 불렀다. 가장 버거운 감각
은 그가 뿌리 끝까지 쑤셔 박는 순간이었다. 그의 성기에 몸이 꿰뚫
리는 것 같았다. 결코 누군가의 침범을 용납하지 못할 아주 깊은 곳
까지 귀두 끝이 닿아 문질렀다. 통증인지 쾌감인지 모호한 감각을
견딜 수 없었다.

"쿤! 깊어, 깊……."

"깊어?"

그가 하, 낮게 웃었다. 정신이 날아가는 것 같았다. 그는 자신에게
뻗은 그녀의 손끝에 입을 맞추고 그녀의 손을 깍지 껴 내리눌렀다. 그
녀의 안쪽으로 더욱 깊이 박아 넣을 기세로 무게를 실어 내리꽂았다.

"악! 흐윽! 아……!"

터지는 교성에 흐느낌이 섞였다. 흐르는 애액이 엉덩이골을 타
고 흘렀다. 철썩철썩 살이 부딪치는 물기 가득한 소리가 적나라했
다. 몸이 마구 흔들려 어지러웠다.

시에나는 몰랐던 그의 다른 모습을 발견했다. 항상 부드럽고 조
심스러웠던 사내는 그녀를 덥석 물자마자 야생 짐승처럼 거칠게 날
뛰었다. 그에게 잡아먹히는 것 같았다.

그는 혀끝으로 제 마른 입술을 축였다. 부족했다. 더 깊은 곳까
지 들어가고 싶었다. 한 손으로 그녀의 둔부를 꽉 붙들고 사납게 들
쑤셨다. 질벽이 경련하며 점점 더 좁아졌다. 마지 저항하는 것처럼
조여드는 질벽을 파고들었다. 그는 격하게 허리를 밀어붙이며 내부

를 휘저었다.

"훗! 아앗! ……흐윽!"

그녀가 신음을 내지르며 머리를 흔들었다. 늘 단정한 그녀의 머리카락이 어지럽게 흐트러지는 모습이 절경이었다. 쿵쿵 박을 때마다 젖가슴이 탐스럽게 출렁거렸다. 그녀를 내려다보는 그의 눈동자에 괴괴한 빛이 감돌았다. 안으면 안을수록 더 심해지는 갈증으로 미칠 지경이었다.

시에나는 그의 아래에서 무력하게 흔들리며 자신이 배운 성교육이 얼마나 단편적인가를 상기했다. 그녀가 배운 정사는 오직 교접 자체에 목적이 있었다. 성기의 결합 전에 긴 애무로 쾌락을 느끼는 과정과 결합 후 격렬하고 반복적인 삽입은 배우지 않았다.

그의 성기에 마찰하여 계속 쓸리는 질구가 얼얼했다. 날카로운 통증은 한결 가라앉았으나 거대한 살기둥이 안쪽 깊은 곳의 한계까지 파고들어 찌를 때마다 눈앞이 번쩍이고 억눌린 신음이 저절로 나왔다.

"아……! 흐읏. 쿵……."

언제부턴가 온몸이 저릿저릿했다. 차라리 통증이 낫다는 생각이 들 정도로 괴로웠다. 도움을 청하듯 애원처럼 그를 불렀다. 하지만 그의 허릿짓은 전혀 속도가 줄지 않았다.

그가 무게를 실어 콱콱 치받을수록 저릿한 감각이 심해졌다. 그가 고개를 숙여 빳빳하게 일어난 유두를 꽉 물고 빨아들이는 순간 시에나는 눈을 크게 떴다.

"으응……!"

그녀는 긴 신음을 내지르며 고개를 위로 젖혔다. 시야가 갑자기 밝아졌다가 어두워졌다. 하복부에서 시작되어 척추를 타고 순식간에 정수리까지 치고 올라간 쾌락의 파도가 그녀를 휩쓸었다. 온몸이 쭉 퍼졌다. 그의 성기를 꽉 물고 있는 질벽이 바짝 좁아 드는 것을 느낄 수 있었다.

숨이 막히도록 조이는 질벽에 성기가 짓눌리자 쿤온 인상을 쓰며 이를 지그시 물었다. 경련하는 질벽의 융기가 그의 성기에 착 달라붙어 비틀었다.

눈앞이 아찔했다. 절정을 느끼고 늘어지는 그녀의 모습이 그에게 신체적인 쾌감 이상의 만족을 주었다. 그는 사정감을 참으며 그녀의 절정이 가라앉기를 기다렸다. 경련하던 질벽 근육이 조금씩 느슨해졌다.

쾌락의 잔상에서 아직 벗어나지 못한 시에나는 가쁘게 숨만 내쉬며 꼼짝하지 않았다. 몸을 조금만 움직여도 예민해진 감각은 통각으로 변할 것 같았다. 그래서 아래를 꽉 채운 그의 것이 빠져나갔다가 다시 치고 들어오자 그녀는 비명을 질렀다.

"아윽! 아!"

내벽을 들쑤시는 추삽질이 다시 시작됐다. 아직 경련이 가라앉지 않은 질벽이 요동쳤다. 수축한 상태의 질벽을 파고드는 뜨거운 기둥이 더 크게 느껴졌다. 그녀는 온몸이 오그라드는 고통 같은 쾌락에 몸부림쳤다.

"아! 싫어! 아아!"

그녀의 깊은 샘 안쪽으로 몇 번이고 자맥질하던 그는 등 뒤부터 서늘해지는 전조를 느끼고 목 안으로 신음을 삼켰다. 그녀의 안쪽에 자신을 끝까지 묻고 그녀의 두 다리를 꽉 붙든 채 파정했다. 영혼이 쭉 짜이는 것 같은 쾌감이 눈앞에 희게 번졌다.

뜨거운 체액이 안에 쏟아지는 감각에 그녀의 몸이 소스라쳤다. 온몸이 한기가 든 것처럼 덜덜 떨렸다. 틀어막듯이 질 안을 꽉 채운 그가 정액을 쏟으며 뭉근하게 허리를 돌릴 때마다 그녀는 흐느꼈다. 상체를 숙인 그가 시에나를 꽉 끌어안았다. 맞닿은 몸이 땀으로 미끌미끌했다.

땀이 식을 때쯤에 떨림이 겨우 가라앉았다. 모든 기력이 다 빠져나간 기분으로 몸이 늘어졌다. 눈을 감고 색색 숨을 몰아쉬는 그녀를 그가 귀찮을 정도로 지분거렸다. 땀에 흠뻑 젖은 이마를 쓸어올리고 얼굴 여기저기에 끊임없이 입을 맞췄다.

시에나는 그가 자신의 팔을 잡고 어깨부터 손등까지 키스하며 내려오자 게슴츠레 눈을 떴다. 그녀의 손등에 쪽쪽 입을 맞추던 그와 눈이 마주쳤다. 그가 싱긋 웃었다. 시에나는 흠칫했다. 아까 봤던 낯선 미소가 여전했다. 평소 같은 유순한 느낌이 없었다.

"쿤."

"응."

그녀는 적당한 표현을 찾아 고심했다. 그의 남근은 마치 제 자리가 거기라는 것처럼 여전히 그녀의 두 다리 사이에 깊이 박혀 있었다. 그만 나가 주었으면 좋겠다. 안에서 꿈틀거리는 이물감이 거슬리고 땀으로 끈적끈적한 몸을 씻고 싶었다. 말로 하는 대신 그녀는 허리를 뒤틀었다.

하지만 그가 오히려 꾹 허리를 밀어붙이고 두 팔을 그녀의 얼굴 옆으로 디뎠다. 시에나가 놀라 눈을 크게 떴다. 그가 고개를 숙여 그녀의 입술을 빨았다. 그녀의 입술 틈새로 파고들어 안쪽을 느릿하게 핥으며 허리를 둥글게 돌렸다.

"쿤!"

그녀가 두 손으로 그의 어깨를 잡아 밀어냈다. 그는 고개를 갸웃하며 '왜?' 하고 말했다. 그의 표정이 너무 천연덕스러워서 시에나는 말문이 막혔다.

"더…… 할 거야?"

"뭘?"

시에나는 그를 흘겨보며 말없이 한 손을 내렸다. 그리고 그의 허리를 더듬어 내려가 엉덩이를 꽉 잡았다. 팽팽하게 탄력 있는 그의 엉덩이는 손가락으로 눌러도 반발력이 있었다. 그녀에게 엉덩이가 잡히는 순간 그는 움찔했다가 웃음을 터뜨렸다.

"더 하긴. 끝낸 적도 없는데. 이제 시작이야."

시에나의 눈동자가 마구 흔들렸다.

"하룻밤에 한 번으로 끝내는 사내가 어딨어. 최소한 다섯 번은 더 해야지."

"다섯 번?!"

방금 겪은 과정을 다섯 번을 더 해야 한다고? 시에나는 암담한 기분으로 고개를 내저었다.

"다섯 번은 못 해. 절대 못 해."

"흐음. 어쩔 수 없군. 그럼 네 번?"

"못 해."

"그럼 세 번?"

"두 번."

"좋아. 두 번."

시에나는 씨익 웃는 그를 보며 아차 싶었다. 뭔가 잘못되었다는 건 알겠지만, 그게 무엇인지는 모르겠다. '하룻밤에 한 번은 아니다.'라는 말의 사실 여부를 그녀는 알 수 없었다. 그녀가 배운 성교육에서 그런 것까지 가르쳐주지 않았다.

"쿤, 잠깐……. 흡!"

덮치는 입술에 목소리가 먹혔다. 그녀가 난생처음 경험하는 기나긴 밤이 시작되었다.

＊　　＊　　＊

시에나는 천천히 눈을 떴다. 주변이 어두웠다. 창이 없으니 시각을 가늠할 수가 없었다. 느낌으로는 아침인 것 같았지만 확실하지 않았다. 그녀는 모로 누워 있었다. 그리고 그녀의 등 뒤에 누군가 있었다.

'쿤…….'

그의 가슴에 등이 닿았다. 그의 한쪽 팔이 시에나의 목 아래를 받쳐 베개가 되었다. 그녀의 허리에 얹힌 다른 팔이 가슴 아래를 휘감아 끌어안았다. 그의 다리 하나가 그녀의 두 다리 사이로 들어와 허벅지가 그녀의 음순에 밀착해 있었다. 살짝 몸을 움직여 보았으나 꼼짝할 수 없었다. 그에게 완전히 구속된 상태였다.

억지로 빠져나오려 하면 그가 깰 것 같았다. 깨우고 싶지 않다. 간밤에 너무 시달려서 더는 감당을 못하겠다.

시에나는 조용히 한숨을 내쉬었다. 맞닿은 피부가 따끈따끈했다. 긴 밤이었다. 짧은 밤이기도 했다. 정신없이 어떻게 지나갔는지 모르겠다.

남녀의 정사가 이런 것인 줄 몰랐다. 머리로 아는 지식과 직접 경험은 전혀 달랐다. 자신이 사내의 밑에서 교성을 내지르며 흐느낄 줄은 정말 몰랐다.

정사의 쾌감은 육욕이 전부가 아니었다. 두 사람만 공유하는 은밀한 나눔, 서로를 완벽히 소유하는 행위, 태초의 모습으로 밀착하는 체온. 그런 것들에서 비롯되는 정신적인 쾌감도 육체적인 쾌감 못지않게 짜릿했다.

이토록 강렬한 쾌감이니 중독되어 벗어나지 못하는 자들도 분명히 있을 것이다. 사람들이 왜 치정 사건을 저지르는지 아주 약간은 이해했다.

등 뒤에서 미세한 움직임이 느껴져 시에나는 숨을 죽였다. 그의 손이 갈비뼈를 쓸면서 가슴을 살짝 움켜쥐었을 때만 해도 잠버릇으로 생각했다. 하지만 목덜미에 입술이 닿자 그가 깼다는 것을 확실히 알았다.

"쿤!"

가슴살이 손가락이 사이로 삐져나오도록 그의 손에 힘이 들어가자 시에나는 그의 손등을 잡았다. 그를 제지할 셈이었다. 그러나 그녀의 다리 사이에 들어와 있는 그의 다리가 아래위로 움직이면서 음부를 자극했다.

"쿤, 홋……."

목덜미에 입술을 붙인 그가 살짝 이를 세워 깨물었다. 그녀는 소름이 돋아 어깨를 움츠렸다. 그의 허벅지는 계속 안쪽을 마찰하며 질구를 문질렀다. 밤새 다양한 수단으로 희롱당한 음부는 새로운 자극에 빠르게 반응했다. 끈끈한 애액이 그의 허벅지에서 미끄러지는 감각에 그녀는 얼굴이 화끈거렸다.

그의 손에 잡힌 한쪽 다리가 위로 들렸다. 그녀가 화들짝 놀라 돌아누우려 했으나 움직일 수 없었다.

"쿤. 더는 못 해."

"넣기만 할게. 응?"

그가 귓불을 깨물며 가라앉은 목소리로 속삭였다.

"말로는……. 흑."

뭉툭한 끝이 질구를 문질렀다. 두툼한 살덩이가 뒤에서부터 미끄러져 들어오기 시작하자 시에나는 신음을 흘렸다. 밤새 그를 받아들여 부어오른 질이 잔뜩 성난 성기를 빠듯하게 삼켰다.

저릿한 통증과 쾌감을 동시에 느끼며 그녀는 숨을 헐떡였다. 끝까지 삽입한 상태로 잠시 가만히 있던 그가 허리를 약간 뒤로 뺐났다가 얕게 쳐올렸다.

"웃. 쿤. 아……. 넣기만 한다고……."

"응."

대답만 넙죽넙죽하면서 그는 느릿하게 추삽질을 했다.

"아! 윽, 정말······."

한참을 흔들리며 신음하다가 그녀는 어느새 다시 잠들었다. 잠깐 까무룩 잤는지 혹은 푹 오래 잤는지는 모르겠지만, 그녀는 이마를 쓸어 올리는 다정한 손길을 느끼며 눈을 떴다.

주변이 어스름하게 어두웠다. 침실 내부의 세간이 형체만 보였다. 그의 모습도 커다란 그림자였다.

"안 보여······."

입안으로 달싹이는 말을 용케 알아듣고 쿤이 침대 근처의 등을 켰다. 갑자기 덮치는 빛이 눈 부셨다. 시에나는 잠깐 눈을 감았다가 떴다.

"괜찮아?"

쿤이 침대에 걸터앉아 시에나를 내려다보았다. 근심이 가득한 표정으로 그녀의 눈치를 살폈다. 시에나의 흐릿한 눈에 잠기운이 사라져 초점이 잡혔다. 그녀의 침묵이 길어질수록 그는 진땀이 났다.

'적당히 할걸.'

변명의 여지가 없었다. 너무 폭주했다. 오랜 인내의 반작용이 컸다.

시에나는 눈에 힘을 주어 그를 지그시 응시했다. 쿤의 눈동자가 조금씩 흔들리다가 쭈뼛쭈뼛 옆으로 돌아갔다. 쩔쩔매는 모습에 웃음이 픽 나왔다. 그러자 금세 반색하는 남자의 표정을 보고 다시 이맛살을 찌푸렸다. 그는 바로 꼬리 내리는 강아지처럼 안절부절 못했다.

평소의 그로 돌아왔다. 무자비할 정도로 그녀를 놓아주지 않고 괴롭히던 어젯밤의 그 남자가 아니었다.

"지금 시간이……."

"거의 정오가 다 됐어."

"정오?"

시에나가 눈을 크게 떴다.

"푹 자도록 두려다가 너무 오래 자서 걱정했어. 당신은 늦잠 자는 사람이 아니니까."

"어떻게 알아?"

"예전에 당신이 말해줬잖아. 평소에 언제 자고 언제 일어나는지. 일과가 규칙적이라고 했지."

"아……. 그랬지."

기억이 났다. 그에게 시시콜콜한 일상 얘기를 했던 것 같다.

"더 자고 싶어? 내가 괜히 깨웠나?"

"아니. 일어나야지."

"괜찮겠어?"

"난 환자가 아니야."

그녀의 표정이 고집스러웠다. 쿤은 피식 웃었다.

"뭘 하고 싶어? 목욕? 식사?"

"……목욕. 그 후에 식사."

"준비시킬게."

쿤이 고개를 숙여 시에나의 입술에 가볍게 입을 맞추었다.

그녀의 입술만 빨아들이는 키스는 어젯밤에 비하면 담백하기 그지없었다.

그가 침실에서 나가고 난 후 시에나는 몸을 옆으로 돌려 누웠다. 손을 디뎌 무겁게 늘어지는 몸을 지탱해 일으켰다. 환자가 아니라고 큰소리쳤으나 추를 매단 것처럼 가라앉는 몸 상태가 몹시 낯설었다. 지금껏 가벼운 몸살조차도 앓은 경험이 없었다.

어젯밤에는 지쳤을 뿐, 이 정도로 온몸이 비명을 지르지는 않았다. 한숨 자고 일어났더니 여기저기가 욱신거렸다. 끙끙 소리가 저절로 나왔다.

간신히 일어나 앉아 생각에 잠겨 있다가 주먹 쥔 한 손을 다른 손바닥에 내리쳤다.

깨달음의 탄식을 중얼거렸다.

'그래서 그랬구나. 철왕의 결혼 축하연 날.'

그날 왜 철왕비가 축하연에 참석하지 못했는지, 왜 철왕도 끝내 보이지 않았는지 이제 이해했다.

'철왕이 철왕비를 몸져눕게 한 원인 제공자였어.'

그래서 철왕은 아내에게 면목이 없으니 혼자 연회를 즐기러 나오지 못한 것이다. 작은 체구의 몹시 가냘픈 비올렛을 떠올렸다. 그 약한 몸이라면 병이 날 만했다.

바깥에서 문을 두드렸다.

"전하. 목욕물 들이겠습니다."

잠시 후 문이 열리며 시녀들이 나무 물통을 가지고 들어왔다. 타원형 물통이 매우 컸다. 너비는 시에나가 다리를 뻗고 앉을 수 있을 정도이며 깊이는 어깨까지 담글 수 있었다.

바퀴가 달린 판판한 수레에 물통을 얹었다. 덕분에 여자들의 힘만으로 엄청난 무게의 물통을 충분히 끌고 들어올 수 있었다. 자리 잡은 후 시녀들이 바퀴 밑의 장치를 조작해 움직이지 않도록 고정했다.

물통 가득히 찰랑거리는 물에서 김이 모락모락 올랐다. 특수한 약초를 넣었다는 물은 옅은 녹색이었다.

'하아……'

몸을 담그자 만족스러운 한숨이 저절로 나왔다. 물의 온도가 적절했다. 약초의 은은한 풀 냄새는 향긋했다.

시에나는 평소의 습관보다 훨씬 오랫동안 목욕을 즐겼다. 몸이 훨씬 가뿐해졌다. 그 후 식사가 들어왔다. 식사를 거의 마쳤을 때 바깥에서 노크했다. 쿤이 문 너머에서 말했다.

"전하. 지금 뵐 수 있을는지요."

시에나는 시녀에게 지시했다.

"다 먹었으니 치워라."

"예, 전하."

포프 백작부인이 장담한 만큼 눈치 빠른 시녀들은 안색의 변화도 없이 재빠르게 물러갔다.

그들이 나가면서 쿤이 안으로 들어왔다. 그는 시녀들이 정돈해 내가는 그릇들을 흘끔 봤다. 접시의 요리가 적당한 양으로 줄어 있었다. 그는 안도의 숨을 내쉬었다. 일부러 이맘때 맞춰 왔다.

그녀는 지금껏 쿤이 상대한 사람 중에서 가장 까다로웠다. 그녀는 속마음을 잘 드러내지 않았다. 말수도 적었다. 사사건건 트집을 잡고 패악을 부리는 사람이 오히려 비위 맞추기는 쉬웠다.

화이트칩은 귀빈을 모시기 위한 유람선이므로 그들의 마음을 사로잡기 위한 갖가지 물품들이 갖춰져 있었다. 뱃멀미로 고생하는 귀부인들의 높은 호응을 얻었던 큰 욕조와 특수한 약초를 첨가한 목욕물을 준비시켰다.

목욕 후에는 소화가 잘되면서도 입맛을 돋우는 가벼운 메뉴로 식사 준비를 지시했다. 만족스러운 목욕과 식사를 마친 사람의 기분은 나쁠 수가 없다.

쿤이 가지고 들어온 찻쟁반을 테이블에 올렸다. 찻잔을 시에나의 앞에 옮겼다.

"식후에 마시는 편이 가장 좋다고 해."

시에나는 찻잔을 들었다. 뿌연 음료가 들었다. 물보다는 탁하고 우유보다는 옅었다. 찻잔을 기울이니 물처럼 맑게 찰랑거리는 것이 아니라 농도가 있었다.

"이게 뭔데?"

"루사 열매의 진액. 귀족들 사이에서는 흔히 쾌락차라고 부르지."

"아……."

시에나는 다시 한번 찻잔의 액체를 들여다보았다. 배웠다. 성교육 항목 중 하나였다. 교사가 열매를 보여 준 적도 있었다. 그동안 찾을 일이 없어서 잠시 잊었다.

루사 열매는 피임제다. 진액이 나오도록 끓인 차를 마시면 남녀 모두에게 피임 효과가 있었다. 남자는 관계 전 마셔야 하고 여자는 후에 마신다.

'이게 쾌락차.'

루사 열매를 섭취하는 자들은 대부분 귀족이었다. 평민들에게 피임은 딴 세상의 이야기였다. 아이를 잉태하는 일은 자연스럽고 출산은 당연한 일이다.

하지만 귀족들은 임신의 목적 외에 쾌락을 목적으로 성적 관계를 맺었다. 그래서 피임차는 쾌락차가 되었다.

루사 열매의 등장은 지금으로부터 약 백 년 전후로 알려졌다. 대륙 변두리의 부족 국가에서 전해진 전통 음료였다.

루사 열매는 계층 간 문화를 극단적으로 가르는 계기가 되었다. 그래서 오늘날 귀족과 평민의 성 풍속이 퍽 달랐다.

루사 열매가 처음 소개되었을 때 혹자는 더는 사생아가 태어나지 않을 거라고 말했다. 하지만 예측이 틀렸다. 현재까지도 사생아는 태어났다.

쾌락차는 맛이 역했다. 냄새에 예민한 여자들은 섭취 후 구토를 하기도 했다. 여자에게 쾌락차의 섭취를 권하는 남자는 형편없는 놈이라는 인식이 퍼졌다.

그런데 쾌락을 위한 성관계는 대부분 충동적이다. 쾌락차의 효과는 남자가 음용 후 최소한 반나절이 지나야 나타났다.

언제부턴가 남자의 정력을 약화한다는 속설이 돌면서 남자들은 이런저런 핑계로 복용을 꺼렸다. 그래서 최근엔 오히려 사생아가 늘어나는 추세였다.

루사 열매로 오히려 귀족 문화가 퇴폐적으로 변질되었다고 주장하는 의견도 있었다.

시에나가 말없이 찻잔을 보기만 하자 쿤이 덧붙여 말했다.

"화이트칩은 귀족들을 위한 물건은 다 갖추고 있어. 루사 열매도 항상 있지."

쿤은 그녀가 혹시 계획적이었냐고 의심할까 봐 변명했다. 하지만 시에나는 그런 의혹은 처음부터 없었다. 어젯밤은 자신의 의지로 그와 함께 보내는 밤을 선택했다. 스스로 결정한 일이므로 책임도 자신에게 있다고 생각했다.

시에나가 찻잔을 들고 한 모금 넘겼다. 인상을 잔뜩 찌푸리며 입을 뗐다. 식감이 이상했다. 텁텁하고 약간 비릿한 냄새도 났다.

"다 마셔야 해?"

쿤이 고개를 끄덕였다. 시에나는 찻잔을 노려보다가 단번에 들이켰다.

"다음부터는 내가 마실게."

시에나는 '그래야지.'라고 생각했다. 이 맛없는 쾌락차를 또 먹기를 싫었다. 그가 가져온 사탕 접시의 얇은 사탕을 계속 집어 먹다가 위화감을 느꼈다.

'다음?'

시에나는 당당히 다음을 예고하는 그를 빤히 응시했다. 쿤이 그녀의 옆에 바짝 다가와 무릎을 접고 앉았다. 그녀를 올려다본 채 눈이 마주친 그가 싱긋 웃었다.

"해 질 무렵 지나치는 부두가 있는데 잠깐 들를까 해. 오늘 장이 서는 날이라고 하더라. 야시장이 유명한 지역이지."

"일정이 지체되잖아."

"바람이 좋아서 순항 중이야. 이 속도면 예상보다 반나절은 이르게 최종 선착장에 도착할 것 같아. 시간을 벌었지. 잠깐 딴짓해도 괜찮아."

"……볼만한 게 있어?"

"야시장의 매력은 직접 보고 느끼는 게 제일이지."

어쩔까.

시에나는 나가고 싶기도 하고 움직이기 귀찮기도 했다. 그녀는 손을 뻗어 그의 이마에 흘러내린 머리카락을 슬쩍 위로 넘겼다. 뭔가가 변했다. 자연스럽게 그를 만질 수 있었다.

"흑검이 안 보이네? 토라진 건 풀렸어?"

"아직."

"어디에 뒀어? 시끄럽게 운다며."

"어젯밤에는 내 침실에 뒀고 오늘 아침에 배의 아래층 방음실에 넣어놨어."

"더 화내는 거 아니야?"

쿤은 말없이 웃었다. 검 따위가 화를 내거나 말거나 지금 그에게는 전혀 중요하지 않았다.

"쉬고 싶다면 방해하지 않을게. 어느 쪽이든 당신이 원하는 대로."

"그 야시장. 가 봤어?"

"아니. 나도 오늘 처음."

시에나는 잠시 생각하다가 대답했다.

"나가 볼래."

쿤이 일어나 그녀 쪽으로 상체를 숙였다. 가볍게 입술이 부딪치는 키스를 했다. 인사 같은 입맞춤으로 생각했다. 하지만 떨어진 입술이 다시 다가왔다. 이번 키스도 가벼웠다.

그리고 다시, 또다시, 짧은 키스가 반복되며 조금씩 자세가 바뀌었다. 그의 손이 어느새 그녀의 목덜미를 받치고 그녀의 몸은 뒤로 기울어졌다.

완전히 넘어가지 않도록 그의 다른 손이 테이블을 디더 지탱했다. 시에나의 손이 그의 팔을 붙들었다가 그의 어깨를 잡았다.

키스가 점점 깊어졌다. 틈 없이 맞물린 두 입술 사이로 누구의 것인지 알 수 없는 숨소리가 섞였다. 혀가 엉키고 타액이 섞였다. 서로의 안쪽을 탐하는 키스에 무아지경으로 빠져들었다.

쿤이 입술을 떼고 자세를 더 낮추었다. 그녀의 무릎 뒤로 팔을 넣고 안아 들었다. 몸이 휙 들리면서 그녀는 반사적으로 그의 목을 팔로 감았다. 그가 성큼성큼 걸을 때마다 몸이 흔들리는 것인지 심장이 뛰는 것인지 알 수 없었다.

등에 침대의 푹신한 매트가 닿았다. 그의 아래에 누운 자세가 되었다. 다가오는 쿤의 얼굴을 보며 시에나는 눈을 감았다. 그의 입술이 재차 내려앉았다.

그가 위에서 온몸으로 누르는데도 무겁다는 생각이 들지 않았다. 적당한 압박감이 오히려 좋았다. 그의 어깨에 올렸던 손이 빗장뼈를 만지며 내려가 그의 가슴을 더듬었다. 셔츠로 덮인 가슴 근육이 만져졌다.

이 안쪽의 몸을 안다. 부드러우면서도 단단했다. 손바닥으로 쓸면 울룩불룩한 굴곡이 있었다. 그 촉감을 떠올리며 그녀의 손은 그의 가슴에 더 밀착해 스쳤다.

키스가 멈췄다. 두 사람의 입술이 아슬아슬하게 떨어졌다. 서로의 호흡이 상대의 입술을 간질였다. 쿤이 가라앉은 목소리로 속삭였다.

"시에나."

부르는 목소리가 간절했다. 그의 눈동자에 정염이 가득했다.

"안 될까?"

시에나는 염치없는 남자를 흘겨봤다. 밤새도록 사정 봐 주지 않고 괴롭힌 남자가 지난밤을 기억도 못 한다는 것처럼 산뜻한 표정으로 말하는 모습이 얄미웠다.

"너무해."

"응?"

"……아프단 말이야."

"아……."

그의 눈동자가 잠시 흔들렸다가 심각하게 말했다.

"많이 아파?"

"좀……."

"의사 불러올까?"

"그럴 필요까지는 아니고."

"좀 보자."

"뭐?"

그가 치맛자락을 홀떡 뒤집어 올리며 그의 몸이 아래로 쑥 내려가자 시에나는 기겁했다. 시에나는 두 손으로 치마를 꽉 잡아 누르며 소리쳤다.

"하지 마!"

그가 다시 그녀의 몸 위로 올라왔다. 시에나는 그를 힘껏 노려보았다. 그는 그녀의 사나운 눈초리에도 아랑곳하지 않고 진심으로 걱정된다는 듯 진지하게 말했다.

"다쳤을까 봐 그래."

"그래서?"

"내가 한 번 볼게."

"미쳤어."

"의사보다는 내게 보이는 편이 낫지 않아? 다쳤는데 그냥 뒀다가 덧나면 환부가 환부이니만큼 나중에 처치하기가 더 곤란할걸."

시에나는 그를 쏘아보다가 입술을 깨물고 마지못해 말했다.

"……당신이 봐서 뭘 알아."

"다치지 않은 상태를 아니까. 비교해 볼 수 있지."

시에나의 귀 끝이 벌겋게 물들었다. 지난밤, 그녀의 몸 구석구석 그의 입술이 닿았다. 심지어 두 다리 안쪽까지 쭉쭉 빨렸다. 겨우 하룻밤이었는데 정말 난잡한 정사였다.

시에나는 딱 잘라 거절하지 못하고 망설였다. 다치지 않았다고 장담하기에는 계속 따끔거리는 아래가 신경 쓰였다.

그의 말대로 의사보다는 차라리 그에게 보이는 편이 나았다. 이미 그에게 보여 주지 않은 곳이 없었다. 그녀가 체념의 한숨을 내쉬며 고개를 옆으로 돌리자 쿤의 입술이 슬쩍 올라갔다.

쿤은 다시 아래쪽으로 내려와 겹겹의 치마를 위로 뒤집어 올렸다. 곧게 쭉 뻗은 그녀의 다리를 바라보며 감탄했다가 두 손으로 종아리를 잡았다. 느릿하게 종아리에서 허벅지까지 손으로 쓸며 올라갔다. 움찔하는 그녀의 반응이 귀여워서 웃음이 나왔다.

그는 허리끈을 풀어 손바닥만 한 속옷을 벗겼다. 두 손으로 허벅지를 쥐고 벌리려니 그녀가 다리에 힘을 주어 저항했다. 그는 강제로 벌리지 않고 기다렸다. 잠시 후 그는 힘이 빠진 그녀의 허벅지를 옆으로 벌렸다.

'하…….'

그는 소리 없이 탄식했다. 보들보들한 음모에 덮인 소담한 둔덕과 그 아래 붉은 속살을 보자 숨이 턱 막혔다. 균열을 감싼 꽃잎이 붉었고 도톰하게 부풀었다. 자신이 의사는 아니지만, 꽤 부어 있는 상태를 알 수 있었다.

시에나는 눈을 꼭 감은 채 이 상황이 어서 끝나기만 바라며 속으로 숫자를 셌다. 두 다리를 벌린 자세로 그의 시선에 은밀한 안쪽이 노출된 상태가 수치스러웠다. 그런데 얼굴이 화끈거리는 한편으로 이 굴욕적인 상태에서 기묘한 쾌감을 느꼈다.

"……어때?"

"좀 부었어. 피는 비치지 않는 것 같은데……."

"그럼 괜찮은 거지?"

"눈으로 봐서는 잘 모르겠다. 핥아도 돼?"

그녀는 꼭 감았던 눈을 번쩍 떴다. 안 된다는 말이 목에 걸려 나오지 않았다. 으슬으슬 올라오는 기대감이 쾌감처럼 척추를 타고 번져나갔다.

"피 맛이 나면 알 수 있으니까."

그녀는 아무 대답도 하지 않았다. 그는 그저 형식적으로 허락을 구한 것인지, 주저 없이 혀로 사악 핥아 올렸다. 축축한 혀가 음순 전부를 훑고 올라가자 그녀의 몸이 흠칫했다.

"피 맛은 안 나. 안쪽도 확인해 봐야겠어."

그의 목소리가 완전히 가라앉았다. 이미 본래의 의학적 목적은, 아니, 처음부터 그런 목적이었는지도 확실하지 않았다. 어쨌든 시에나는 그의 탁한 음성에 담긴 욕망을 감지했다. 그녀 또한 아랫배가 조여들었다. 질구가 움찔움찔 떨리는 것을 느낄 수 있었다.

"홋……."

그가 또다시 핥아 올리자 그녀가 짧게 신음을 흘렸다. 그는 혀끝을 세워 틈새를 비비며 파고들었다. 부어 있는 음순은 가뜩이나 좁은 입구를 가로막고 진입을 막는 것처럼 그의 혀를 압박했다. 그는 그 틈을 비집어 혀끝으로 맛보는 여린 점막에 전율했다.

내벽이 축축하게 젖으며 물을 흘리기 시작했다. 그가 키스하듯 비부에 완전히 입술을 붙여 새콤한 물을 빨아 삼켰다. 그의 콧대가 둔덕을 누르고 음핵을 자극했다.

"웅……. 응……."

시에나는 흠칫흠칫 몸을 떨었다. 참지 못한 비음이 목 안부터 새어 나왔다. 하복부에서 시작된 열기는 순식간에 온몸으로 퍼져 체온을 덥혔다. 손끝이 찌릿찌릿하여 애꿎은 시트만 긁었다.

노골적이지만 느릿한 애무는 그녀를 차근차근 쾌락의 정점으로 밀어 올렸다. 그의 혀가 음핵 주변을 둥글게 핥으며 도드라진 돌기를 혀끝으로 찔렀다. 그녀가 짧은 비명을 지르며 소스라쳤다. 그에게 잡힌 허벅지가 덜덜 떨렸다.

그가 음핵 주변을 입술로 감싸 흡입했을 때 그녀의 눈앞에서 번쩍 빛이 터졌다.

"흑!"

고개가 뒤로 꺾였다. 왈칵 뜨거운 것이 아래에서 쏟아져 나왔다. 느릿하게 도달한 만큼 절정은 길었다. 흘러나온 물을 그가 깨끗이 핥는 동안 그녀는 시트를 꽉 쥐고 가쁘게 숨을 몰아쉬었다.

그가 속옷의 끈을 묶고 그녀의 다리 사이에서 빠져나왔다. 치마를 전부 내리고 손으로 탁탁 쳐서 가지런하게 정돈했다. 방금 이곳에서 얼마나 낯 뜨거운 일이 벌어졌는지 누구도 짐작할 수 없을 것이다.

쿤이 고개를 위로 들어 올리며 말했다.

"괜찮은 것 같아. 의사에게 보이지 않아도 되겠어."

시에나는 웃을 수도, 울 수도 없는 복잡한 표정으로 그를 응시했다. 그는 자신이 파악한 것보다 훨씬 더 손이 빠르고 얼마든지 저속해질 수 있으며 아주 뻔뻔한 남자였다.

* * *

화이트칩이 부두에 정박했다. 화려한 유람선이 등장하자 배를 구경하려고 사람들이 잔뜩 몰려들었다.

선원들이 우르르 내리자 구경꾼들이 저들끼리 귀엣말을 건네며 수군거렸다. 낯선 방문객들 모습이 퍽 기이했다. 하나같이 상반신을 가리는 로브를 옷 위에 걸치고 후드로 머리를 덮었다. 얼굴에 입만 가리지 않은 반가면을 썼다.

한두 사람이었다면 수상쩍어하는 시선이 끝까지 따라붙었겠지만, 오히려 다수이니 특이하네, 정도로 넘어갔다. 수도기 목적지인 선박이 대부분 들르는 부두라서 근방 거주민들은 이국적인 문물에 익숙했다.

선원들 속에 섞여 네 사람이 함께 내렸다. 쿤과 시에나, 그들을 호위할 길버트와 우스까지. 다수 속에 소수가 몸을 숨겼다. 규모 있는 변장술이었다.

선원들은 주인의 조용한 외출을 도울 겸 나온 김에 물품을 보충할 겸 장터로 향했다. 화이트칩의 물품 재고는 반 이하로 떨어진 적이 없었다. 항상 비축할 수 있는 만큼 저장하여 최악의 사태에 대비했다.

노을의 붉은 빛이 저물녘 부둣가를 비추었다. 사람의 그림자가 길게 늘어졌다.

"미리 당신에게 말해 두는 것을 깜빡했어. 이 근방은 황제 폐하의 직할령이라고 하더군."

"직할령? 어디?"

"하이만."

"하이만……."

시에나의 머릿속에서 암기한 제국의 영토가 그려졌다. 수도에서 북서쪽이었다.

'나오기를 잘했네.'

야시장 구경이라는 가벼운 목적으로 나왔는데 직할령이었다니. 마침 잘 되었다. 은왕 책봉 후 하사받은 봉토를 시찰하러 갔을 때는 사람이 없는 곳을 주로 다녔다. 그래서 직할령 백성들의 삶을 살필 기회가 없었다.

시에나는 여전히 화이트칩 주변에서 기웃거리는 군중을 흘끔 돌아보았다. 구경꾼들의 차림새가 모두 허름했다. 수도의 평민들보다 훨씬 못했다.

"신경 쓰이는 자가 있어?"

시에나가 계속 군중들을 쳐다보자 쿤이 물었다.

시에나는 고개를 저었다. 눈에 거슬리는 뭔가가 있지만, 딱 꼬집어 말할 수는 없었다.

장터는 부두에서 바로 이어졌다. 날이 어두워지기 시작하니 상인들이 가게 앞에 등을 달았다. 등의 모양이 특이했다. 가늘고 긴 나무를 엮어 짐승 형상의 뼈대를 만들고 그 위를 얇은 종이로 덧댔다. 안에서 불을 밝히자 형상 그대로 빛 덩어리가 되었다.

해가 진 후, 주변은 빠르게 어두워졌다. 곧 구불구불한 장터 길을 쭉 따라 걸린 갖가지 형태의 등이 장관을 이루었다.

상인들은 좌판 혹은 가판대에 잡다한 물건들을 늘어놓고 호객했다. 특히 군것질거리가 많았다.

야시장에 모여드는 사람 수가 점점 늘었다.

"사고 싶은 것이 있으면 말해."

시에나는 고개를 끄덕이며 눈으로만 둘러보았다. 전에 그와 수도의 장터를 구경했을 때처럼 호기심을 드러내지 않았다. 수도와 비교하면 규모가 작았다. 물품도 다양하지 않았다. 그 단점을 모두 상쇄할 만큼 지역적인 특색이 매력적이었다.

다만, 시에나는 순수하게 즐기지 못했다. 관찰자의 시선으로 백성들의 행색과 표정을 보느라 진지했다.

쿤은 재촉하거나 말을 걸지 않았다. 말없이 곁에서 함께 걸었다.

오래 걷지 않아서 야시장의 끄트머리에 도착했다. 시에나는 뒤로 돌아 다시 야시장 초입으로 걸었다. 끝에서 끝까지 몇 번을 반복했다.

'저기 또.'

눈에 거슬리는 자들이 있었다. 사내가 둘 혹은 셋이 짝지어 다녔다. 여러 번 왔다 갔다 하며 유심히 보지 않았다면 발견하지 못했을 것이다.

'저 무리가 여럿이야. 그리고 하는 짓이나 분위기가 비슷해.'

처음에는 치안병인 줄 알았다. 그런데 그들은 어떤 점포는 들르고 어떤 점포는 지나쳤다. 그들을 맞이하는 상인들은 애써 웃었다.

화이트칩의 선원과 거래하는 상인이 시에나의 눈에 띄었다. 점포에 잔뜩 늘어놓은 물건은 밀랍초였다. 대화는 들리지 않았지만, 꽤 좋은 거래가 성사된 모양이었다. 상인이 활짝 웃으며 허리를 굽실거렸다.

선원이 점포를 떠나고 상인은 점원들을 독촉해 포장을 시작했다. 활기찬 모습이 보기 좋았다. 미소짓던 시에나의 입매가 굳었다.

두 명의 사내가 건들거리며 나타났다. 역시 상인의 안색이 일그러졌다.

그들은 몇 마디의 말을 주고받았다. 그리고 사내가 품에서 종이를 꺼내 상인에게 건넸다. 상인은 종이에 손도장을 찍어서 다시 사내들에게 넘겼다. 저 장면을 여러 번 봤다. 아무래도 관찰만으로는 저들의 정체가 뭔지 알아내지 못하겠다.

시에나는 쿤의 소매를 잡아당겼다. 고개를 숙이는 그에게 물었다.

"저 두 남자. 뭐 하는 자들이야?"

쿤이 시에나가 가리키는 방향을 봤다. 미간을 굳힌 채 그는 잠시 말이 없었다.

'저런 걸 눈여겨보고 있었나.'

수도 장터를 구경할 때와 그녀의 태도가 사뭇 달라 의아하게 생각하던 참이었다. 전혀 의도한 상황이 아니었다. 기분 전환을 위해 나온 것인데. 괜히 배를 세웠나 싶었다.

그는 시끄러운 주변 소음에 묻히지 않도록 그녀의 귓가에 작게 말했다.

"제대로 설명하려면 얘기가 길어."

가면을 쓴 두 사람의 눈이 마주쳤다.

시에나는 중요한 이야기를 듣게 될 거라고 직감했다. 그리고 결코 듣고 나서 기분 좋을 이야기는 아니라는 것도.

주변은 시끄러웠다. 조용히 대화를 나눌 적당한 장소도 보이지 않았다.

"배로 돌아갈래."

이미 시에나는 야시장에 대한 흥미를 잃었다. 쿤은 급할 건 없다고 말하려다가 그냥 입을 다물었다. 억지로 구경을 권해 봤자 어차피 그녀는 즐기지 못할 것 같았다.

그들은 그길로 야시장을 나와 부두로 들어갔다. 배에 오르자 마침 갑판 위에 나와 있던 마틴이 의아해했다.

"벌써 오십니까?"

쿤은 고개만 끄덕였다. 지나치는 그를 마틴이 붙들었다.

"쿤. 드릴 말씀이."

쿤이 멈추어 섰다. 시에나는 그가 용무가 끝나면 오려니 생각하고 길버트와 선실로 내려갔다.

마틴은 신중하게 잠시 기다렸다가 쿤에게 말을 전했다.

"그분께서 뵙자고 하십니다."

"지금?"

"급하다고 하지는 않으셨습니다."

"……알았다."

쿤은 시에나가 내려간 방향이 아닌 다른 쪽으로 돌아갔다. 제프리의 용무를 먼저 듣지 않으면 해결 못 한 문제가 남은 듯 찜찜할 것 같았다. 갑판에는 멀뚱히 서 있는 형제만 남았다.

"야."

마틴의 부름에 우스가 부루퉁하게 대꾸했다.

"뭐."

"야시장이 별로였냐? 왜 벌써 왔어?"

"······."

우스의 표정이 퉁퉁 부었다. 마틴은 '이놈이 무슨 일로 심사가 틀어졌나.'라고 생각했다. 야시장 구경을 만족할 만큼 못 해서 그러나.

"저 여자 뭐야?"

"누구? ······설마 은왕?"

입을 꾹 다무는 우스를 보며 마틴이 혀를 찼다.

"말조심해라. 너 그러다 혼쭐난다."

"쿤이 죽을죄라도 지은 거야?"

"뭔 소리야."

"쿤이 왜 저렇게 쩔쩔매는지 모르겠다고!"

우스는 세상에서 제일 억울한 사람처럼 버럭거렸다. 마틴은 분통을 터뜨리는 우스를 가만히 보다가 픽 웃었다. 왜 이러는지 알았다.

일족들이 쿤을 바라보는 시선은 크게 둘로 나뉬다. 믿고 따를 수 있는 지도자 혹은 우상화하는 숭배의 대상. 우스는 후자의 입장에 가까웠다.

그런 점부터 형제는 달랐다. 마틴에게 쿤은 '주인'이고 우스에게 쿤은 '주인님'이다. 쿤이 불합리한 명령을 내리면 마틴은 의문을 품으며 지시에 따르겠지만, 우스는 의문 따위를 갖지 않을 것이다.

우스는 쿤을 완벽한 사람이라고 생각했다. 쿤보다 높은 사람은 존재하지 않았다. 그러니 은왕의 비위를 열심히 맞추는 쿤을 도무지 받아들이지 못할 수밖에.

마틴이 한심하다는 듯 혀를 찼다.

"어린놈아."

"뭐야?!"

"네가 남녀 사이의 오묘함을 뭘 알겠냐. 내가 네 수준에 딱 맞춰서 설명해 주마. 은왕이 쿤보다 강해."

우스가 움찔했다.

"약자는 강자 앞에 숙여야지. 그게 당연한 거잖아?"

우스의 눈동자가 당혹스럽게 흔들렸다.

"……정말?"

마틴이 심각하게 고개를 끄덕였다.

"음. 레반이 인정했지."

우스의 눈동자가 더 크게 흔들렸다. 앙숙 관계로 마주치기만 하면 으르렁대도 둘은 서로를 단단히 신뢰하는 부분이 있었다. 우스는 레반의 판단력을, 레반은 우스의 본능적인 감을.

쿤의 지시 다음으로 '레반이 그랬대.'라는 말이 우스에게 가장 잘 먹혔다. 우스가 지나가듯 '저놈 수상해.'라고 말하면 레반이 즉시 그 수상한 놈을 족치는 것처럼.

혼란과 충격에 빠진 우스를 뒤로 한 채 마틴은 소리 죽여 낄낄거렸다.

'열심히 고민해라. 그 단순한 머리 굴리려면 아프겠지.'

마틴은 제 형제를 잘 아는 만큼 눈높이에 맞춰서 처방했다. 우스는 절대 쿤보다 강한 은왕에게 함부로 기어오르지 못할 것이다.

우스는 거침없이 속내를 드러내는 성격이라 오해를 많이 샀다.

마틴은 우스가 은왕에게 까불다가 찍힐까 봐 염려했다. 안주인 되실 분에게 미운털이 박히면 앞날이 꽤 고달플 테니까.

*　　*　　*

제프리의 처소로 배정한 선실은 원래 환자를 보살피기 위한 격리실이었다. 배 여행 중 전염병에 걸린 환자를 다른 사람들과 분리해 치료했다. 그래서 출입구가 다른 선실과 따로 떨어져 있고 방향도 달랐다.

쿤은 노크 후 잠시 기다렸다가 안으로 들어갔다. 제프리는 소파에 앉아 책을 읽고 있었다. 문이 열리자 고개를 들면서 책을 덮었다. 쿤이 인사 후 맞은편 자리에 앉았다.

"불편한 데는 없으십니까?"

"다 좋네. 배가 커서 그런지 흔들림이 없더군. 가끔 내가 배를 타고 있다는 것을 잊곤 했지."

온종일 선실 안에 갇혀 있는 사람치고는 제프리의 안색이 밝았다. 가끔 검은 집에 방문해 만날 때보다 좋아 보였다.

"답답하지는 않으십니까?"

"답답하다고 하면. 내가 배 안을 돌아다녀도 되겠나?"

나를 꼭꼭 숨기고 싶은 것 아닌가? 지금 이 배에 함께 탄 또 다른 귀빈의 눈에 띄지 않도록.

제프리는 쿤의 속을 떠볼 생각으로 농담처럼 말을 던졌다.

"배가 정박해 있습니다. 당장 떠나지 않을 테니 잠시 바람 쐬고 오시지요."

쿤의 답변은 핵심을 살짝 비켰으나 흠잡을 데는 없었다. 제프리는 엷은 미소로 냉소적인 속마음을 감추었다.

'비슷한 나이에. 참 다르단 말이지.'

종종 조카 디안과 눈앞의 녀석을 비교하게 되었다. 디안은 제 어머니를 빼닮았다. 속이 여리고 낙천적이다.

'그 녀석은 사람을 너무 잘 믿어.'

디안은 라드 후작을 한 치의 의심 없이 자신의 편으로 믿었다. 하지만 디안의 믿음이 강해질수록 오히려 제프리는 쿤을 점점 경계하게 되었다.

사실 처음 봤을 때부터 꺼림칙했다. 쿤 라드, 라드 일족의 장. 이미 지배자로서 완성 단계에 있었다. 누군가의 밑에 숙이고 들어갈 자가 아니다.

디안은 쿤을 친구라고 했다. 제프리는 내색하지 않았으나 내심 어이가 없었다. 친구라니, 그런 관계는 가당치 않다. 조카에게 필요한 자는 친구 같은 조력자가 아니라 충실한 종복이다.

"외출은 됐네. 왜 불렀는지 궁금할 테니 용건만 전하지. 묻고 싶은 게 있네. 자네가 디안에게 재미있는 얘기를 했더군."

제프리는 생각할수록 라드 후작과 은왕의 관계를 이해할 수 없었다. 생각이 꼬리에 꼬리를 물었다. 디안과 나누었던 대화가 떠올랐다. 싸한 기분이 들었다.

"행복한 가정을 꾸리라고 했다며?"

"뭐가 잘못되었습니까?"

"그 말의 의도를 알 수가 없어서 말이네."

"의도? 무슨 말씀이신지요."

"디안 그 녀석, 철없는 소리를 하더군. 제 안사람과 의좋게 지낸다는데 말릴 이유는 없지만. 철왕비를 적왕과 맞서게 할 생각이 없다는데. 자네가 그 어처구니없는 생각을 오히려 부추겼다지."

"......."

디안이 둘이 나눈 대화를 왜곡해서 외숙에게 전달하지는 않았을 것이다. 그렇다면 받아들인 사람 쪽이 문제다.

쿤은 자신을 변호하는 대신 잠자코 들었다.

"사교계를 휘두르는 적왕의 역할을 얕봐서는 안 돼. 철왕비가 적합하지 않다면 맡길 사람을 찾아야 하지 않겠나. 처음 세웠던 계획대로 갔어야지."

디안의 정부로 하여금 사교계를 장악하게 한다. 처음 계획은 그랬다.

"자네가 혹시 원안을 폐기하도록 유도한 것인가?"

쿤이 가볍게 웃었다.

"제가 그럴 이유가 있습니까?"

"적왕을 건드리고 싶지 않아서 그랬을지도 모르지."

은왕이 적왕의 딸이니까. 제프리는 뒷말을 덧붙이지 않았다. 하지만 쿤이 틀림없이 알아들었을 거라고 생각했다.

"일반적인 조언을 했을 뿐입니다. 깊이 생각하지 않으셔도 됩니다."

쿤이 못 알아들은 척 천연덕스럽게 대꾸하자 제프리가 피식 웃었다. 역시 만만한 녀석이 아니었다.

내가 지금 너를 의심한다는 뜻을 은근히 비쳤는데도 언짢은 기색이 전혀 없었다.

"자네가 그렇게 말한다면 그런 거겠지. 늙은이의 노파심이네. 혼자 있으니 생각만 많아."

제프리는 홀가분한 표정으로 말했다. 하지만 그의 속마음은 여전히 석연치 않았다. 은왕과의 스캔들을 이용해서 틀림없이 꾸미는 일이 있다고 믿었다. 그가 쿤을 잘 모르기에 빚어진 오해였다.

제프리는 쿤을 냉철한 자라고 생각했다. 처음부터 끝까지 철두철미한 계획을 세워 두고 움직인다고 생각했다.

그 모습도 쿤이지만, 일부였다. 쿤은 충동적일 때가 많고 감상적인 면모도 있었다. 가면을 쓰고 상대하는 자와 아닌 자를 구별이 확실했다. 쿤은 한 번 믿은 사람은 끝까지 믿었다.

디안은 쿤의 여러 모습을 알았다. 제프리가 우려하는 것처럼 디안이 사람만 좋아서 속없이 구는 게 아니었다.

대화를 흐지부지 마무리하고 나왔다. 쿤은 문밖에 잠시 서서 허탈하게 웃었다.

'저분도 어쩔 수 없군.'

쿤이 싫어하는, 아집 있고 명분에 사로잡힌 귀족의 모습 그대로였다.

도망자로 숨죽여 살 동안 자기 자신을 숨겨야 했으니 감추었겠지만, 공작의 후계자로 태어나 교육받은 사람이었다.

귀족 중의 귀족이다.

그런데 저 모습이 일반적이었다. 그녀와의 관계를 선뜻 이해한 디안이 이단아다. 디안이 마음에 든 것도 그래서였다. 별난 녀석이 었으니까.

디안과의 첫 만남이 떠올랐다. 우연한 기회에 녀석의 목숨을 구해 준 후 사막을 벗어날 때까지 얼마간 함께 다녔다. 중간에 꽤 큰 거래 를 하게 되었는데 황금이 오가는 광경을 본 후 디안이 불쑥 물었다.

「돈 많아요?」

「많으면?」

「나한테 투자 안 할래요?」

「댁을 뭘 믿고?」

「내가 출생의 비밀이 있거든요. 그걸 밝히자니 내가 지금 힘이 없어요. 돈만 있어도 어떻게든 볼 것 같은데.」

두 사람의 동맹의 시작은 농담 같은 대화에서 시작했다.

디안은 출생의 비밀을 간단히 털어놓았다. 시답지 않은 헛소리 인 줄 알고 듣다 보니 어마어마했다.

「어쩌자고 그런 얘길 쉽게 합니까? 내가 그 사실을 오히려 그쪽 목을 노리는 자들에게 팔아먹으면 어쩌려고?」

디안이 어깨를 으쓱하며 히죽 웃었다.

「어차피 그쪽 아니었으면 이미 죽어 시체도 못 건졌을걸요. 이 래 죽으나, 저래 죽으나.」

보통 정신 나간 놈이 아니라고 생각했다. 그런데 이 미친 녀석이 싫지 않았다. 그때를 생각하면 웃음이 나왔다.

'돈만 필요하다더니.'

어느새 쿤은 돈만 아니라 정보, 사람 등 여러 방면에서 디안을 보조하게 되었다. 그래서 스테판이 디안 얘기만 나오면 사기꾼이라고 이를 갈았다.

갑판으로 나가는 통로를 걸으며 쿤의 얼굴에서 웃음이 사라졌다.

제프리 아케론.

비극적 사건이 아니었다면 공작이 되었을 사내. 그리고 디안이 의지하는 유일한 피붙이다.

'저분의 생각이 꾸준히 디안에게 주입되면 디안이 점점 변할지도 모르겠군.'

우려되는 한편으로 제프리가 고마웠다. 차가운 현실을 일깨워 주었다. 구름 위를 디딘 것처럼 잔뜩 들떠 있다가 그의 발이 땅에 닿았다.

지금껏 그는 둘러싼 복잡한 문제는 외면하고 일단 달렸다. 그녀에게 구애하는 데에만 몰두하느라 이것저것 다 따질 정신이 없었다. 그녀의 마음을 얻었고 함께 밤을 보냈다고 해서 끝이 아니다. 이제 시작이었다.

조만간 진지하게 그녀와 속을 터놓고 얘기를 나눠 봐야 할 것 같다. 두 사람은 가까운 듯 멀었다. 정말 중요한 이야기는 서로에게 한 적이 없다.

한숨이 나왔다. 솔직히 겁이 난다. 인생의 동반자로 그녀를 원하지만, 그녀는 아닐지도 모른다.

*　　　*　　　*

쿤이 선실로 돌아오니 시에나는 응접실 소파에 앉아 있었다. 마주 앉아 있던 길버트가 일어났다.

"물러가겠습니다. 전하."

"음. 나가 보시오."

길버트가 쿤의 곁을 멀리 돌아 지나치며 살짝 고개를 숙였다. 갈수록 길버트는 쿤 곁에 가까이 오려 하지 않았다.

쿤은 내심 '더 비싼 깃펜을 수소문해서 보내 줘야겠군.' 하고 삐딱한 생각을 했다.

그는 길버트가 앉았던 자리에 가서 앉았다.

"야시장에서 본 그자들, 길버트 경 생각에는 고리대업자들 같다고 해."

쿤이 미간을 굳혔다.

"……지금까지 그 얘기 한 거야?"

"하지만 길버트 경은 수도를 벗어난 적이 거의 없어서 이쪽 상황이 어떤지는 모르……."

"내가 얘기해 준다고 했잖아."

그의 목소리가 가라앉아서 시에나는 하던 말을 멈추었다.

"내가 엉뚱한 소리로 당신을 속이기라도 할까 봐? 길버트 경에게 먼저 확인해 둘 셈이었어?"

시에나는 그를 물끄러미 쳐다보았다. 그의 표정이 날이 서 있었다.

지금껏 본 적 없었던 모습이라 당황했다.

그녀의 얼굴에서 표정이 사라졌다. 그녀는 말없이 일어났다.

시에나를 올려보는 쿤의 눈동자가 흔들렸다.

"지금 당신과는 대화할 수 없겠어."

그녀는 휙 돌아섰다. 침실로 들어가려는 그녀의 앞을 다급히 쿤이 가로막았다.

"미안."

"……."

"잘못했어."

"내 앞에서는 기분 좋은 척만 하라는 말이 아니야. 날 설득하지 않은 상태로 당신의 감정을 내게 강요하지 마."

"안 그럴게."

쿤이 한숨을 내쉬었다. 쿤의 표정에서 상황을 모면하기 위한 무성의한 사과가 아닌, 자책의 눈빛을 읽고 나서야 시에나의 표정도 누그러졌다.

그녀가 다시 돌아서서 소파로 가는 모습을 보며 쿤은 자조했다.

'한심한 놈.'

제프리와의 대화로 예민해졌나 보다. 건드린 사람은 제프리인데 왜 애먼 사람의 말에 속이 꼬였는지 모르겠다.

그와 다시 마주 앉아서 시에나는 이후에도 비슷한 상황이 생길 경우는 대비해 선언했다.

"쿤. 나는 한 사람의 얘기만 들을 생각이 없어. 그게 어떤 일이든."

지금껏 어머니의 일방적인 말만 들으며 지냈던 대가가 혹독했다. 그녀는 같은 실수를 반복하지 않겠다고 결심했다.

"당신을 의심해서가 아니야. 하지만 당신이 받아들일 수 없다면 우리 사이에는 영원히 좁힐 수 없는 길이 생기겠지."

"……정말 가차 없네."

쿤은 음울하게 중얼거렸다. 그는 자신의 착각을 깨달았다. 얼음 성은 여전히 견고했다. 하룻밤을 함께 보낸 남자 따위는 그녀에게 아무것도 아니다.

두 사람의 마음을 양쪽 저울에 매달면 아마 자신 쪽으로 완전히 내려앉을 것이다. 그래도 좋았다. 그녀의 마음 한 조각이라도 오직 자신만 쥘 수 있으면 된다.

냉랭한 표정으로 앉아 있는 눈앞의 여자가 눈부시게 예뻐서 가슴이 떨렸다. 이게 병이라면 자신은 완전히 중환자였다.

"무슨 말인지 알아들었어. 당신은 여러 사람의 다양한 의견을 들어 보고 싶다는 거군."

"응."

"예외는 인정해 줘. 가령 우리 두 사람 사이에서 발생한 문제를 내가 아닌 다른 사람의 말을 듣고 판단하면 안 돼."

"그쯤은 당연히 구별하지."

"그럼 됐어."

시에나는 기시감을 느꼈다. 전에도 이런 비슷한 말을 들었다.

'당신은 뭐가 불안한 거지?'

그는 마치 언젠가 두 사람 사이에 큰 다툼이 생겨 돌이키기 어려울 정도로 악화될 거라고 미리 단정하는 것 같다.

문제가 뭘까. 주변인가, 저 남자 자신인가.

주변이 문제라면 당장 손댈 일은 아니었다. 두 사람 사이는 마구 엉킨 매듭과 같아서 신중히 접근해서 풀어내야 한다. 시에나는 그걸 잘라 내는 방식으로 해결할 생각이 없었다. 길게 보고 있다.

하지만 오롯이 개인의 문제라면 마음뿐이다.

'그는 확신이 없는 걸까? 언젠가 마음이 변할지 모른다고 생각하는 걸까?'

순간 파티마의 얼굴이 스쳐 지나갔다. 파티마의 존재를 알았을 때부터 시에나의 배 속에는 불쾌한 감정이 똬리를 틀었다. 어느 날은 잠시 잊었다가 어느 날은 거북함을 느낄 만큼 커지기도 했다.

지금껏 지켜보건대 현재와 미래에 동시 등장하는 인물은 반드시 특별한 인연으로 얽혔다. 그래서 꿈에서 스치듯 언급만 된 파티마라도 무시할 수 없었다.

그렇다고 꿈 내용처럼 파티마의 죽음을 바라는, 고약한 마음은 아니다. 그저 보지 않았으면 좋겠다. 사막으로 가 버린다거나.

'아니야. 사막으로 돌아가도 쿤은 외교 대리인이니까 계속 왔다 갔다 하겠지.'

아예 못 보게 하려면?

'……결혼?'

그 수가 있었다.

언젠가 비올렛이 수다스럽게 재잘거리면서 파티마의 이야기를 잠깐 한 적이 있었다.

　　「전하. 파티마 공주는 사막으로 돌아가면 본인의 의사와 상관
없이 결혼해야 한 대요.」
　　「집안 어른의 뜻에 따라 결혼하는 것은 제국도 마찬가지 아닌
가?」
　　「사막은 더 강압적이라고 해요. 그곳에서 아내는 남편의 소유
물에 가깝대요.」
　　「소유물? 천박한 풍속이군.」
　　「그러게 말입니다. 남편 될 사람에게 이미 부인이 여럿 있을 수
도 있고 폭력적인 성격 등으로 평판이 형편없는 사람일 수도 있
대요. 그래도 제국은 이혼이 가능하잖아요. 그쪽은 남편이 아내
의 죄를 물어 죽여도 죄가 아니라고 하니까요. 정말 끔찍한 일이에
요.」

비올렛은 파티마의 처지를 퍽 안쓰러워하는 눈치였다.

　　「파티마는 제국에서 살고 싶다고 해요. 저는 파티마가 바라는
대로 제국 사람으로 살았으면 좋겠어요.」

그때는 파티마를 동정하지 않았다. 존재 자체가 껄끄러웠으니
까. 비올렛의 말을 들으며 '얼른 사막으로 갔으면.' 하고 속으로만
생각했다.

'파티마가 바라는 게 뭔지 알아봐야겠어.'

그 여자가 바라는 것이 '쿤'이라는 남자인가, 제국에서 살 수 있는 기반인가. 후자라면 거래할 수 있다. 여행이 끝나고 돌아가면 할 일이 생겼다. 시선을 들자 그가 빤히 보고 있었다.

"조금만 더 기다렸다가 자리를 비켜 주려 했지. 심각한 생각 중인 것 같아서. 아직 내게 화난 건 아니지?"

"……아니야."

그녀는 짧게 헛기침했다. 민망했다. 연적을 떼어 내는 문제로 고민하는 날이 올 줄은 몰랐다. 그에게 살짝 눈을 흘겼다. 이 남자는 여러 가지로 생소한 감정을 불러일으켰다.

"아까 장터에서 본 자들에 대해 말해 줘. 길버트는 그들이 고리대? 그런 직종이라고 하던데. 돈을 빌려주고 대신 이자를 받는다고."

"직종……."

쿤이 중얼거리며 씁쓸하게 웃었다.

"업으로 삼아 먹고사는 자들은 맞지만, 없어져야 할 해악이지."

그는 고리대업자가 하는 일을 설명했다. 시에나는 고개를 갸웃했다.

"비슷한 기능을 하는 기관이 수도에 있지. 하지만 제국 곳곳에 그런 기관이 다 있지는 않으니까. 그들이 나쁜 짓을 하는 것 같지는 않아. 급하게 재물이 필요하면 가진 자가 빌려주고, 대신 대가를 받는 것. 타당한 거래야."

"겉으로 보기에는 그래. 순기능도 분명히 있겠지. 고리대는 사람

사는 곳에는 반드시 존재하니까. 하지만 선한 의지로 작동한 예를 본 적이 없어."

쿤은 일어나 종이를 가져왔다. 그녀의 맞은편이 아닌 옆자리에 앉았다.

"자, 여기 봐. 처음에 은화 한 개를 빌렸다고 하자."

쿤은 원금과 엄청난 이자율을 적었다. 시간이 지날수록 눈덩이처럼 불어나는 상환금을 계산했다.

시에나의 표정이 점점 굳었다.

"말도 안 돼. 원금은 겨우 은화 한 개였잖아."

은화 한 개는 순식간에 열 개가 되었다. 터무니없었다. 눈 뜬 자의 코를 베어 가는 격이다.

부두에서 봤던, 구경꾼들의 허름한 차림새는 바로 그들의 힘겨운 삶을 나타냈다.

시에나는 봉토 시찰을 다녀온 후 꾸준히 평민의 삶을 파악하는 공부를 했다. 한미한 가문 출신의 보좌관이 도움을 주었다. 이제 그녀는 평민 일가의 한 달 생활비와 물가를 안다. 평민에게 은화 열 개가 얼마나 힘겨운 금액인지도 안다.

"수도에도 이런 자들이 있어?"

"수도에는 없어. 관리가 잘 되는 편이지. 당신 말대로 수도에는 대출 기관이 있고 전당포도 많으니까."

수도에는 각종 상회가 운영하는 대출 기관이 많았다. 돈놀이만큼 간단한 장사가 없기 때문이다. 수도에 고리대가 횡행하지 않는 것은 라드 상회의 덕이 컸다. 라드 상회는 과하지 않은 이자를 받았다.

자연히 사람들이 라드 상회에만 몰리니 다른 대출 기관도 울며 겨자 먹기로 라드 상회과 비슷한 이율을 받을 수밖에 없다.

쿤은 굳이 그것까지는 설명하지 않았다. 자칫 국가에서 제대로 일을 안 해서 상회가 하고 있다는 비꼼처럼 들릴 수도 있으니까.

"이런 이자율을 요구하는 자가 가장 문제이지만, 왜 그 요구에 따르지? 제국법은 불합리한 사적 거래를 규제하는데 이건 위법이야. 더구나 여긴 황제 폐하의 직할령이야. 돌아가면 당장 폐하께 고해서 단속하겠어."

"이 근방만 단속한다고 될까? 고리대는 전국적인 현상이야."

"그럼 전국을 다 단속해야지."

"그만큼 대대적인 작업에 동원할 인력은 되고?"

시에나는 멈칫했다가 말했다.

"영지는 영주에게 일임하면 돼."

"시에나. 고리대를 놓는 자들의 뒤에는 각 지역의 영주들이 있어. 고리대 수입 일부를 상납하지. 때로는 영주들이 직접 하기도 해."

"영주가…… 영지민을 대상으로?"

쿤이 고개를 끄덕였다.

"세금을 받잖아."

"영주들의 고리대는 비공식적 세금이나 마찬가지야."

쿤은 제국 전체의 보편적인 고리대 체계를 설명했다. 근처에 부두가 있어서 거래가 활발한 지역이 아니면 화폐의 사용보다는 물물 거래가 보편적이었다. 그러니 직접 돈을 빌려주는 것보다는 곡식 등을 빌려주고 나중에 이자를 쳐서 받았다.

고리대는 이미 끊을 수 없는 악순환이 고리가 되었다. 춘궁기에는 곡물을 빌린다. 추수 시기에는 세금과 빌린 곡식과 이자까지 내면 농부들은 거의 남는 게 없었다.

심한 곳은 최종적으로 농부는 수확물의 7할까지 영주에게 상납해야 했다.

"칠 할이라고······?"

시에나는 아연하게 중얼거렸다.

"고작 그 정도 남는 것으로 먹고 살 수 없으니 다시 영주에게 빌리겠군."

"그렇지."

"고리대는 모든 영주가 다?"

"마음씨 좋은 영주도 있겠지. 어떤 일이든 예외는 있으니까."

"당신 말은 제국 백성들이 착취당하는 현상이 보편적이라는 거네."

시에나는 시선이 아래로 떨어졌다. 제국의 주축이라 할 공작들마저도 제 욕심만 차리기에 급급하다는 건가. 자기도 모르게 힘을 주어 주먹을 쥐었더니 손가락이 아팠다.

한참 말이 없는 그녀를 쿤은 바라보기만 했다.

그녀가 고개를 번쩍 들었다.

"하지만 이 근방은 폐하의 직할령이야. 누가 감히 고리대업자의 뒷배가 된다는 거지?"

쿤이 곤란한 표정을 지었다. 시에나의 낯이 하얗게 질렸다.

"설마 폐하께서?"

쿤이 픽 웃었다.

"설마. 그런 푼돈을 갈취할 분은 아니지. 만나 뵈니 어떤 분인지 대충 알겠던데."

"맞아. 폐하께서 그럴 분은 아니시지."

그녀는 안도의 숨을 내쉬었다. 그렇다면 조금 전 그의 미묘한 표정의 의미는 뭘까 생각했다.

불안한 예감이 스쳤다.

"……리먼 가문이구나."

쥐어짜듯 목소리가 흘러나왔다.

"어머니와 리먼 공."

쿤은 대답하지 않았다. 하지만 시에나는 충분히 알아들었다. 참담했다.

"엉망이야. 이 정도로 엉망일 줄은……."

시에나는 예전에 정원의 한구석에서 고사한 나무를 떠올렸다. 나무는 줄기가 본래 흰색을 띠는 특수 품종이었다. 누구도 나무의 이상 증세를 알아차리지 못했다. 오히려 겉이 반질반질 윤기가 난다고 감탄했다.

뿌리부터 썩어들어가는 줄도 모르고.

시에나는 제국의 상태가 그 고목과 같다고 생각했다. 하나를 보면 열을 안다고 했다. 제국의 질서가 올바르게 돌아가고 있다면 황제의 직할령에서 공작 가문이 고리대업을 하지는 못할 것이다.

'잘한 짓인가.'

쿤은 마음이 무거웠다. 그녀는 세상의 때가 묻지 않은 사람이었다. 그녀의 세계를 깨뜨릴 정도의 충격일 것이다.

　사람은 자신이 감당하지 못할 진실을 접했을 때 부정하고 분노한다. 체념하고 받아들이기까지는 꽤 시간이 필요했다. 그녀가 모녀 사이를 이간질한다고 의심할까 봐 걱정됐다.

　그는 마음의 준비를 했다. 그녀가 어떤 화풀이를 하든 받을 생각이었다.

　시에나는 속을 진정하듯 길게 한숨 쉬었다. 눈을 천천히 감았다가 떴다.

　"내게 이런 얘기를 해 줄 사람은 당신뿐이겠지. 고마워."

　쿤의 눈이 휘둥그레졌다.

　"……와."

　"왜?"

　"고맙다고? 어떻게……."

　시에나는 미간을 찡그렸다. 그의 반응이 이상했다.

　"내가 뭘 잘못 말했어?"

　"내 말을 믿어?"

　"거짓말이었어?"

　"아니, 거짓말 아니야."

　"믿어."

　"……."

　"뭐가 문제야?"

　"당신은 참 신기한 사람이야. 당신 같은 여자는 처음 봤어."

　"당연하지. 나와 비견할 사람은 없어."

쿤은 웃음을 터뜨렸다. 그가 한쪽 팔로 그녀의 허리를 감았다.

"키스해도 돼?"

시에나는 헛웃음을 지었다.

"시도 때도 없어."

"그런 걸 따질 정신이 없는 건 맞아."

그의 입술이 곧바로 부딪쳤다. 가볍게 시작한 입맞춤이 깊은 키스로 변하는 것은 순식간이었다.

그가 모르는 사실이 있었다. 그녀의 세계는 오래전에 산산이 부서졌다. 이미 시에나는 어머니와 외숙을 불신했다. 내색하지 않았을 뿐이다.

시에나가 그들과 마음의 거리를 두는 사실은 항상 곁에 있는 포프 백작부인만 어렴풋이 눈치채는 정도였다.

*　　*　　*

시에나는 눈을 떴다. 창이 없는 선실은 어두웠다. 항상 켜두는 구석의 등 덕분에 사물의 형태는 보였다. 보통 밤에 잠들어 눈을 뜨면 이른 아침이었다. 항상 규칙적인 생활을 하는 그녀의 생체 시계는 정확했다.

하지만 지금 시각을 모르겠다.

'일주일인가.'

화이트칩을 타고 배 여행을 시작한 지 벌써 그쯤 되었다. 그리고 어긋난 그녀의 체내 리듬이 좀처럼 제자리를 찾지 못하고 있다. 지금 그녀가 베개 삼은 남자가 원흉이었다.

시에나는 그의 가슴에서 팔로 이어지는 가슴께 어딘가에 머리를 대고 반쯤 모로 튼 자세로 누워 있었다. 그녀의 한쪽 팔은 그의 복부를 가로질러 얹었고 한쪽 다리마저 그의 허벅지에 올렸다.

맞닿은 두 사람의 피부 사이를 가로막는 것은 아무것도 없었다. 자고 일어나 눈을 뜰 때마다 시에나는 곤혹스러웠다. 남자와 맨몸으로 얽혀 자다가 깨다니. 얼마 전까지만 해도 상상조차 해 보지 않았다.

눈을 떴을 때 그를 등지고 돌아누운 채 그가 뒤에서 끌어안은 자세일 때도 있고 오늘처럼 오히려 그녀가 적극적으로 그의 품에 파고든 상태일 때도 있었다. 그가 일방적으로 달라붙는다고 하기에는 참 상황이 애매했다.

'자다가 체온이 내려가서 그런 거야. 옆 사람과 붙으면 따뜻하니까.'

그녀는 이유를 생각하며 투덜거렸다.

자리옷을 입고 자면 해결될 일이다. 침대로 들어가기 전에는 분명히 잠옷을 입은 상태였다. 그런데 그의 손에 벗겨진 후에는 그가 다시 입을 틈을 주지 않았다.

'아무래도 이상해.'

그녀는 슬슬 의심이 들었다. 그가 주장하는 대로 한 침대를 쓰는 연인이 매일 새벽까지 정사를 벌이는 게 보통이라면 도대체 잠은 언제 잔단 말인가. 매일 이런 식이면 낮에 제대로 일상을 보낼 수 없을 것이다.

지금은 배 여행 중이라 시에나는 딱히 다른 하는 일이 없는데도 종일 노곤했다.

그녀는 무겁게 내려오는 눈꺼풀을 힘주어 부릅떴다. 오늘은 특히 몸이 물먹은 솜처럼 내려앉았다. 어젯밤의 그는 유난히 집요했다. 둘이 만난 지 1년이 되는 기념일이라며 거창하게 의미를 부여했다. 첫날처럼 폭주하는 그를 도저히 막을 수가 없었다.

고민된다. 일어나자니 잠의 유혹이 너무 달콤하고 한숨 더 자자니 정오를 훌쩍 넘길 것 같았다.

시에나는 그의 다리에 얹었던 자신의 다리를 내리며 그를 등지고 돌아누웠다. 이 정도의 기척으로도 그가 깰 거라고 생각했다. 아니나 다를까. 그의 팔이 그녀의 허리 아래로 쑥 들어와 당겨 안았다. 그녀의 목덜미에 입술이 닿았다가 떨어졌다.

"좋은 아침."

잠기운이 담겨 가라앉은 목소리가 낮았다. 평온한 나른함이 묻어났다. 시에나는 막 일어난 아침에만 들을 수 있는 이 목소리의 느낌이 마음에 들었다.

"응. 좋은 아침."

"일찍 일어났네."

"일찍이야? 어떻게 알아?"

"그냥 감으로."

그가 시에나를 품 안으로 꽉 안았다. 그녀의 등이 완전히 그의 가슴에 밀착했다. 이어서 그의 입술이 그녀의 어깨부터 촉촉 키스하며 팔을 타고 내려갔다. 가벼운 입맞춤이었지만, 시에나는 방심하지 않았다. 그는 작은 틈도 놓치지 않는 재주가 탁월했다.

허리를 감은 그의 손이 가슴을 쥐고 가볍게 주무르기 시작하자 시에나는 아무래도 안 되겠다 싶었다. 그에게 말려들면 오늘 오후까지 꼼짝없이 침대 신세일 것이다.

"일어날래."

"더 자자."

"일어난다니까."

시에나가 그의 구속을 풀기 위해 힘껏 몸부림을 쳤다. 하지만 옴짝달싹할 수가 없었다. 시에나는 낑낑대다가 손을 뒤로 돌려서 그의 엉덩이를 내리쳤다.

"힘자랑하지 말고!"

쿤이 큭큭 웃으면서 팔을 풀었다. 그가 몸을 한 바퀴 굴러 상체를 일으켜 앉았다. 팔을 뻗어 침대 맡의 등을 켰다.

주변이 환해졌다. 시에나는 흘끗 시선을 돌렸다가 눈에 보이는 그의 등에 멍하니 시선을 고정했다.

나신의 뒷모습은 흠잡을 데가 없었다. 벌어진 어깨와 사선으로 내려가는 허리선이 역삼각을 그렸다. 딱 올라붙은 엉덩이는 탄력적이었다. 갈라진 등 근육이 미세하고 유려하게 움직이는 모습은 아름답기까지 했다.

그가 돌아보기 전에 시에나는 안 본 척 얼른 고개를 돌리고 이불을 끌어당겨 덮었다.

쿤은 어젯밤 협탁 위에 던져두었던 가운을 들어 걸쳤다. 흘끔 시계를 쳐다봤다.

"일찍 일어난 거 맞아."

침대를 돌아보니 그녀는 이불을 푹 뒤집어쓰고 등 돌려 누워 있었다. 그의 입술 끝이 올라갔다. 그녀는 놀랍도록 과감했다가 때로는 수줍은 소녀처럼 굴었다.

"어제 말한 대로 오늘 오후에는 최종 선착장에 도착해."

시에나가 획 돌아누웠다.

"어제 그런 말 안 했어."

"안 했나?"

"응."

"오후에 배에서 내려서 마차로 갈아탈 거야. 공작성까지 약 마차 길로 사흘 정도 걸린다고 해. 내가 이 얘기도 안 했나?"

"그 말은 출발할 때 들었어."

"다시 말해 편한 여행은 이제 끝난 거지. 마차 여행은 고되니까 각오해야 할 거야."

"남부의 봉토를 시찰할 때 계속 마차로 다녔는걸."

"아, 맞다. 그랬지. 그때는 어땠어?"

"길이 거칠어서 마차가 흔들리는 건 좀 힘들었지만. 견딜 만했어."

"그때보다는 덜 힘들어야 할 텐데."

쿤이 침대에 한쪽 무릎을 걸치며 몸을 숙였다. 드러난 그녀의 어깨에 입을 맞추었다.

"날이 괜찮으면 아침은 갑판에서 먹도록 준비하라고 할까? 내일은 누리지 못할 여유니까."

"응. 좋아."

그가 침실을 나가며 문을 닫는 소리가 났다.

시에나는 곧바로 시녀를 부르지 않고 늦장을 부렸다. 누워서 심장이 말랑말랑해지는 여운에 잠겼다. 느긋한 아침, 별 내용 아니지만 부드러운 대화.

'참…… 좋다.'

저 남자와 매일 이런 아침을 공유하는 삶은 꽤 괜찮을 것 같았다.

4장

블레스 공작령

이른 오후에 화이트칩이 부두에 정박했다. 거의 강의 끝이었다. 이대로 강을 타고 더 가면 만나는 부두는 둘뿐이다.

블레스 공작령은 수도에서 북서쪽 지역에 있었다. 블레스 공작령만 유난히 변방은 아니었다. 다른 공작령도 다 수도에서 멀리 있었다.

수도 근방이 노른자 땅이다. 신목에서 가깝기 때문이다. 그런데 수도 근방은 대부분 국가 소유의 공공용지였다. 사적 소유가 불가능했다. 황제의 직할령과는 또 의미가 달랐다.

공공용지는 상급 관리와 높은 직급의 기사들의 봉록으로 지급했다. 봉록이므로 상속은 불가능했다. 관리직을 사임하면 토지를 거두어 간다.

대륙의 왕국 사람들은 제국의 토지 체계를 특이하다고 생각했다. 토지 소유권이 곧 권력이다. 하지만 공작 가문들이 엄청난 권력을 가진 것치고는 수도 근처에 소유한 땅이 없었다.

제국의 토지 소유 관계는 건국법에 따랐다. 제국이 많은 구조적 문제를 가졌음에도 그럭저럭 국가 체제가 유지되는 중요한 버팀목이었다.

화이트칩이 도착할 즈음에 이미 준비된 마차 여러 대가 부두에서 대기 중이었다.

시에나는 쿤과 함께 배에서 내렸다. 뒤로 수행원들이 따라왔다.

"저 마차들은 공작가에서 배웅 나온 거요?"

"아닙니다. 근처에 라드 상회의 지점이 있습니다. 그들이 수고했지요."

수도에서 흔히 보는 마차와 달랐다. 훨씬 크고 견고해 보였다.

시에나는 저런 마차를 전에 한 번 봤다. 봉토에 시찰을 다녀왔을 때 보좌관 레반이 현지에 마련한 마차가 저것과 같았다. 그때 레반이 말하기를 장거리 이동을 위해 특수 제작된 마차라고 했다.

"형태가 독특하오."

"상거래를 하려면 먼 거리를 이동하는 일이 잦습니다. 많은 시행착오를 거쳐 제작한 마차입니다."

"그 말은 라드 상회에서만 쓰는 마차라는 거요?"

"예."

'흐응.'

시에나는 내색하지 않고 눈만 가늘게 좁혔다.

'보좌관 레반이 라드 상회와 관련이 있다?'

꿈에서 들은 '칼리'라는 성이 계기가 되어 레반을 불렀고 보좌관으로 삼았다. 하지만 레반 칼리가 칼리 형제와 관련 있다고는 생각하지 않았다. 그녀는 어머니와 이런저런 일들을 겪었으면서도 여전히 빈틈 많은 자신의 부주의함을 반성했다.

'우연이었나, 작정하고 접근한 자인가.'

작정한 첩자라면 배후에는 라드 상회가, 나아가 라드 후작이 있을 것이다.

'내게 해명을 해야 할 거야. 쿤.'

이 문제는 잠시 미뤄 두었다. 그녀는 적막한 부두를 둘러보았다.

"이곳은 원래 이렇게 인적이 없소?"

"협조를 얻어 주변을 통제했습니다."

"통제를? 왜?"

"전하께서는 비공식 일정이니까요. 보는 눈이 적은 편이 좋지 않겠습니까."

시에나는 눈살을 찌푸렸다.

"눈에 띄는 것이 염려되면 내가 옷차림을 바꾸는 것이 더 간단하오. 거주민들의 생계를 방해하면서까지 소란스럽게 굴 일은 아니오."

시에나를 바라보는 쿤의 입술이 호선을 그렸다.

"도착 시각에 맞추어 잠시 통제한 것이지만, 마음이 쓰이신다면 충분히 보상하도록 조치하겠습니다."

"그게 좋겠소."

시에나는 쿤이 안내하는 마차에 올랐다. 이후 모든 인원이 다 마차에 오른 후 총 여섯 대의 마차가 동시에 출발했다.

마차 여행은 무난했다. 시에나는 마차 여행의 첫날 저녁, 각오했던 것보다는 고되지 않아서 곰곰이 생각하다가 이유를 찾았다.

'길이 잘 닦여 있어.'

마차의 흔들림이 덜하니까 피로함도 덜했다.

다음날부터 시에나는 차창을 열고 지나는 풍경을 유심히 보았다. 시찰하러 남부를 다녀왔을 때와 퍽 다른 풍경이 자주 눈에 띄었다.

드문드문한 농가 저택은 규모가 크고 번듯했다. 한창 작물이 자라는 밭은 구획 정리가 잘 되어 있었다. 농기구를 들고 일하러 가는 농부들의 차림새는 정갈했다.

블레스 공작령은 높은 산은 없으나 구릉지가 제법 많았다. 양 떼를 몰고 가는 양치기를 여러 번 목격했다.

'살기 좋구나.'

아마 그녀가 시찰을 다녀오지 않았다면 몰랐을 것이다. 차이점이 보였다.

공작성까지 가는 동안 날이 어두워지면 일행은 잘 곳을 찾아야 했다. 수도와 다르게 여행객을 대상으로 하는 숙박소는 아예 없었다. 주로 마을로 들어가서 대가를 지급하고 잠자리를 마련했다.

사흘째 밤에는 농가의 문을 두드렸다. 주변이 전부 농토이고 근방에 다른 집이 없이 한 채만 덩그러니 있었다. 다만 집이 꽤 컸다. 집주인은 아예 별채를 빌려주었다. 시에나는 집주인을 불러서 물었다.

"자네는 이 지역의 유지인가?"

늙은 농부는 갑작스러운 손님들이 귀한 분이라고 짐작했는지 긴장한 안색으로 대답했다.

"아닙니다요. 그저 물려받은 땅을 부쳐 먹고 살 따름이지요."

농부는 시에나를 어려워해도 과도하게 벌벌 떨지는 않았다.

'달라.'

봉토에서 만났던 거주민은 말을 붙였을 때 경기를 일으킬 것처럼 겁을 냈다.

'그게 당연한 반응이 아니었어.'

그녀는 저녁 식사를 마친 후 나무를 깎아 만든 투박한 테이블 앞에 앉아 며칠 동안 봤던 광경을 되새김했다. 탁, 그녀의 앞에 나무 컵이 놓였다. 뜨거운 김이 올라왔다.

"곡물을 볶아 끓인 차. 집주인이 줬어."

쿤이 의자를 꺼내 앉았다.

시에나는 그를 쳐다봤다가 나무 컵을 들었다. 한 모금 마셨다. 구수한 냄새는 나지만, 맛은 밍밍했다.

"당신은 블레스 공작령에 대해 잘 알아?"

"배를 타고 올 때 당신과 함께 읽었던 내용이 내가 아는 전부야."

"그런 것 말고. 당신은 대륙 대부분 나라에 가 봤다고 했었지. 제국은?"

"수도 외에 다른 곳은 거의 가 본 적 없어."

"가 보지 않았어도 아는 건 많겠지? 라드 상회의 지점은 제국 곳곳에 많으니까."

"그런 편이지."

"블레스 공작령은 어떤 곳이야?"

"애매한 질문이네."

"여긴 뭔가가 달라."

"다르다니?"

시에나는 미간을 찡그렸다. 적절한 표현이 떠오르지 않았다.

"블레스 공작은 마음씨 좋은 영주인가? 예외에 해당하는?"

쿤이 묘한 표정으로 시에나를 응시했다. 그녀는 번번이 자신을 놀라게 했다. 분명히 얼마 전까지만 해도 그녀는 꽉 닫힌 세상 속에서 주변의 지극한 떠받듦을 받았다.

높이 있는 자들은 아래를 내려다보지 않는다. 쿤이 지금껏 수많은 왕족과 귀족을 만나 내린 결론이었다. 디안이 독특한 건 아래에서 살았던 경험이 있기 때문이다.

'어쩌면 나는 잘못 생각한 걸까.'

두 이복 남매는 많은 부분이 다르지만, 군주의 자질을 지녔다는 점은 비슷하다고 생각했다.

하지만 그녀의 자질은 디안을 뛰어넘는 것 같다.

"시에나. 마음씨 좋은 영주는 찾아보면 꽤 많아. 하지만 일국의 왕에 버금가는 대영주가 마음씨 좋기는 어렵지. 블레스 공작이 내가 아는 유일한 그런 사람이야."

"그러면 블레스 공은…… 고리대를 하지 않아?"

"하지 않아."

"……수도에서 블레스 공의 평판은 호의적이지 않아. 사람들은 공작이 은둔하는 이유만 가십으로 떠들지. 나이가 들면 발병하는 유전병 때문에 사람 많은 곳에 못 온다는 소문을 들은 적이 있어."

"대부분 영주 입장에서 블레스 공은 이단자니까. 수도 정계에서 활동했으면 적이 엄청났을 거야."

쿤은 흔들리는 그녀의 눈을 보면서 욕심이 생겼다. 이런 말까지 해도 그녀는 수용할 수 있을까.

"블레스 공작이 황제였다면 제국은 지금보다 훨씬 좋은 모습이었을 거라고 생각해."

내용의 위험 수위가 높았다. 오직 신족만이 제국을 지배한다. 제국인들의 절대적 진리였다.

굳은 표정을 지었던 시에나가 천천히 고개를 끄덕였다. 쿤의 눈이 커졌다.

'당신은 정말 놀라워.'

쿤은 그녀의 어머니, 적왕이 떠올라 분통이 터졌다. 그녀의 어머니는 그녀를 끝내 망칠 것이다. 그녀에게 조언하고 싶다는 마음과 그럴 주제가 못 된다는 자괴감이 충돌했다.

'난 철왕의 조력자니까.'

더 미룰 일이 아니다. 그녀와 속을 터놓고 이야기를 해야 한다. 깊은 신뢰가 없는 피상적 관계는 자칫 삐끗하면 영원히 어긋나 버릴 것이다.

'돌아갈 때.'

수도로 귀환할 때 배를 타고 돌아가는 약 일주일이 마지막 기회다. 앞으로 두 번 다시 그녀와 그렇게 오랜 시간을 느긋하게 보낼수 없을 거다.

그녀를 설득하든, 설득당하든, 그녀에게 매달리든, 대차게 까이든, 쿤은 결판을 내겠다고 결심했다.

*　　　*　　　*

다음날 해 뜰 무렵에 출발한 마차가 세 시간을 더 달렸다. 차창밖을 바라보던 시에나가 창으로 더 눈을 가까이 가져갔다. 멀리 블레스 공작성이 보였다. 하얀 돌벽의 성이 인상적이었다.

머지않아 마차는 공작성에 도착했다. 여섯 대의 마차가 성을 둘러싼 해자를 가로지르는 다리를 건너 거대한 철문을 통과해 성의뜰까지 들어가 멈추었다.

마차 문이 열렸다. 시에나는 쿤의 손을 잡고 마차에서 내려왔다.가까이에서 보는 성은 흰색 돌벽이 햇빛에 반사되어 훨씬 근사했다.

뜰에는 손님맞이를 위해 공작가의 사람들이 마중 나와 있었다.그중 시에나가 안면이 있는 사람은 항상 공작을 대리해 수도로 올라오는 블레스 백작뿐이었다.

백작이 다가와 인사했다.

"어서 오십시오. 은왕 전하. 방문을 환영합니다."

백작과 쿤은 서로 눈을 마주치며 묵례하여 인사를 대신했다.

"먼 길 오시느라 고생이 많으셨습니다."

"환영해 주어 고맙소."

백작은 자신의 가족을 소개했다. 백작부인과 백작의 어린 두 딸은 시에나를 보고 완전히 넋이 나갔다. 예닐곱 살 정도로 보이는 막내딸이 팔을 쭉 뻗어 시에나를 가리키며 말했다.

"어머니. 커다란 인형이 말을 해요."

백작 부부가 크게 당황했다. 백작부인이 다급히 딸의 손을 붙들어 내렸다. 소녀의 또랑또랑한 눈에서 호기심은 사라지지 않았다.

시에나가 꼬마 숙녀를 보며 미소지었다.

"난 인형이 아니란다."

소녀가 화들짝 놀라며 제 어머니 뒤로 숨었다. 빼꼼히 고개를 내미는 얼굴이 붉게 물들었다. 어색해질 뻔한 분위기는 금방 부드러워졌다.

"아이가 아직 철이 없습니다. 송구합니다. 전하."

"괜찮소."

"안으로 모시겠습니다. 각하께서 기다리고 계십니다. 마땅히 마중 나오셔야 했는데 근래 걸음이 불편하십니다. 부디 너그럽게 이해해주십시오."

"충분한 예의로 맞이해 주었소. 개의치 마시오."

뒤편에서 공작가의 하인들이 쿤의 수행원들을 도와 마차에서 짐을 내렸다.

일행이 완전히 안으로 들어간 후 한참 동안 사람들이 분주하게 왔다 갔다 하며 짐을 정리했다. 마지막 짐을 짊어진 하인이 자리를 떴다.

마틴이 조용해진 주변을 살폈다. 그는 계속 한 대의 마차를 지키듯 곁에 서 있었다. 마틴이 문을 열었다. 안에서 제프리가 내렸다. 제프리가 눈이 부신 것처럼 공작성을 올려다보았다. 아련한 그리움이 그의 눈에 스쳤다.

나이 지긋한 남자가 종종걸음으로 다가왔다.

"이쪽으로 오십시오."

남자를 따라 제프리와 마틴은 아까 일행이 들어간 방향과 다른 곳을 통해 성으로 들어갔다.

백작은 시에나와 쿤을 데리고 공작의 집무실로 갔다. 한 걸음 뒤에서 우스와 길버트가 따라갔다. 집무실로 연결되는 응접실에 두 사람을 앉히고 백작이 집무실로 들어갔다.

잠시 후 집무실 문이 열렸다. 백작이 노인을 부축하여 함께 나왔다. 노인은 한 손으로 지팡이를 짚고 백작의 부축을 받으면서도 몹시 힘겹게 절뚝거렸다.

시에나와 쿤이 소파에서 일어나자 블레스 공작이 아들의 어깨에 두른 손을 내저었다.

"앉아요, 앉아. 내가 거기까지 가는데 한세월이 걸릴 겁니다."

블레스 공작은 느릿하게 걸었다. 자신의 편치 않은 몸 상태를 보이는 데에 껄끄러워하는 기색은 없었다.

마침내 도착한 공작이 소파에 앉으며 나직한 숨을 내쉬었다. 표정은 밝았으나 상당히 힘들어 보였다. 공작이 미소지으며 시에나와 쿤을 번갈아 보았다.

"귀한 손님이 오셨습니다. 은왕 전하. 전하의 명성은 익히 전해 들었습니다. 꼭 한 번은 뵙고 싶었는데 여기까지 와 주실 줄은 몰랐습니다."

"만나 뵈어 영광입니다. 블레스 공."

차분히 인사를 건네며 시에나는 내심 놀랐다. 공작은 막연히 상상했던 모습과 전혀 달랐다.

수도에서 흔히 보는 귀족들, 특히 다른 공작들과 비교하면 블레스 공작은 눈빛이 맑았다. 아마 공작을 모르는 채 어디선가 만났다면 그의 신분을 전혀 짐작하지 못했을 것이다.

시에나는 살아온 세월에 비해 무척 많은 사람을 만났다. 다양한 계층은 아니지만, 나름대로 교양과 지식을 갖추었다고 남들에게 이름을 내세울 만한 자들은 대부분 봤다.

단연컨대 지금껏 시에나가 만난 귀족 중 블레스 공작 같은 인상을 지닌 자는 없었다. 권력자의 위엄은 느껴지지 않는다. 미소는 촌부처럼 순했다. 공작의 살아온 세월이 보이는 것 같았다.

"이쪽도 또 유명인이시군. 라드 후. 반갑소."

"인사 올리게 되어 영광입니다. 각하."

"두 분 다 환영합니다."

공작이 짧게 손뼉을 쳐서 멀찍이 대기한 하인을 불렀다.

"꽃차를 내오너라. 꿀을 타서."

"예. 주인님."

잠시 후 하인이 차를 가져왔다. 찻잔에 작은 꽃잎이 동동 떠다녔다. 찻물이 옅은 분홍빛이었다.

"지역 특산물입니다. 오랜 여행의 피로를 풀어 주는 데 아주 좋답니다. 꿀을 듬뿍 타면 특히 일품이지요."

쿤은 한 모금만 마시고 내려놓았다. 백작은 아예 손도 대지 않았다. 오직 공자과 시에나만 찻잔을 싹 비웠다.

시에나는 자신과 비슷한 입맛을 지닌 공작에게 호감을 느꼈다.

"라드 후. 그대가 방문한 목적은 아들한테 전해 들었소. 폐하의 공문도 받았고. 서고를 개방할 테니 마음껏 보시오."

"감사합니다. 각하."

"우리 가문의 서고는 정리가 잘 된 편이 아니오. 뭘 찾든 간단하지 않을 거요. 사람이 필요하다면 얼마든지 데려가 쓰시오."

"배려에 감사드립니다. 지금 간단히 살펴볼 수 있겠습니까?"

공작이 허허 웃었다.

"할 일을 미루지 않는 성격인가 보군. 큰일을 하려면 응당 그래야지."

공작은 아들에게 말했다.

"넌 라드 후를 서고로 안내해 드려라."

"예."

공작은 시에나를 보며 말했다.

"전하. 함께 가서 보시겠습니까? 먼지를 뒤집어쓸 각오는 하셔야 합니다만."

시에나는 잠시 생각하다가 고개를 저었다.

"가문의 서고는 원칙적으로 외부인에게 개방하지 않는 것으로 알고 있습니다. 라드 후는 폐하의 명을 받아 블레스 공께 허락받을 자격이 있으나 나는 아닙니다."

공작의 눈이 살짝 커졌다가 빙긋 웃었다.

"그보다 나는 공과 더 이야기를 나누고 싶습니다."

시에나의 시선이 공작의 다리를 잠깐 스쳤다.

"블레스 공께 부담이 되지 않는다면 말입니다."

공작이 껄껄 웃었다. 시에나를 바라보는 공작의 눈빛이 더 부드러워졌다.

"전하와 마주 앉아 담소를 나눌 수 있다니. 이런 영광된 기회를 제가 마다할 리가 있겠습니까."

백작과 쿤이 일어났다. 우스가 따라가려고 자세를 잡았다. 눈을 마주친 쿤이 두 사람만 알아볼 수 있는 신호를 보냈다.

'넌 여기 남아.'

쿤은 만일의 사태에 얼마든지 제 한 몸은 빼낼 수 있었다. 호위가 필요한 사람은 그녀다. 호위가 많다고 꼭 좋은 것은 아니지만, 하나보다는 무조건 둘이 나았다.

우스는 자연스럽게 다시 두 발을 모아 섰다.

'맨날 떼놓고 다니면서 내가 무슨 호위냐고.'

속으로만 구시렁대고 내색하지는 않았다.

우스를 아는 자들은 우스가 앞뒤 상황 가리지 않고 제멋대로 군다고 오해하곤 했다. 우스가 그렇게 대책 없는 녀석이면 쿤이 중요한 자리에 종종 데려갈 리가 없었다. '건드리면 골치 아프다'라는 주변의 인식을 이용할 줄도 알았다. 때로는 고지식한 마틴보다 나았다.

백작과 쿤이 나갔다. 공작과 시에나가 앉은 소파에서 몇 걸음 떨어진 곳에 여전히 우스와 길버트는 남았다.

"공작성이 참으로 훌륭합니다. 새하얀 돌벽의 성이라니. 눈길을 끕니다."

시에나는 무난하게 대화를 시작했다.

"보기는 좋지만, 관리가 여간 힘든 게 아닙니다. 전하. 무엇이 궁금하십니까?"

시에나의 눈빛이 흔들렸다.

"묻고 싶은 것이 많은 표정이십니다."

시에나는 겸연쩍어 괜한 헛기침을 했다. 확실히 블레스 공작은 수도의 귀족들과 달랐다.

시에나는 빙빙 돌리는 귀족의 화법이 거슬려 가끔 직접적인 말로 그들을 당황하게 하곤 했다. 이번에는 역으로 그녀가 당했다.

"공의 조언을 구할 일이 있습니다."

"제게요?"

시에나는 공작의 오해를 사지 않고 어떻게 자기 뜻을 전할 수 있을지 고민했다.

"내게 봉토가 있습니다."

"예. 책봉 후 받으셨겠지요."

"얼마 전에 시찰을 다녀왔습니다."

"전하께서요? 직접?"

"예. 공작성으로 오는 도중에 공작령에 터 잡아 사는 백성들의 모습을 봤습니다. 봉토에서 봤던 자들과 달랐습니다."

공작이 더욱 흥미롭다는 표정으로 '무엇이 다르더이까?'라고 다음 말을 재촉했다.

"블레스 공이 좋은 영주라는 생각이 들었습니다."

공작의 눈이 커졌다.

"내 봉토의 백성들도 공작령의 영지민들처럼 변하게 하고 싶습니다. 공께서 공작령을 다스리는 마음가짐을 들을 수 있겠습니까?"

시에나를 물끄러미 쳐다보던 공작이 크게 웃음을 터뜨렸다. 공작의 호탕한 웃음소리가 응접실을 울렸다. 바깥까지 소음이 새어 나갔는지 문 앞을 지키던 자가 슬쩍 안의 동태를 살피고 문을 다시 닫았다.

한참 웃던 공작이 말했다.

"언짢으셨다면 송구합니다. 근래 이토록 즐겁게 웃었던 적이 언제인가 싶군요."

"괜찮습니다."

공작의 행동은 무례했으나 이상하게 시에나는 전혀 기분이 나쁘지 않았다. 아마 공작의 웃음에 담긴 감정이 유쾌하기 때문일 것이다.

"마음가짐이라……."

공작은 빙그레 웃었다.

"자식들에게 늘어놓는 뻔한 잔소리를 전하께 할 수는 없는 노릇이고. 공작령의 정책이나 예산을 직접 살펴보는 것이 낫겠습니다.

구구절절한 설명이 필요 없으니까요. 마침 지난해의 결산이 거의 끝났습니다. 집무실로 가시지요."

"내가 그걸 봐도 괜찮습니까?"

공작의 후한 제안에 오히려 시에나가 당황했다.

"전하께서만 기억하고 외부에 공개하지 않으시면 됩니다."

"그러면 그런 약속을 담은 약정서라도……."

"그런 건 오히려 불신의 빌미가 됩니다."

공작이 손뼉을 쳐서 하인을 불렀다.

"이동의자를 가져오너라."

"예, 주인님."

하인이 집무실로 들어가서 이동의자를 밀고 나왔다. 공작을 부축해 이동의자로 옮겨 앉도록 도왔다.

"제가 걸음이 불편하여 기구를 빌려야 합니다. 이해해 주십시오."

"괜찮습니다. 왜 처음부터 이동의자를 이용하지 않았습니까?"

"손님을 처음 맞이할 때는 쓰지 않습니다. 절뚝거려도 걸을 수 있는 것과 아예 걷지 못하고 이동의자에 의지하는 것. 두 가지 상황을 보는 시선이 다릅니다. 특히 그 사람이 공작 정도의 지위라면 말이지요."

"아……."

공작이 올라탄 이동의자는 형태가 특이했다. 포프 백작부인이 타고 다니는 것보다 바퀴가 훨씬 컸다. 공작이 그 바퀴를 손으로 잡아 돌려서 보조자의 도움 없이 혼자 움직였다. 시에나의 눈이 휘둥그레졌다.

"획기적인 이동의자로군요."

"개조했습니다. 제가 성격이 급해서 다른 사람 손을 빌리는 것보다 직접 해야 성이 찹니다."

"바퀴를 돌리는 데 힘이 많이 들어갑니까?"

"좁은 공간을 왔다 갔다 하는 정도는 할 만합니다. 여러 번의 시행착오를 겪고 개조했지요."

"여자의 힘으로도 괜찮을까요?"

"이런 도구에 관심이 많으십니까?"

"무리한 부탁이 아니라면 한 개 얻을 수 있겠습니까? 아끼는 사람이 이동의자에 의지해서 생활합니다."

시에나는 포프 백작부인에게 이것을 꼭 선물하고 싶었다. 매우 유용할 것이다.

공작이 껄껄 웃었다.

"드리고말고요. 여분이 있습니다."

시에나는 블레스 공작이 참 웃음이 많은 사람이라고 생각했다. 하지만 공작을 오랫동안 지켜본 사람들의 생각은 달랐다. 대기해 있는 공작가의 사람들이 놀란 눈으로 여러 번 공작을 곁눈질했다.

'공작님께서 저렇게 기분 좋으신 모습을 무척 오랜만에 뵙는군.'

공작이 소리 내어 웃는 모습은 보기 드물었다. 수도에서 귀빈이 온다기에 걱정이 많았는데 다행히 주인의 심기를 어지럽히는 불청객은 아닌 듯했다. 경계심이 누그러지고 마음이 흐뭇했다.

공작이 직접 이동의자를 움직여 집무실로 향했다. 곁에서 시에나가 보조를 맞추어 걸었다. 한발 앞서서 하인이 집무실의 문을 열었다.

공작과 시에나의 호위들도 뒤에서 따라갔다. 집무실의 문 앞에서 시에나가 돌아섰다. 길버트와 우스를 보며 말했다.

"경들은 여기서 기다리시오."

그러자 공작도 자신의 기사들에게 말했다.

"자네들도 여기 있게."

양측의 기사들이 선뜻 대답하지 못하고 주춤하는 사이에 두 사람은 안으로 들어갔다. 하인만 뒤따라 들어가 문을 닫았다.

남은 기사들이 서로를 머쓱하게 보다가 각자 원래 서 있던 자리로 돌아갔다.

"저 공작님, 보통이 아니네."

우스가 중얼거렸다. 닫힌 집무실 문을 우려스럽게 바라보던 길버트의 고개가 옆으로 휙 돌아갔다. 그냥 들어 넘길 수 없는 말이었다.

"무슨 뜻입니까?"

"비슷한 사람을 알거든요."

우스는 라드 상회의 총지배인, 메이슨을 떠올렸다.

"어떤 분입니까?"

"만만하지 않아요."

길버트가 어이없다는 표정을 지었다. 만만할 리가 없지. 제국의 공작이다. 넓은 영토를 다스리는 대영주였다.

공작령까지 함께 오는 동안 길버트는 칼리 형제를 대충 파악했다. 서로의 입장이 달라 속을 터놓고 친해지지는 못했으나 형제가 얼마나 다른지는 알게 되었다. 진중한 마틴과 다르게 우스는 속으로만 생각할 법한 말을 그냥 입으로 뱉었다.

여정 중에 길버트의 무딘한 성격 덕에 무난히 넘어간 일이 종종 있었다. 꼬장꼬장한 다른 기사였다면 몇 번은 충돌했을 것이다.

"전하를 공작님과 독대하게 두는 것은 위험하다는 겁니까?"

"아뇨, 그게 아니라 나쁜 사람은 아니지만, 속이……."

'속이 시커먼 영감'이라는 말이 불쑥 나올 뻔했다. 평소에 우스가 메이슨을 가리키며 투덜대는 말이었다.

우스가 아무리 생각이 없어도 최소한의 분별력은 있었다. 메이슨을 '영감, 영감' 부르는 것은 친근함의 표현이었다. 높으신 귀족에게는 써서는 안 될 막말이라는 것은 안다.

우스는 다른 표현을 고민했다. '심계가 깊다'라는 수준 있는 어휘가 도통 떠오르지 않았다.

"속이…… 속을 알 수 없다는 말이에요."

길버트가 크게 고개를 끄덕였다.

"그럼 전하께서는 괜찮으시겠지요?"

"걱정되면 들어가 봐요."

"전하께서 들어오지 말라고 하셨습니다."

"그럼 기다리든지."

이러지도 저러지도 못하고 몹시 갈등하는 길버트를 보며 우스는 '고민을 사서 하는 사람이네.'라고 생각했다.

베스는 적왕궁 출입문 앞에서 크게 심호흡을 했다. 갑작스러운 적왕의 부름을 받았다. 은왕이 자리를 비웠으니 방패막이를 해 줄 사람이 없었다. 피할 수 없다. 그렇다면 정면으로 돌파하자고 마음먹었다.

안에서 시녀가 나왔다.

"어서 오십시오. 백작부인. 적왕께서 기다리고 계십니다."

시녀는 베스를 보조하는 시녀에게 말했다.

"자네는 여기서 기다리게."

적왕궁의 시녀가 베스가 데려온 시녀 대신 이동의자의 손잡이를 잡았다. 그 과정에서 베스의 양해를 구하지 않았으나 베스는 아무 말도 하지 않았다.

이 정도 무례로 기 싸움 할 생각은 없었다. 어쩌면 적왕은 무례라고 생각조차 하지 않을 것이다.

적왕궁의 시녀가 이동의자를 밀고 안으로 들어갔다.

'적진으로 걸어 들어가는 기분이군.'

베스가 쓴웃음을 지었다.

응접실 소파에 기대앉은 자세로 적왕은 베스를 맞이했다. 턱을 살짝 치켜들고 내리뜬 눈의 적왕은 고혹적이면서도 매서워 보였다.

"적왕께 인사 올립니다. 일어나서 예를 차릴 수 없음을 너그러이 이해해 주시옵소서."

"정말 못 걷는가?"

"예?"

"아예 한 걸음도?"

베스는 적왕의 진의를 알 수 없어 잠자코 있었다.

"내 말은, 은왕의 동정을 사려는 목적으로 눈속임하고 있지는 않냐는 것일세. 은왕께서 겉으로는 냉정해 보여도 마음이 여리거든. 아직 사람을 깊이 살피는 통찰력도 부족하고."

베스의 표정이 딱딱하게 굳었다. 속에서 울컥 뜨거운 것이 치밀었다.

"아닙니다. 저는 전에도 그러했고 앞으로도 은왕 전하를 기만할 생각이 없습니다. 다리보다 더 소중한 것을 잃는다 해도요."

베스의 비꼬는 말을 패트리샤가 알아듣지 못할 리가 없었다. 패트리샤의 한쪽 입술 끝이 올라갔다.

가소로웠다. 패트리샤가 작게 코웃음 쳤다.

'아둔하긴. 내 경고에서 교훈을 얻지 못했군.'

호된 맛을 보았으니 납작 엎드려 덜덜 떨 줄 알았다. 하지만 뜻밖에도 백작부인은 차분했다. 겁먹은 기색도 없었다. 몹시 아니꼬웠다. 뭘 믿고 저렇게 오만방자할까.

포프 백작 가문은 패트리샤의 기준에 한참 모자랐다. 재력도 권력도 내세울 게 없었다. 그러니 목에 뻣뻣하게 힘을 주어 까부는 이유는 뻔했다. 은왕의 권세를 등에 업고 위세를 부리는 거다.

'은왕의 곁에 오래 있었다고 제가 은왕의 어미인 듯 착각에 빠진 게지. 내가 은왕의 친어미야. 은왕이 날 두고 피 한 방울 섞이지 않는 너 따위를 택할 것 같은가?'

패트리샤가 베스에게 품은 마음속 앙금은 여전했다. 패트리샤는 사람에 대한 호불호가 강하고 한 번 눈에 거슬리면 기어이 눈앞에서 치워 버려야 직성이 풀렸다.

실제로 패트리샤의 눈 밖에 나서 다시는 사교계에 발을 들이지 못하는 자들이 꽤 있었다.

'내, 지금은 널 두고 보지만.'

당분간은 손댈 수 없었다. 백작부인은 은왕의 애착 인형 같은 존재였다. 은왕이 싫증 날 때까지는 기다려야 한다.

"자네의 그 마음이 변치 않기를 바라네."

패트리샤가 쌀쌀맞게 대꾸했다.

"자네에게 물을 일이 있어 보자 했네."

"하문하시옵소서."

"내가 그저 지켜보려고 했더니 갈수록 가관이더군. 근래 은왕을 둘러싼 망측한 소문도 그러하고. 아무리 은왕이 영명하다는 해도 어린 나이의 미숙함은 어쩔 수 없지. 그렇다면 곁에서 보좌하는 자네가 충언을 올려야 하지 않나? 대체 자네는 온종일 은왕 곁에 붙어 뭘 하는 게야?"

패트리샤의 카랑카랑한 목소리는 갈수록 언성이 높아졌다. 기세가 서릿발 같았다.

베스는 모아 쥔 두 손에 힘을 주었다.

동요하지 않으려고 안간힘을 쓰고 있으나 사실은 등에서 식은땀이 줄줄 흘렀다.

자신과 가족과 집안을 잔인하게 짓밟던 당사자다. 적왕이라는 거센 바람 앞에서 자신은 작은 촛불이었다.

원망스러운 한편으로 무서웠다. 공포로 정신이 아득했다.

"적왕. 저는 은왕 전하께 충고를 올릴 주제가 못 됩니다."

패트리샤가 눈살을 찌푸렸다.

"은왕 전하께서 저를 곁에 두심은 그저 익숙하여 편하기 때문입니다. 저는 전하의 결정에 아무런 영향을 미치지 못합니다."

하, 패트리샤는 차게 웃었다. 반박하면 베스의 영향력을 되레 인정하는 꼴이 된다.

교묘하게 빠져나가는 베스가 얄미운 한편으로 잔뜩 꼬였던 속이 조금은 풀렸다.

포프 백작부인 따위는 은왕에게 아무것도 아니다.

'그래. 저깟 것에 내가 속을 끓일 이유가 없지.'

"자네가 주제를 잘 알고 있으니 다행이군."

"……"

"은왕이 지금 누구와 어디를 갔는지 자네도 알고 있겠지?"

"예."

"자네는 은왕의 곁에서 보고 들은 것이 있으니 뭔가 알 테지. 은왕과 라드 후의 스캔들이 어디까지 사실이고 어디까지가 뜬소문인지 말일세."

"소문으로 더 부푼 것도 있고, 사실인 내용도 있습니다."

소파에 기대앉았던 패트리샤는 어느새 베스를 향해 상체를 기울였다.

"은왕이 내게 기함할 소리를 했지. 무엇일지 짐작하는가?"

"은왕 전하께서는 라드 후를 마음에 들어 하십니다. 매력적인 사내라고 호감을 드러내셨습니다."

패트리샤가 탄식하며 이마에 손을 짚었다.

시에나와 베스는 미리 말을 맞추어 두었다. 시에나가 없는 동안 패트리샤가 분명히 베스를 불러 라드 후작과의 관계를 캐물을 거라고 예상했다.

"그자의 어떤 점에 끌렸다고 하시던가?"

"쉽지가 않다고 하셨습니다."

패트리샤의 눈이 커졌다.

"더 말해 보게."

"지금껏 은왕 전하 곁에는 고개를 숙이는 자들만 있었습니다. 그런데 라드 후작은 은왕 전하께 간혹 무례하게 굴기도 한답니다. 그 점이 재미있다고 하셨습니다."

생각에 잠긴 패트리샤의 미간에 몇 번씩 주름이 잡혔다가 펴졌다. 일전에 라드 후작을 직접 불러 봤을 때 느꼈던 인상과 베스가 하는 말이 앞뒤가 맞았다.

'그놈이라면 은왕 앞에서도 고분고분하지는 않겠지. 은왕의 승부욕을 자극한 건가.'

딸의 성격을 아니까 납득이 갔다. 남녀 간의 연정 같은 감정과는 거리가 멀어서 다행이었다.

'자칫 다른 감정으로 변하기 전에 떼어 놔야 할 텐데. 고분고분하지 않아서 좋다……. 내 딸이지만, 취향이 참.'

그런 놈들을 골라서 은왕의 앞에 내밀어야 하는 건가.

'역시 처음에 루크, 그자가 아니라 모튼 공 아들을 붙일 것을 그랬어.'

리바이 모튼은 조세프 루크보다 영리했다.

은왕의 취향을 슬쩍 귀띔해 주면 얼마든지 은왕의 입맛에 맞도록 연기할 수 있을 것이다.

하지만 뒤늦은 아쉬움이었다. 죽은 사람을 살릴 수는 없으니.

"은왕과 후작을 저대로 놔둘 수는 없는 노릇이겠지?"

패트리샤는 답답한 마음에 혼잣말처럼 중얼거렸다.

"감히 한 말씀 올리자면."

패트리샤가 고개를 들었다.

"장차 지고한 자리에 오르실 은왕 전하의 옆자리에 라드 후작은 가당치 않습니다."

애먼 잡소리를 했다가는 가만두지 않겠다, 뾰족한 마음이었던 패트리샤의 눈초리가 풀어졌다.

"그렇지. 내 말이 그 말이야."

"하오나 적왕께서 나서시는 것은 좋은 방법이 아닙니다."

"어째서?"

"주변에서 방해하면 포기하는 자가 있고 오기를 부리는 자가 있습니다."

"……은왕은 후자로군. 그래……. 고집이 세고 간섭을 싫어하지."

패트리샤가 고개를 끄덕였다.

새삼스러운 눈으로 베스를 보았다. 오랫동안 곁에 있더니 딸의 성격을 잘 아는구나, 싶었다.

패트리샤의 마음이 좀 더 관대해졌다. 은밀하게 베스의 주변과 포프 백작 가문을 주시하고 있다. 아직 세력을 만드는 등의 거슬리는 행동은 없었다.

'앞으로도 지금처럼 분수를 알고 자리를 지키면 그런대로 노후가 편안할 게야.'

은왕의 곁에 백작부인 한 명쯤은 있어도 괜찮을 것 같다. 은왕의 약점이기도 하니까.

"백작부인."

"예."

"사실 난 자네가 마땅치 않지만, 은왕이 자네가 아니면 안 된다고 고집을 부리니 어쩌겠나. 앞으로 지켜보겠네."

"……."

"자네 의견은 잘 들었네. 그만 가 보게."

"예, 적왕."

베스는 적왕궁을 나와 막힌 숨을 내쉬었다. 무릎에 올려 둔 손이 덜덜 떨렸다. 차라리 걷지 못해서 다행이라고 생각했다. 다리에 힘이 풀려 볼썽사납게 고꾸라졌을 테니까.

적왕 앞에서 의연한 척하는 것은 베스의 마지막 자존심이었다.

"가자."

"예."

기다리고 서 있던 시녀가 이동의자를 밀었다. 복도를 지나는 중에 다급히 적왕궁의 시녀가 따라왔다.

"백작부인. 적왕께서 전해 드리라고 하셨습니다."

시녀가 수를 놓은 주머니를 내밀었다. 베스는 말없이 받았다. 손아귀에 꼭 쥐었다. 주머니 안쪽에 든 딱딱한 것이 만져졌다. 베스의 심장도 딱딱하게 굳었다. 쓴웃음만 나왔다.

'고작 이런……'

주머니 속에 든 것은 뻔했다. 전에도 몇 번 받았으니까. 받고 싶지 않아도 거절할 수 없었다. 처치 곤란한 물건이 되어 침실 화장대 서랍 안에서 뒹굴고 있다.

차가운 귀금속으로 사람의 마음을 사려는 적왕은 자신의 방법이 잘못된 것을 모른다. 먹이를 받아먹는 개처럼 주변에 몰려드는 군상들이 넘치기 때문이다.

베스는 환멸을 느꼈다. 그녀가 황궁을 떠나지 않은 이유는 오직 하나였다. 이 비정한 황궁 안에 자식처럼 보듬어 키운 시에나를 홀로 둘 수가 없었다. 강하고 여린 그분을 지키고 싶었다.

* * *

블레스 공작의 집무실의 내부 구조는 이동의자로 움직여야 하는 공작의 편의에 맞추어져 있었다. 안에는 따로 소파가 없었다. 이동의자에 걸리는 게 없도록 가구 사이의 동선이 널찍했다.

공작이 쓰는 책상은 벽에서 제법 멀리 떨어져 있었다. 사방의 벽은 높이가 낮은 책장으로 둘러쌌다. 공작이 이동의자로 이동하면서 모든 책과 서류를 꺼낼 수 있었다.

'공작의 저런 다리 상태가 오래되었구나.'

전이었다면 공작을 무척 안쓰럽게 생각했을 것이다. 불편한 몸으로 공작으로서 업무를 처리할 수 있을지 의문도 품었을 것이다.

하지만 시에나의 곁에는 베스가 있다.

다리가 불편해도 베스가 못 하는 일이 없었다. 가끔 시에나는 베스의 몸 상태를 잊었다.

"어디 보자. 여기에 정리해 뒀는데."

공작이 책장을 뒤적여 서류 무더기를 꺼냈다. 책상에 내려놓고 결산서를 펼쳤다.

"자, 보십시오. 이것이 작년 예산입니다. 거기 앉으세…… 아, 의자가 저기 있군요."

시에나는 공작이 가리키는 구석에 놓인 의자를 들고 책상으로 가져왔다. 공작의 책상은 어느 방향에서든 이동의자가 바로 붙을 수 있게 막힌 곳이 없었다. 직사각형의 책상에 공작과 시에나가 마주 앉았다.

공작은 지난해 결산서와 올해 예산안, 정책안도 함께 보여 주었다. 영지의 기밀이나 다름없었다.

'내가 이걸 봐도 되는 건가?'

공작의 호의를 거절하지 못했다. 궁금했다. 책에서 배우는 추상적인 지식이 아니라 살아 있는 공부를 할 기회였다. 그녀는 어느새 공작과 나누는 대화에 푹 빠졌다.

"……그러니까 이 정책이 이것으로 연결되었고, 농가의 소득 증대로 이어진 것이군요."

공작이 감탄하며 과장된 동작으로 손뼉을 쳤다.

"하나를 알려 드리니 열을 깨우치십니다. 제 아들이 전하의 반만 따라가도 바랄 게 없겠습니다."

"내가 원래 배움이 빠릅니다."

공작이 웃음을 터뜨렸다. 한바탕 웃은 공작이 시계를 흘끔 쳐다봤다. 거의 정오에 가까웠다.

"어이쿠. 시간이 벌써 이렇게 되었습니다. 시장하시겠습니다. 식사 준비가 거의 다 되었을 겁니다."

시에나가 아쉬워하며 일어났다. 공작이 감탄했다.

'진정 황가는 신의 축복을 받는가.'

훌륭한 외모와 뛰어난 두뇌. 그런 게 부럽지는 않았다.

하지만 열린 마음으로 배우려는 열의를 가진, 은왕 같은 후손을 배출한 황실은 부러웠다.

크든 작든 가문이 세워지면 시간이 지날수록 쇠락한다. 인간의 탄생과 죽음처럼 자연스러운 흐름이었다. 그래서 자식이 부모를 뛰어넘는 예는 많지 않았다. 그저 부모가 이룬 것을 현상 유지만 해 줘도 잘되는 집안이었다.

그런 의미에서 황가의 쇠락은 먼 훗날의 이야기인 듯싶다. 죽은 선황보다 현재의 황제가 낫다.

'그리고 현 황제보다는 은왕이 낫군.'

들려오는 풍문으로는 우려되는 점이 많았는데 기우였다.

"식사 후에 다시 이어서 해도 되겠습니까? 아, 내가 공의 시간을 너무 빼앗는군요."

"성에 머무시는 동안 그 정도도 못 해 드리겠습니까. 다만, 식사 후에는 움직여야 건강에 좋습니다. 산책 삼아 성을 둘러 보십시오. 백암성의 어디든 다 가서도 됩니다."

"······백암성? 공작성이 백암성입니까?"

"예. 외관의 특성을 따서 지은 단순한 명칭이지요."

시에나는 꿈에서 들었던 '흑암성'이라는 단어가 떠올랐다. 흑과 백. 극과 극이지만 왠지 느낌이 유사했다.

"흑암성도 있습니까?"

농담처럼 던진 말이었다. 그런데 공작이 멈칫했다.

"있지요. 있었다는 표현이 더 정확하겠군요. 무너지진 않았으나 사람이 살지 않으니······."

공작이 허공을 응시하며 쓸쓸하게 중얼거렸다. 동요하는 시에나 의 표정을 보지 못했다.

"흑암성이 있는 곳이 어딥니까?"

"여기서 북동쪽으로 마차를 타고 사흘 정도 달려가면 보입니 다."

"북동쪽이면······."

시에나는 머릿속에 암기한 지도를 뒤졌다. 이상하게 그 부근이 공백처럼 기억나지 않았다.

공작이 설명을 덧붙였다.

"과거에는 아케론 공작령이었습니다. 아케론 공작성이 흑암성입 니다. 아주 유명한 곳이었습니다. 이제는 옛날이야기입니다만."

　　　　　　*　　　*　　　*

　식당의 긴 테이블에 공작가 식솔들과 오늘 방문한 두 명의 귀빈이 둘러앉았다. 공작과 큰아들인 백작 부부 이외에 처음 보는 사람이 많았다. 공작이 자신의 가족을 소개했다.

　"원래는 다들 결혼해 출가했지만, 귀빈이 방문하신다기에 인사는 드려야 할 것 같아 급히 불러 모았습니다. 장남은 이미 아실 테고, 그 옆이 차남……."

　소개에 한참이 걸렸다. 무려 아들이 여섯이었다. 여섯 아들이 모두 아내가 있어서 총 열두 명이었다.

　"막내아들은 제 어머니를 따라 외가에 가 있습니다. 장인어른께서 와병 중이시라서요."

　시에나가 말했다.

　"빠른 쾌차를 바랍니다. 아드님만 일곱입니까?"

　"예. 이 녀석들 전부 동복형제입니다. 다들 그걸 궁금해하더군요."

　"자식 욕심이 많으셨던 모양입니다."

　"시끌시끌한 가족을 만들고 싶었지요. 잘한 일 같습니다. 나이가 들어 보니 형제가 없어서 외롭습니다. 원래는 다섯 정도에서 그만하려 했는데 딸 욕심이 나는 바람에. 결국, 잘 안 되었습니다. 며느리들이 어여쁜 손녀들을 안겨 주어 원은 풀었지요."

　공작이 흐뭇하게 웃으며 며느리들을 둘러보았다. 시아버지와 눈이 마주친 며느리들이 수줍게 웃었다.

화목한 가족의 분위기가 느껴졌다.

본격적인 식사를 위해 하녀들이 부지런히 움직였다. 차례차례 내어 오는 요리가 사람들 앞에 놓였다.

시에나는 음식을 입안에 넣으며 딴생각에 빠졌다.

'블레스 공에게 형제가 없다고?'

블레스 공작의 나이가 대략 오십 대 중반. 큰아들이 삼십 대 중반이다. 꿈에서 철왕의 모친이 블레스 공작가의 혈통이라고 했다. 현재 공작의 누이여야 연령대가 맞다.

미래에서 철왕의 계승 서열이 시에나보다 높아진 덕분에 황제가 될 수 있었다면 철왕의 모친은 공작의 직계 혈통이어야 한다.

시에나의 어머니, 패트리샤가 공작의 딸이기 때문이다. 같은 공작가의 핏줄이라도 직계와 방계는 서열이 나뉘었다.

'확인을 해 봐야겠어. 공작에게 누이가 있었는데 죽은 것일 수도 있으니까.'

흑암성의 존재를 알게 된 것도 충격이었다. 꿈속의 흑암성과 아케론 공작성이 같은 곳이라는 증거는 없다. 그런데 '두 곳이 같다'라는 직감이 들었다.

과거의 아케론 공작령이었던 그 땅은 현재 주인이 없다. 제국법 때문이다.

법에 따르면 상속자를 잃은 토지는 정당한 상속자를 찾을 때까지 삼십 년 동안 누구도 소유할 수 없다. 이 법은 영주의 봉토 지배권에도 적용했다.

기한의 단축이 불가하고 예외 조항도 없었다. 아케론 공작 가문이 죄를 지었다고 해도 지배권에는 영향을 미치지 않았다. 현재 그 땅은 국가에서 관리한다. 그리고 국가의 위임을 받은 관리자가 리먼 공작 가문이었다.

'리먼……'

생각할수록 아케론 공작가 멸문의 혈사에 리먼 가문이 깊이 관여한 것 같다.

시에나에게 경제를 가르치던 교사가 '돈의 흐름만큼 정직한 것이 없다.'라고 말했다. 인간은 이권을 두고 다툰다. 이득 없는 일에 손대지 않는다.

'그래서 중범죄를 수사할 때 그 사건으로 이득을 얻은 자를 최우선 용의 선상에 올린다고 하니까.'

리먼 가문은 아케론 공작령을 관리하며 막대한 이득을 챙기고 있을 것이다.

즉, 아케론 가문이 사라져서 가장 크게 득을 보았다.

'주인 없는 땅이니 마음껏 착취하겠지.'

리먼 가문이 단순히 운이 좋아 그 땅의 이득을 독점할 기회를 얻지는 않았을 것이다. 다른 공작 가문들이 못 본 척 두는 것도 이상했다. 광산 운영권을 사이에 두고서는 최근 몹시 신경전을 벌였다면서.

'삼십 년이면 이제 얼마 남지 않았네.'

땅의 지배자를 정해야 하는 시기가 다가온다.

'옛 아케론 공작령이 공국으로 독립한 거라면. 미래에서 쿤이 공왕이 된 시기가 앞으로 사오 년 전후.'

음식물을 입안에 넣고 오물오물 씹던 그녀의 턱 움직임이 멈추었다.

'……사오 년 안에 철왕이 황제가 된다? 폐하께서 승하하신다는 건가?'

쿤 역시 음식 맛을 제대로 느끼지 못할 정도로 생각이 많았다. 아까 공작가의 서고에 들어가자마자 '여기시는 뭔가 건질 수 있을까?'라고 생각했다.

잘 정돈된 다른 공작 가문의 서고와 다르게 방치 수준으로 엉망이었다. 원래 보물은 먼지 구덩이 속에서 발굴하는 법이니까.

공작가 사람들을 동원해 빠르게 대충 정리하던 중에 밥 먹으라고 불려 왔다. 얼른 먹고 서고를 뒤질 생각만 머릿속에 가득했다.

다섯 공작의 서고를 모두 둘러봤다. 블레스 공작 가문의 서고가 마지막이다. 지금껏 남들이 보기에 그는 바쁘게 일했다. 사실, 소득은 없었다. 당연한 일이다.

공식적으로 서고 열람을 요청해서 쓸만한 증거를 확보할 수 있다면 기적이다. 감출 것이 있다면 이미 다 숨겼을 것이다.

'역시. 황제는 날 시선 끌기 용도로만 쓸 셈이야.'

서고 확인은 황제의 지시로 시작했다. 조사관이라는 허울 좋은 감투를 쓰고 전권을 위임받은 것처럼 보이지만, 쿤은 황제가 자신을 신임한다고 생각한 적이 없었다.

중요한 일을 맡기면 지시한 자는 지시받는 자와 충분한 의사소통을 하려고 노력한다. 잘 되어 가느냐 묻고 격려도 한다. 그게 일반적이다. 쿤이 수하들에게 지시를 내릴 때도 그랬다.

하지만 황제는 단 한 번도 쿤을 따로 부르지 않았다.

그리고 황제가 정말 과거사를 조사할 생각이라면 이런 눈 가리고 아웅 하는 방식을 쓰지 않을 것이다. 통보 없이 압수하고 수색하겠지.

기대하지 않았고 그래서 실망도 없었다. 쿤은 황제의 아래에 숙이고 들어갈 생각은 아예 없으니까.

그가 디안을 돕는 포지션도 동등한 위치에서의 협력자였다. 아니었으면 굳이 디안을 택하지 않았다. 디안보다 훨씬 좋은 조건으로 쿤을 포섭하려는 대륙의 왕국들이 아주 많았다.

쿤이 황제의 속내를 눈치챈 것은 오래되었다. 하지만 열심히 조사하는 척했다. 황제의 뜻에 따르는 동안 '라드 후작'은 누구도 섣부르게 건드리지 못할 권력을 누릴 수 있으니까.

그리고 황제의 뜻대로 움직여서 아직 손해난 것은 없었다. 공작가의 서고를 모두 둘러볼 기회는 흔치 않았다. 쿤은 조사를 명목으로 서고에 방치된 귀한 고서를 읽을 수 있었다. 가치를 잘 모르는 소유자와 적당히 협상해서 고서를 챙기기도 했다.

'이상할 정도로 깨끗하긴 해.'

아케론 가문의 멸문 직후의 상황은 마치 그 세월만 사라진 것처럼 아무것도 없었다.

'모든 공작 가문들이 작당하지 않고서야.'

하지만 아닐 것이다. 한 손 거들었다면 얻은 게 있어야 한다. 아케론 가문 멸문으로 생긴 부산물들은 거의 리먼 가문이 싹 챙겼다.

두 가지로 예측할 수 있다.

첫째, 그 당시 다른 공작 가문들은 관여하지 않았으나 모른 척했다. 아예 침묵을 택했다. 한 줄 기록으로도 남기지 않을 정도로.

둘째, 죽은 리먼 공작이 오랜 세월에 걸쳐서 철저하게 흔적을 지웠다. 이십오 년은 무척 길다. 눈으로 직접 본 일도 잊을 만큼.

'날 사람들 앞에 던져 놓고 황제는 뭘 할 생각일까.'

열쇠는 두 사람이 쥐고 있다. 황제와 제프리, 두 사람의 독대 후 황제는 과거사 조사를 명했다. 그날 무슨 대화를 나눴는지는 디안도 모른다고 했다.

결과는 예측한다. 아케론 가문의 복권과 디안의 계승 서열 회복.

'어떤 과정으로 그 결과를 끌어낼 계획인지는 모르겠지만, 한 가지는 확실하군.'

황제도 제프리도 아케론 가문의 복권이라는 대업에 쿤이 공을 세우기를 바라지 않는 것 같다. 황제는 그럴 만했다. 쿤은 제국인이 아니고 황제의 충신도 아니니까.

문제는 디안의 외숙이다. 태도가 모호했다.

갈수록 마음을 열어 주는 것이 아니라 거리를 둔다고 느꼈다. 제프리가 블레스 공작령까지 동행해서 공작을 만나려는 이유도 명확하지 않았다.

「내 막역지우였지. 친구에게는 내 생존을 알리고 싶다네.」

쿤은 '그러십니까.'라고 넘어갔다. 캐물어 봤자 들을 수 없을 테니 괜히 힘 뺄 필요 없다고 생각했다.

'나 뒤통수 맞는 건가?'

중얼거리는 쿤의 표정은 심각하지 않았다. 디안과 손잡을 때부터 이미 수많은 경우의 수를 생각해 봤다.

시에나와 쿤, 둘 다 각자의 생각에 빠져 묵묵히 식사만 했다. 점심 식사는 조용한 분위기에서 끝났다.

*　　*　　*

식사 후 공작이 자식들을 둘러보며 말했다.

"모처럼 이렇게 다 모였으니 느긋하게 식후 한 잔의 차를 마시며 담소를 나눌까?"

공작이 하녀에게 지시했다.

"꽃차를 내오너라."

좌중의 표정이 다 일그러졌다. 서로 눈을 마주치며 눈치 싸움을 했다. 며느리들은 팔꿈치로 툭툭 제 남편을 쳤다. 형제들의 시선이 일제히 백작에게 향했다. 장남이 책임지고 나서라는 무언의 압박을 보냈다.

백작이 대표로 말했다.

"아버지. 평소에도 아껴 드시는 귀한 차가 아닙니까. 저희가 한두 명도 아니고 전부 마시면 금세 바닥이 날 겁니다. 귀한 차는 귀빈들께만 대접하십시오."

"예, 형님 말씀이 옳습니다."

"저희가 어찌 그 귀한 차를 마시겠어요."

곁에서 아우들이 말을 보탰다.

"저희는 물러가겠습니다. 저희가 낄 자리가 아닐 듯합니다. 한 사람이 한마디씩만 해도 중구난방으로 정신이 없을 겁니다."

"흠. 오냐. 가 봐라."

공작의 허락이 떨어지기 무섭게 백작이 벌떡 일어나 고개를 숙였다.

"그럼 말씀들 나누십시오."

열 명이 넘는 사람들이 우르르 빠져나가자 식당이 텅 빈 듯 허전해졌다.

"그럼 우리는 자리를 옮길까요?"

쿤은 도망간 공작의 식솔들 심정을 이해했다. 혀가 아릴 정도로 단 그 차를 또 맛보고 싶지 않았다. 더구나 서고를 봐야겠다는 생각으로 마음이 급했다.

"각하. 저는 서고 정리가 시급합니다. 단시간 안에 정리가 끝날 것 같지가 않습니다."

"서고가 엉망이라 손이 많이 가긴 하겠지. 가서 일 보시오."

쿤이 공작에게 꾸벅, 시에나에게 꾸벅, 두 번의 인사를 하고 식당을 나갔다.

공작은 시에나에게 말했다.

"전하. 전하께서도 따로 일이 있으십니까?"

"아닙니다. 저는 그 차를 마시고 싶군요."

공작이 흡족하게 웃었다. 꽃차를 함께 맛있게 마셔 주는 사람은 찾기 어려웠다.

두 사람은 테라스로 나갔다. 봄바람이 아직은 찼다. 테라스의 창은 모두 닫았다.

"블레스 공. 공께 누님이 있다는 말을 얼핏 들은 적이 있는데 내가 잘못 알았던 겁니까?"

시에나는 대화 중 슬쩍 떠보았다.

"그걸 아시다니. 수도에서 제 얘기를 떠드는 사람이 있긴 있나 봅니다."

찻잔을 든 시에나의 손끝이 미세하게 움찔했다.

"공의 누님은 그럼……."

"오래전 세상을 떴습니다."

"유감입니다."

"그런데 누님이 아니라 누이동생입니다. 정보가 정확하지는 않군요."

"아, 누이동생. 그럼 그 외의 형제는 없으십니까?"

"먼저 가 버린 누이동생 하나입니다. 전하께서 제 가족사에 관심이 많으십니다."

"공의 가족들이 화목해서 보기 좋습니다. 형제분과도 의가 좋았을 것 같아서요."

시에나의 변명에 공작은 고개를 끄덕였다.

"오랜만에 누이 생각이 나는군요. 전에는 자주 기억했지만, 나이가 들면서 점점 잊습니다."

옛 기억을 떠올리는 공작은 즐거우면서도 슬퍼 보였다.

"누이가 어릴 때부터 몸이 약했습니다. 거의 침대 생활을 벗어나지 못했어요."

공작의 권위 때문에 허심탄회하게 다른 사람과 긴 이야기를 나눌 일이 거의 없었다. 자식들은 다 각자 제 가정을 꾸려 처자식 돌보기에 바빴다. 오랜만에 주고받는 대화가 즐거웠다.

공작은 추억팔이처럼 옛 기억을 끄집어냈다. 시에나는 꼬치꼬치 물을 필요 없이 잠자코 듣기만 하면 되었다.

"누이는 성년 생일도 침대에서 보냈답니다. 스물세 살의 꽃다운 나이에 가 버렸지요. 한 번만 수도 구경을 하고 싶다는 것이 소원이었는데 끝내 그 소원은 이루지도 못하고."

시에나는 들은 정보를 머릿속에서 정리했다. 공작의 누이동생이 철왕을 낳은 후 죽었을 수도 있다. 화제가 다른 쪽으로 옮겨갔다가 시에나가 지나가는 척 물었다.

"황제 폐하께서도 백암성에 오신 적이 있습니까?"

"없습니다. 신족의 방문은 제가 태어나 지금껏 살아오며 전하께서 처음입니다."

'이상하네.'

공작의 누이는 수도에 간 적이 없다. 황제는 백암성에 온 적이 없다. 그렇다면 두 사람은 만날 계기가 없으니 둘 사이에 철왕의 태어날 수가 없다.

그때 공작의 한마디가 의미심장하게 귓가에 파고들었다.

"황제 폐하께서 흑암성에는 여러 번 가셨지요. 제위에 오르시기 전에요."

　　　　＊　　　＊　　　＊

공작성에서의 하루가 지나갔다.

시에나는 오랜만에 푹신한 침대에 누웠다. 어두운 천장을 바라보며 그녀는 쉽사리 잠을 이루지 못했다.

침대는 혼자 눕기에는 아주 넓었다. 하지만 그녀가 지금껏 사용했던 1인용 침대의 기준보다 크지는 않았다. 황궁의 침실에 놓인 침대와 거의 비슷한 크기이니까.

침대가 넓다고 느끼는 것은 순전히 자신의 기분 탓이었다. 화이트칩을 타고 오는 동안은 쿤과 한 침대를 썼다. 고작 며칠이었는데 익숙해진 걸까.

마차로 이동하면서 빌렸던 잠자리는 한 사람이 누워 간신히 돌아누울 수 있을 정도로 좁았다. 그래서 이런 기분을 몰랐다.

옆이 허전하다고 느끼는 자신의 마음이 민망하고 우스웠다. 그녀는 한참을 뒤척였다.

쿤 역시 잠들지 못하고 침대 위에서 이리 누웠다가 저리 누웠다가를 반복했다. 그는 벌떡 일어나 앉았다. 두 손으로 머리를 움켜잡았다.

'죽겠네, 진짜.'

그는 지독한 금단 증상에 시달렸다. 화이트칩에서 내린 이후 그녀를 제대로 만져 본 적이 없었다. 넓은 침실에 혼자 누워 있으니 점점 더 견딜 수 없었다. 화이트칩의 선실 안에서 마음껏 그녀를 끌어안고 키스하던 그때가 아득히 먼 옛일 같았다.

공작가는 두 사람에게 침실을 각각 제공했다. 미혼의 남녀이니 당연했다.

그는 한숨을 푹푹 내쉬다가 털썩 누웠다. 눈을 감으면 그녀의 얼굴이 아른거렸다. 잠이 안 온다. 그는 다시 벌떡 일어났다.

'잠깐만 보고 오자.'

품 안에 꽉 한 번만 끌어안으면 잘 수 있을 것 같다. 굿나잇 키스까지 할 수 있으면 바랄 게 없다.

쿤은 침대에서 내려와 조용히 문을 열었다. 문틈 사이로 슬쩍 얼굴을 내밀었다.

"필요한 것이 있으십니까?"

"……."

쿤은 불쑥 나타난 하인을 망연자실한 눈으로 보았다. 머릿속에 그녀의 모습만 동동 떠다니느라 침실 밖에 사람이 있는 것도 눈치채지 못했다.

"여기서 뭐 하는 거지?"

"공작님께서 귀빈들을 극진히 모시라고 명하셨습니다. 잠자리가 바뀌어 불편해하실지 모르니 사소한 편의라도 세심하게 신경 쓰라고 하셨습니다."

"밤새워 지킬 셈인가?"

"예. 뭐든 말씀만 하십시오."

"굳이 그럴 것까지는……."

"저는 소임을 다할 뿐입니다."

하인은 늦은 시각인데도 쓸데없이 열의가 넘쳤다.

쿤은 작은 한숨을 내쉬며 문을 다시 닫았다. 공작의 과도한 배려가 원망스러웠다. 어쩔 수 없이 다시 침대에 누웠다. 더 괴롭다. 절벽 아래 샘물을 바라보는 목마른 나그네의 심정이었다.

* * *

백암성이 어둠에 잠겼다. 모두가 잠든 시각, 공작의 침실과 연결된 응접실은 아직 등이 꺼지지 않았다.

조용히 문이 열리고 한 사람이 안으로 들어왔다. 이동의자를 움직여 응접실 안을 돌아다니던 공작이 고개를 돌렸다.

점점 가까이 다가오는 중년인의 얼굴을 보며 공작 란델은 이맛살을 찌푸렸다. 그리고 점점 크게 눈을 부릅떴다. 중년인을 가리키는 손가락 끝이 마구 흔들렸다.

"자네⋯⋯!"

제프리가 담담한 목소리로 인사를 건넸다.

"오랜만일세."

"제프리!"

란델은 자신도 모르게 일어나려다가 다시 털썩 주저앉았다. 다리 상태를 잠시 잊을 정도로 그는 눈앞에 보이는 광경을 믿을 수가 없었다.

오늘 만나기로 한 사람이 제프리인 줄은 몰랐다. 라드 후작 측의 심부름꾼은 '아케론 공작가의 생존자'가 남의 눈을 피해 만나기를 원한다고만 했다.

"살아 있었군, 살아 있었어!"

란델이 애타게 두 손을 뻗었다. 제프리가 다가와 공작의 손을 맞잡았다. 란델의 두 눈은 어느새 눈물로 홍건했고 제프리의 눈동자도 붉게 충혈됐다.

"그랬군. 자네가 살아 있어서!"

란델은 갑자기 황제가 난데없이 왜 옛 사건을 들추는가 했다. 더구나 진명을 쓰면서까지.

"폐하를 뵈었나?"

"뵈었지."

"폐하께서는 자네의 억울함을 풀어 줄 생각이시군. 그분께서 자네를, 아케론 가문을 잊지 않으신 게야."

제프리의 입술 끝이 슬쩍 올라갔다가 내려왔다. 차가운 비소였다.

친구의 생환에 감격스러워하던 란델은 비로소 친구의 얼굴을 다시 한번 살폈다. 기억하던 친구가 아니었다. 유쾌한 청년이었던 제프리 아케론의 모습은 온데간데없었다.

'그렇군. 긴 시간이구나…….'

그리고 잔인한 세월이었다. 사람을 아예 바꿔 버릴 만큼.

"미안하네. 우리가 너무 무력했네. 그리고 비겁했지. 자네를 돕지 못했어."

란델은 자신의 위로가 조금이라도 친구의 마음을 어루만져주기를 바랐다.

"……충분히 애써 주었네. 선황의 광기에 휘말려 자네 집안까지 무너졌으면 어쩔 뻔했나."

제프리의 마음이 착잡했다. 숨어 살며 늘 언제 죽을지 모를 공포에 시달리는 동안 세상의 모든 것이 원망의 대상이었다. 친구를 원망했다. 아버지의 친구였던 선대 블레스 공작도 원망했다.

증오가 하루하루를 연명할 힘을 주었다. 그래서 제프리는 살아남았지만, 대신 그의 마음은 마른 낙엽처럼 버석버석해졌다.

지금까지 블레스 공작가를 야속하다고 생각하지는 않았다. 제프리는 그저 말라붙은 제 마음이 슬펐다. 친구를 위해서는 목숨도 아깝지 않았던 우정이 빛바랜 그림이 되어 버렸다.

"백부님께서는 언제?"

블레스 가문과 아케론 가문은 교류가 활발했다. 비슷한 나이의 두 공작이 친구였고 그들의 아들도 나이가 비슷하여 대를 이어 친구가 되었다. 란델과 제프리는 각자의 부친을 백부님이라고 불렀다. 혈육처럼 가까웠다.

"아버지는 아케론 가문이 그렇게 되고 몹시 괴로워하셨네."

란델은 아케론 공작가의 멸문 후 블레스 가문에도 찾아온 비극을 설명했다.

선대 블레스 공작은 죄책감으로 괴로워하며 술에 빠져 살았다. 지나친 음주로 정신착란을 일으켜 방화를 일으켰다가 휘말려 사망했다. 그때 란델은 다리를 다쳤다. 젊었을 때는 약간 절뚝거리는 정도였지만, 나이가 들면서는 점점 걷는 게 힘들어졌다.

란델의 누이동생은 제프리가 죽었다는 말을 듣고 시름시름 앓다가 세상을 떠났다. 누이는 원래 몸이 약했다. 의사는 성년 생일을 넘기기 어려울 거라고 했다.

하지만 씩씩하게 성년 생일을 맞았다. 반드시 건강해져서 제프리의 신부가 되겠다는 꿈을 꾸었다. 그 꿈이 사라지자 살아갈 의미도 잃었다.

어머니는 남편도 딸도 잃고 실의에 빠져 있다가 그들의 뒤를 따라가듯 세상을 떴다.

"하아……."

제프리는 기가 막힌 심정을 긴 한숨으로 대신했다. 친구가 겪은 마음고생이 이 정도였을 줄은 몰랐다.

"선황이 우리 집안뿐만 아니라 자네 집안까지 풍비박산을 냈군."

"어쩌겠나. 이제는 지난 일이지."

제프리는 친구와 자신의 차이를 실감했다. 자신에게는 지난 일이 아니다. 아직 현재였다.

"자네는 어찌 살았나?"

란델의 물음에 제프리가 비참했던 지난 세월을 회상했다.

두 사람은 새벽까지 서로의 근황을 묻고 답했다. 피차 괴로웠던 기억은 짧게 줄이고 건조하게 묘사했다. 이십 년이 넘는 시간을 담는 데에 고작 하룻밤조차 쓰지 못했다.

"란델. 우리가 마지막으로 본 날을 기억하나?"

"기억하지."

군사들이 흑암성에 밀어닥치기 며칠 전, 제프리가 백암성을 방문했다. 그날까지만 해도 란델은 장차 무슨 일이 벌어질지 몰랐다. 그날 제프리는 란델과 차 한 잔만 마시고 돌아갔다.

"그날, 물건 하나를 자네 집에 맡겨 두었네."

"음? 내가 뭘 받았던가?"

"아니. 자네에게는 말하지 않았어. 아마 누구도 모를 테지. 우리의 비밀 장소에 두었거든."

란델의 눈이 흔들렸다. 어린 시절 기억이 선명하게 떠올랐다.

두 공작가의 개구쟁이 도련님들이 함께 발견한 백암성의 비밀 장소. 표현은 거창하지만, 방의 용도가 바뀌면서 굴뚝을 막은 후 오랫동안 쓰지 않고 방치된 벽난로였다.

두 소년은 그곳에 자신의 소중한 물건을 숨겨 두었다. 남이 보기엔 쓸데없는 보물이었다. 구슬이라든지, 완벽히 탈피한 벌레의 겉껍질이라든지.

아케론 공작가 멸문 이후에는 옛 추억을 떠올리는 것조차 괴로워 아예 들여다보지 않았다.

"아직 그곳이 남아 있는지는 모르겠지만."

"있지, 있고말고."

"다행이군."

제프리의 표정과 말투는 감정의 기복이 거의 없었다. 그래서 란델은 대화하는 중에 이질감을 느꼈다. 제프리가 비밀 장소에 두었다는 그것이 중요한 물건인지 아닌지 가늠할 수 없었다.

"그게 뭔가?"

"나무함이라네."

"보다시피 내 다리가 이 모양이라서. 다른 사람을 시켜 찾아다 줘도 되겠나?"

"자네만 알았으면 좋겠군. 무리인가?"

"아, 아닐세. 내가 어떻게든 해 보지."

"고맙네."

가 보겠다고 돌아서는 제프리의 등 뒤에서 란델이 물었다.

"왜 내게는 말하지 않고 그곳에 두었나?"

제프리는 잠시의 침묵 후 대답했다.

"자네가 모르는 편이 안전하니까."

제프리는 돌아보지 않고 그대로 나갔다. 란델은 친구가 남긴 말을 곱씹었다.

'자네는…… 그걸 찾으러 왔군.'

제프리는 옛 친구가 그리워 백암성에 온 것이 아니었다. 그 나무함은 아주 중요하고 위험한 물건일 것이다.

* * *

일주일이 빠르게 지나갔다. 공작가에서는 두 귀빈을 극진히 대접했다. 손님맞이에 잔뜩 긴장했던 백암성의 사람들은 평온한 일상을 되찾았다.

백암성 뒤뜰의 기사 연무장.

퍽, 거센 발길에 걷어차인 기사가 나동그라졌다.

"으윽!"

우스가 연무장의 한복판에 의기양양한 표정으로 서 있었다. 우스를 둘러싼 주변에 기사 여럿이 바닥에 널브러졌다.

"이제 끝인가?"

엎어진 기사가 검으로 바닥을 짚으며 일어났다.

"아직 아닙니다."

"호오, 근성 좋네."

우스가 기사를 향해 오라고 손짓했다. 기사가 기합을 지르며 달려들었지만, 곧 다시 다리를 차여 넘어졌다.

며칠 전, 블레스 공작가의 기사들은 금단추의 기사 명성을 듣고 한 수 가르침을 청했다. 그런데 대상을 잘못 골랐다. 마틴이 아니라 우스였다.

우스는 상대의 착각을 알았지만, 모르는 척 도전을 받아 주었다. 그리고 반은 분풀이 삼아 신나게 날뛰었다. 막상 일을 저질러 놓고 속으로는 '아, 난 이제 죽었다.'라고 탄식했다.

그런데 공작가의 기사들은 노여워하지 않았다. 오히려 압도적인 우스의 실력에 경탄했다. 우스에게 가르침을 달라고 매달렸다.

「난 금단추의 기사가 아닌데? 그건 내 형제야.」

공작가의 기사들은 놀라워했으나 개의치 않아 했다. 그들은 명성보다 직접 본 실력을 믿는다고 말했다.

「난 고상한 검술은 몰라. 그냥 막싸움이 내 체질이라고.」
「실전 검술이군요! 배우고 싶습니다!」

우스는 '어어……' 하다가 어느새 공작가의 임시 검술 교사가 되어 공작가 기사들의 최고 귀빈으로 격상했다.

시에나와 쿤은 각자의 일에 몰두했다. 비교하자면 시에나가 더 바빴다. 시에나는 공작의 집무실에서 온종일 대화하고 자료를 참고하며 토론했다. 공작은 아낌없이 가르침을 주는 훌륭한 스승이었다. 시에나는 새로운 배움이 몹시 즐거웠다.

쿤은 밤낮없이 서고를 뒤졌다. 이틀 정도는 서고를 정리해서 자료를 찾아보기 좋게 분류하느라 많은 시간과 노력이 들어갔다. 그 후에는 비교적 여유로웠다. 보기 좋게 정리해 둔 책을 뒤적이기만 하면 되었다.

역시 그가 찾고자 했던 기록은 없었고, 다른 공작가 서고에서 그랬듯 쓸만한 고서나 챙겨야겠다고 생각했다. 그래서 사흘째부터는 그녀와 서고에서 데이트도 하고 백암성 구경도 하는 등 둘이 함께 보낼 시간을 기대했다.

하지만 그의 꿈은 와르르 무너졌다.

"전하께서는 어디 계시지?"

"공작님과 말씀 중이십니다."

시간이 지나서 다시 하인을 불러 물었다.

"공작님과 아직 말씀 중이십니다."

"……알았다."

오전이 다 지나가고 오후에 다시 하인을 불렀다.

"백작님과 외출하셨습니다."

"외출? 오늘도?"

쿤의 목소리가 저절로 커졌다. 하인이 눈치를 살피며 대답했다.

"예."

"어디를?"

"어디로 가셨는지는 저도 잘……."

"호위는 데려가셨나?"

"예. 호위 두 분도 함께 가셨습니다."

하인은 항상 시에나가 백암성을 나갈 때마다 함께 움직이는 길버트와 마틴을 그녀의 호위라고 생각했다.

해 질 무렵, 붉은 노을이 지평선에 걸렸다.

백암성의 철문을 지키는 병사는 목을 쭉 빼고 눈을 게슴츠레 떴다. 손을 위로 들며 안쪽으로 소리를 질렀다. 곧 거대한 철문이 열렸다.

잠시 후 말을 타고 달려오는 사람들이 다리 위에 모습을 드러냈다. 가장 앞에서 일행을 이끄는 사람은 여인이었다. 하나로 묶은 은발이 바람에 휘날렸다.

병사는 빠르게 스쳐 지나가는 미인을 넋 놓고 쳐다보았다. 고개가 저절로 따라 돌아갔다. 옆에서 동료가 툭 쳤다.

"어이, 정신 차려. 조심하라고. 저분이 누구신지 몰라서 그래?"

병사가 움찔 놀라 부르르 떨었다. 불경한 시선만으로도 크게 경을 칠 것이다. 그래도 평생 떠들 이야깃거리가 생겨서 즐거웠다. 살아생전에 제 두 눈으로 신족을 볼 날이 올 줄은 몰랐다.

시에나는 속도를 늦추지 않고 열린 문을 통과해 백암성 안으로 들어갔다. 백암성 앞뜰까지 들어가 말고삐를 당겼다. 다른 일행도 일제히 고삐를 당겨 말을 세웠다.

사람들이 모두 말에서 내렸다. 하인들이 말을 인계받아 마구간으로 향했다.

"오늘도 좋은 경험이었소. 블레스 경. 내 견문을 넓히는 데 몹시 도움이 되었소."

"만족하셨다니 다행입니다."

시에나는 백작과 함께 특용 작물 장려 사업지를 견학하고 돌아왔다. 오늘로 나흘째였다.

공작이 현재 진행 중인 정책을 몇 가지 소개했는데 그중 특용 작물 사업이 시에나의 눈에 띄었다. 시에나가 직접 보고 싶다고 하자 흔쾌히 승낙했다.

다만, 불편한 다리 때문에 공작이 동행할 수 없었다. 몹시 아쉬워하며 아들에게 임무를 넘겼다. 시에나와 백작, 그리고 호위들만 대동한 단출한 구성이었다.

시에나는 백작과 계단을 오르다가 멈칫했다.

"쿠……. 라드 후."

그녀는 활짝 웃을 뻔했다. 재빠르게 표정을 관리했다.

기둥에 기대어 서 있던 쿤이 팔짱을 풀었다. 눈이 마주친 백작과 쿤이 묵례로 인사를 나누었다. 쿤이 시에나에게 말했다.

"전하. 드릴 말씀이 있습니다."

백작은 시에나와 쿤을 번갈아 보다가 자리를 피해 주었다. '식사 준비가 끝나면 말씀드리겠습니다.'라는 말을 남기고 들어갔다.

"무슨 일이오?"

"장소를 옮기는 게 좋겠습니다."

쿤이 앞서 걸었고 시에나가 따라갔다. 길버트도 당연히 따라가려 했으나 옷을 붙드는 손에 잡혔다. 길버트가 고개를 돌렸다. 제 옷을 잡은 마틴의 손을 봤다가 그의 얼굴을 쳐다봤다.

마틴이 겸연쩍게 웃으며 손을 놓았다. 그리고 느릿하게 고개를 저었다. 아무 말도 하지 않았지만, 많은 의미가 담겼다.

길버트는 이미 저만치 멀어진 주인의 뒷모습만 응시했다.

"길버트 경. 우리는 들어가죠."

"어디 가시는지는 알아야……."

"저분들이 길을 잃으실까 봐요?"

"곧 식사 준비가……."

"한 끼 굶어도 안 죽어요."

"……."

길버트가 체념의 한숨을 내쉬었다. 그는 호위로서 주인의 안전을 책임질 뿐이다. 주인의 연애사가 아무리 걱정스러워도 관여할 자격은 없었다.

"……모르겠다, 나도."

길버트의 중얼거림을 용케 마틴은 알아들었다.

그도 같은 심정이기 때문이다. 마틴은 씩 웃으며 길버트의 어깨를 툭툭 두드렸다.

쿤은 안으로 들어가지 않고 백암성 주변을 끼고 돌았다. 앞뜰과 뒤뜰 사이의, 어떤 용도로도 활용하지 않는 사각지대에서 멈추었다.

이맘때는 저녁 식사 준비에 한창 바빴다. 원래 사람이 잘 오가지 않는 곳인데 지금은 특히 더 인적이 없었다.

"우리, 얼마 만에 보는 거지?"

시에나가 고개를 갸웃했다.

"오늘 점심 식사할 때 봤지."

"그런가? 왜 난 한참 만에 보는 기분이지."

"서고에 너무 오랫동안 들어가 있어서 그래. 가끔 바람은 쐬어 줘."

쿤은 물끄러미 그녀를 응시했다. 복잡한 기분으로 마른세수를 했다. 그녀의 표정은 이른 아침에 피어나는 꽃처럼 싱그러웠다. 시들시들한 자신과 아주 대조적이었다.

"요 며칠 어딜 다녀온 거야?"

"오늘은 사탕무 재배지."

"사탕무?"

"어제는 버섯숲에 다녀왔고, 그저께는……."

시에나는 며칠 동안 다녀온 특용 작물 재배지를 설명했다. 그녀는 재배지에서 봤던 인상 깊은 장면을 묘사하고 자신의 감상평도 덧붙였다.

따로 묻지 않았는데도 그녀의 말이 아주 길었다. 쿤은 시에나가 상당히 흥분한 상태라는 것을 눈치챘다.

"특용 작물에 관심이 있어?"

"남부의 내 봉토에서 재배하도록 유도해 볼까 해서. 그쪽이 근처가 암염 광산이라 땅이 거칠어서 곡물 농사가 잘 안돼. 블레스 공이 거친 땅에서도 잘 자라는 특용 작물 몇 가지를 추천해 줬거든."

쿤의 입매가 점점 느슨하게 풀렸다. 할 말 없게 만든다. 그녀에게 야속했던 자신의 속 좁은 마음이 부끄러웠다.

금색 눈동자가 반짝이는 그녀는 참 예뻤다. 한편으로 '그녀의 우선순위에서 나는 항상 밀려날지도 모르겠군.' 하는 생각이 들어 쓸쓸해졌다.

"나는 향삼이라는 약료 작물이 끌려. 거친 땅에서도 잘 자라지만, 정성이 많이 들어간대. 대신 수확하는 만큼 소득은 보장된다고 하니까."

"향삼. 괜찮지."

"웅? 알아?"

"값나가는 약재야. 그런데 말한 대로 정성이 많이 들어가. 거의 갓난아이 보살피듯 해야 돼."

시에나는 고개를 크게 끄덕였다. 공작이 했던 말을 그에게 다시 들으니까 아는 화제로 대화할 수 있어서 기뻤다.

"하지만 블레스 공이 가장 중요한 것은 얘기하지 않았나 보네. 향삼은 씨앗이 비싸. 초기 투자에 자본금이 많이 필요해. 씨앗 구하기도 녹록하지 않고."

"아……."

시에나의 표정이 시무룩해졌다. 힘이 빠진 어깨가 처졌다.

"어쩐지. 블레스 공의 추천 목록 중 가장 마지막이더라니."

"내가 구해 줄 수 있어."

시에나가 고개를 번쩍 들었다. 눈빛이 초롱초롱했다. 쿤은 터질 뻔한 웃음을 간신히 참았다. 감정 표현이 많지 않은 그녀가 실망과 기대를 선명하게 드러내는 모습은 안타깝고 귀여웠다.

약간 남아 있던 서운한 마음이 다 풀렸다. 1순위가 아니면 어떤가. 항상 2순위라도 좋다. 그녀의 이런 모습을 오직 자신만 볼 수 있다면.

"공짜는 바라지 않아. 적절한 대금은 지급할게."

"많이 비쌀 텐데……."

"내가 씨앗 값 정도도 감당 못 할까 봐?"

의기양양했던 시에나는 쿤이 말하는 가격을 듣고 동요하는 눈빛을 감추지 못했다. 심하게 흔들리는 그녀의 눈동자를 보며 쿤은 또다시 웃음을 꾹 참았다.

'습관 되겠네.'

"이렇게 하자. 내가 투자를 할게."

"……어떤 식으로?"

두 사람은 그 자리에서 머리를 맞대고 사업을 구상했다. 얘기는 길어졌고 얼추 협의가 끝났을 때는 시간이 꽤 지났다. 아무도 식사하라고 그들을 찾지 않았다.

움직이지 않고 가만히 서서 대화만 나누기에는 아직 바깥 날씨가 싸늘했다.

쿤이 찬바람에 스쳐 붉어진 그녀의 얼굴을 두 손으로 감싸 쥐었다. 손바닥에 닿는 그녀의 볼이 차가웠다. 시에나가 기분 좋게 눈을 감았다가 떴다.

"당신 손. 뜨거워."

시에나는 그의 손등을 자신의 손으로 덮었다. 손등조차도 그녀의 손바닥보다 따뜻했다.

"내 손은 차가운데. 당신은 체온이 높은 편인가 봐."

"그런가?"

"응. 여러 번 느꼈어."

"언제?"

"지금도 그렇고 전에는……."

키스할 때. 그의 피부에 맨몸으로 직접 맞닿았을 때. 시에나는 말을 잇지 못하고 시선을 내리깔았다.

쿤이 고개를 숙이며 기울였다. 서로의 입술이 닿는 것과 동시에 시에나는 눈을 감았다. 그의 손만큼 그의 입술도 뜨거웠다. 그녀의 얼굴을 쥐었던 손이 그녀의 허리를 감았다. 강한 힘으로 당겨진 몸이 그의 품에 밀착했다.

"응……."

미끄러지듯 들어온 그의 혀가 여린 점막을 훑자 그녀의 목에서 신음이 울렸다. 화이트칩에서 내린 이후 처음 하는 키스였다. 뜨거운 그의 혀는 순식간에 체온을 올려 주었다.

화이트칩을 타고 오는 내내 키스가 키스만으로 끝난 적은 한 번도 없었다. 이어지는 자극을 기대하는 몸이 빠르게 흥분하면서 아랫배가 욱신거렸다. 그의 품에 매달리듯 파고드는 그녀를 그가 더 힘을 주어 끌어안았다.

질척이는 소리가 흘러나왔다. 혀가 뒤섞이는 격렬한 키스가 오래 이어졌다. 쿤은 만족해서가 아니라 더는 위험해서 입술을 뗐다. 여기가 바깥이라는 것도 잊어버릴 것 같았다.

그녀의 입술에 가벼운 입맞춤을 몇 번 더 했다. 아쉬움과 미련이 묻어났다. 두 팔로 그녀의 등을 완전히 휘감아 꽉 안고 그녀의 어깨에 턱을 괴었다.

"시에나."

"응."

"내일도 나가?"

"가 보고 싶었던 곳은 오늘까지 다녀와서 아직 계획은 없어."

"돌아갈까?"

"수도로?"

"음."

"당신 일은 다 끝났어?"

"대충. 오늘 안으로 마무리가 돼."

시에나는 약 한 달의 일정을 비워 두고 출발했다. 공작령까지 오는 데 열흘, 돌아갈 기간의 열흘까지 합해도 아직 며칠의 여유는 있었다.

기왕이면 한 달을 꽉 채우고 싶은 것이 그녀의 솔직한 심정이었다. 이번 외유는 즐거웠다. 배운 것도 느낀 것도 많았다.

"더 있고 싶어?"

"아니야. 일이 끝났으면 가야지."

"그런데 미리 말해 둘게. 돌아갈 때는 올 때와 소요 시간이 다를 것 같아."

"얼마나?"

"배를 타는 기간이 사나흘은 더 걸리겠어."

"왜?"

"바람이 안 좋을 예정이거든."

시에나는 그의 말뜻을 가만히 생각해 보다가 속셈을 알아챘다. 주먹을 쥐어 그의 어깨를 탁, 쳤다. 쿤이 키득거리며 더 꽉 그녀를 안았다.

5장

어긋나다

밤이 이슥한 시각.

공작의 응접실에 오늘 밤도 어김없이 손님이 찾아왔다. 란델은 유난히 밝은 달을 창 너머로 바라보다가 문이 열리는 소리를 듣고 고개를 돌렸다.

"어서 오게."

제프리가 들어와 소파에 앉았다. 란델이 이동의자를 움직여 테이블로 갔다. 테이블에는 와인 한 병과 두 개의 잔이 있었다.

"작별 인사로 한 잔은 나눠야 하지 않겠나."

"자네, 마셔도 괜찮은가?"

제프리가 란델의 다리를 염려해서 물었다.

"과음만 하지 않으면 괜찮네."

란델이 마개를 열고 잔을 채웠다.

"우리가 처음 술을 마실 때가 생각나는군."

"아버지가 아끼시는 술을 땄다가 아주 혼쭐이 났었지."

두 사람은 옛 추억을 안주 삼아 술잔을 부딪쳤다. 지난 며칠간 그들은 매일 밤 만났지만, 하는 얘기는 매번 같았다. 과거를 회상하고 '그때는 그랬지.'를 반복했다.

두 사람이 나눌 수 있는 공통 화제는 그것뿐이었다. 오랜 세월은 친형제 같았던 친구 사이에 깊고 넓은 거리를 벌려 놓았다.

"지금 여기가 자네를 배웅하는 자리가 되겠군. 언제 또 볼 수 있겠나?"

"살아 있으니 언젠가 또 보지 않겠나."

"그렇군. 살아 있으니까……."

란델은 친구에게 묻고 싶은 것이 많았다. 황제가 진명으로 지시한 옛 사건의 조사는 어떻게 되어가는지, 아케론 가문은 복권될 것인지, 라드 후작과는 무슨 관계인지.

하지만 선뜻 물을 수가 없었다. 대화를 나눌수록 알던 그 사람이 아니라는 느낌을 받았다.

그래서 두 사람만의 비밀 장소에서 나무함을 찾아낸 후 열어 보지 않고 제프리에게 넘겨 주었다.

「안에 든 것을 보았나?」

「보지 않았네.」

그 말을 제프리가 믿었는지는 모르겠지만, 더 확인하려 들지는 않았다.

제프리는 와인 한 잔만 깨끗이 비우고 일어났다.

"건강하게."

"자네도."

응접실을 나와 닫힌 문 앞에서 제프리는 생각했다.

'말하는 편이 나았을까?'

란델에게 디안과 자신과의 관계를, 디안이 에디스의 아들이라는 사실을 알리지 않았다.

'아니지. 지금은 알릴 때가 아니야. 괜히 일을 그르칠 수도 있어. 란델은 이해해 주겠지.'

제프리는 닫힌 문을 바라보며 친구에게 마지막 말을 남겼다.

'란델. 나중에 잘 부탁하네. 디안의 힘이 되어 줘. 오늘 길에 자네의 영지를 봤다네. 윤택하더군. 역시 자네는 백부님의 아들이야. 자네라면 탐욕스러운 다른 자들과 다르게 디안에게 진정한 충언을 해 주겠지.'

조만간 이 말을 직접 친구에게 전할 수 있기를 바랐다. 제프리는 어두운 복도를 지나 자신의 방으로 향했다.

그를 지켜보는 그림자가 있었다. 제프리가 방으로 들어가는 모습을 확인한 그림자는 다른 곳으로 이동했다.

쿤은 창가에 서서 밤하늘을 바라보며 서 있었다.

작은 노크 소리를 듣고 고개를 돌렸다. 문이 열리며 마틴이 들어왔다.

"방으로 들어가시는 것까지 확인했습니다."

쿤은 고개를 끄덕였다.

"마틴."

"예."

"세상일은 참 재밌어. 항상 변수가 발생하지."

쿤이 소파에 앉았다. 그가 생각에 잠긴 동안 마틴은 기다렸다.

제프리는 첫날을 제외하고는 블레스 공작을 만나는 사실을 쿤에게 알리지 않았다. 쿤은 사람을 상대하는 원칙이 있었다. 믿음은 믿음으로, 불신은 불신으로.

"검은 집의 호위 단계를 변동한다."

"예."

"보호. 그리고 감시."

"……예."

지금껏 디안의 외숙은 보호 대상이었다. 하지만 앞으로는 철저한 감시의 눈이 따라붙을 것이다.

쿤은 결코 불씨를 남겨 두는 성격이 아니었다. 의혹을 품은 상대와 함께 가지 않는다. 디안의 외숙을 찾은 것은 선의였다. 하지만 세상을 살아 보니 유감스럽게도 선의가 반드시 선의로만 돌아오지 않았다.

디안의 외숙을 배제해야 할 가능성을 생각했다. 그리고 만약 디안이 받아들이지 못한다면.

'최악의 경우까지 염두에 둬야겠군.'

                            *   *   *

   아침 일찍 떠나기로 했다. 모든 짐을 싣고 준비를 마친 마차가 뜰
에 대기했다. 성대한 배웅 인파가 뜰에 모였다. 특히 눈에 띄는 자들
은 공작가의 기사들이었다. 그들은 우스가 떠나는 것을 아쉬워했다.

   공작은 어제 송별회를 겸한 성대한 저녁 식사를 대접하며 왜 벌
써 가느냐, 며칠 더 머물러라, 끈질기게 붙들었다. 공작의 권유를
그녀가 받아들일까 봐 쿤은 속으로 조마조마했다. 태연한 척 남몰
래 공작을 쏘아보았다.

   그리고 오늘 아침, 공작은 이동의자를 타고 뜰 앞까지 배웅 나왔
다. 공작가의 사람들은 적잖이 놀랐다. 공작은 절대 이동의자에 앉
은 채 백암성 밖으로 나온 적이 없었다.

   "블레스 공. 환대를 받으며 잘 지내다 갑니다."

   "전하. 이렇게 가시면 또 언제 뵐 수 있겠습니까."

   "기회가 닿으면 또 오겠습니다."

   "약속하신 겁니다."

   "공께 많은 것을 배웠습니다. 고맙습니다."

   "저는 그저 되는 대로 물을 퍼부었을 뿐입니다. 전하의 그릇이
워낙 크니 전부 담으신 것이지요."

   양측의 사람들은 기이한 표정으로 애절한 작별 인사를 나누는
두 사람을 구경했다. 일부 사람은 '혹시 두 분이 부녀지간이었나?'
라고 생각했다.

   시에나는 공작의 친근한 태도가 어색하면서도 싫지 않았다.

그녀의 주변에 공작처럼 스스럼없이 구는 어른이 없었다.

"그리고 전하. 제가 일전에 드린 말씀은 그저 농담이 아닙니다. 진지하게 생각해 주십시오."

시에나는 대답 없이 미소만 지었다.

"그만 출발하셔야지요. 이러다 일정에 차질이 생기겠습니다."

백작이 보다못해 나서서 아비지를 말렸다.

"그럼 하루 더 묵으시고 가면 되지!"

공작은 도리어 큰소리쳤다.

어쨌든 무사히 마차는 출발했다. 마차의 모습은 금방 보이지 않게 되었지만, 공작은 들어가자는 말이 없었다. 공작가의 사람들은 공작의 낯선 모습이 그저 신기했다. 공작은 자신의 가족에게는 한없이 자상하지만, 타인에게는 쉽게 마음을 주지 않았다.

"아들아."

"예. 안으로 모실까요?"

곁에 말없이 서 있던 백작이 반색했다.

"오냐. 들어가자."

백작이 이동의자를 밀었다.

"아들아."

"예."

"우리도 수도 생활을 해 볼까?"

"예?"

공작이 껄껄 웃었다.

　　　　　*　　　*　　　*

　달리는 마차 안에서 시에나는 공작이 남긴 말을 떠올리며 피식
웃었다.

　이틀 전의 일이었다. 언제나 마찬가지로 시에나는 공작의 집무
실에 있었다. 공작이 야심 차게 기획 중인, 빈민 구제 사업에 관해
이야기를 듣고 의견을 나누었다. 잠시 차를 마시며 쉬다가 공작이
느닷없이 말했다.

　「전하. 불쑥 이런 말이 불편하실지는 모르겠지만, 파혼 소식을
들었습니다.」

　「지난 일입니다.」

　「새로운 약혼자 감으로 점찍은 자가 있으십니까?」

　「……글쎄요.」

　「제 아들놈은 어떻습니까?」

　「예?」

　「막내아들이 지난달에 성년이 되었습니다. 나이도 비슷하고.
전하보다 한 살이 어리지만, 그게 문제가 되겠습니까. 그 녀석이
제 아들이라서 하는 말이 아니라, 일곱 녀석 중에서 생긴 게 가장
번듯합니다. 성품도 괜찮아요.」

　시에나는 찻잔을 들고 웃었다. 그녀의 혼인은 몹시 예민한 문제
였다. 이런 식으로 대놓고 중매 서겠다는 사람은 처음이었다.

더구나 제 아들을 들이미는데도 '청왕 자리를 노리는구나.'라는 생각이 들지 않아 신기했다.

「만나 보시겠습니까? 허어. 그 녀석이 지금 성에 없어서 참 안타깝네요. 하여간, 운이 없지. 그 녀석 문제가 딱 하나 있습니다. 다이밍을 못 맞춥니다. 모처럼 진수성찬을 차리는 날에는 꼭 늦게 들어 와서 제 형들에게 다 뺏기더군요. 그래도 웃는 속 없는 녀석이에요.」

아들을 칭찬하는 건지, 험담하는 건지.
시에나는 웃음을 터뜨렸다.

「농담 아닙니다. 전하. 제 아들놈 데려가시고 덤으로 블레스 가문도 얻으시지요.」

그 말에는 웃을 수 없었다. 공작의 말을 회상하던 시에나의 얼굴에서도 웃음이 사라졌다.
그녀는 창밖을 응시했다. 미루었던 문제가 무겁게 다가왔다.
'철왕은 블레스 가문의 혈통이 아니야.'
꿈에서 들은 내용은 진실이 아니었다. 그녀에게 악을 쓰던 꿈속 어머니의 모습이 스쳐 지나갔다.

「그자는 파렴치한 도둑이에요. 황상의 제위를 비열한 수법으로

갈취한 자란 말입니다!」

어머니의 말이 사실이었던 걸까. 철왕은 거짓된 술수로 황위를 가져간 것일까.

시에나는 꿈을 계기로 편견을 버리고 철왕을 보기 시작했다. 마음을 열었더니 몰랐던 모습을 발견했다. 완벽한 사람은 아니지만, 장점이 많았다.

하지만 그건 어디까지나 철왕이라는 사람이 진실하다는 것을 전제로 했다.

만약 철왕이 비열한 술수를 부려 계승 서열을 올리고 오직 그 이유만으로 황제가 된다면 그것은 납득할 수 없다.

'거짓말쟁이에게 제국을 맡길 수는 없어.'

순리가 아니며 신의 뜻도 아니다. 그렇다면 철왕과 맞서서 끝까지 싸우겠다.

'아무래도 이대로는 안 되겠어. 싸우든 싸우지 않든. 내게 무기가 필요해.'

가장 강력한 무기로 생각했던 리먼 가문과 어머니는 배제해야 한다.

'그쪽에 의지하면 오히려 내게 독이 될 거야.'

꿈속 황제처럼 무력해질 것이다. 누가 진실을 말하는지 거짓을 말하는지 구별하지 못하고 우왕좌왕하겠지. 믿을 수 있고 힘도 되어 줄 수 있는 아군이 필요했다.

이번 여행으로 마음이 끌리는 한 사람을 만났다.

'블레스 공······.'

현재 어디에도 속하지 않은 유일한 공작이었다.

수도에 기반이 없다는 것은 단점이지만, 장점이기도 했다. 누구와도 결탁하지 않은, 새로운 세력을 구축할 수 있을 것이다.

'블레스 공이 그런 제안을 괜한 농담으로 할 리는 없으니. 조만간 무슨 말이 있겠지.'

미래는 아는 자의 여유일까. 시에나는 조급한 마음이 들지 않았다. 지금 신경 쓰이는 점은 따로 있었다. 몇 년 안으로 새로운 황제가 즉위할 가능성이다.

'폐하의 신변에 무슨 일이 생기는 걸까?'

중요한 사실을 간과하고 있었다. 다음 황제가 철왕이라는 미래에만 집중하느라 즉위 시기를 미처 생각하지 못했다.

꿈과 현실은 이미 상당히 달라졌다. 하지만 역사를 관통하는 거대한 흐름은 형태만 바뀔 뿐 변함이 없었다.

꿈에 나왔던 페로 왕국이 현실에서는 페로 연합국이 되어 등장한 것처럼 황제의 죽음도 비껴갈 수 없는 역사의 축이 아닐까.

'그렇다면 황제가 된 철왕의 죽음 역시 거스를 수 없는 흐름일까?'

시에나는 한숨을 쉬며 고개를 내저었다.

'나중 일은 나중에 생각하자.'

황제는 아직 정정했다. 국정 운영의 대부분을 직접 지휘했다. 변란은 상상할 수 없다. 황제의 호위는 철통같고 황실의 권위는 굳건했다. 황제가 잘못되는 이유는 오로지 황제 자체의 문제일 것이다.

'만약 폐하의 건강에 문제가 있어도 절대 공론화하지 않겠지.'

황제의 병환은 제국을 불안하게 하는 가장 큰 요인이다. 시에나 자신이 황제의 입장이라도 숨길 수 있을 때까지 숨길 것이다.

'어쨌든 폐하에 관한 일만은…… 내가 할 수 있는 일이 없구나.'

뜬금없이 황제를 찾아가 건강에 관해 여쭐 수도, 조심하시라고 당부할 수도 없었다. 가슴이 답답했다. 아는 것이 오히려 병이 된다는 말뜻을 알겠다.

＊　　＊　　＊

손님을 배웅한 후 공작가 사람들은 손님들이 머물던 방을 청소했다. 그리고 본래 그 방에 없었던 낯선 나무함을 발견했다. 제프리가 묵었던 방이었다.

"어머나. 손님께서 물건을 두고 가셨네."

하녀는 바로 집사에게 전달했다.

부두로 귀환하는 마차 여행의 첫날 밤.

첫날부터 운이 좋았다. 방이 많은 큰 집을 하룻밤 빌릴 수 있었다. 블레스 공작령에서는 괜찮은 잠자리 찾는 일이 비교적 수월했다.

쿤은 마틴이 가져온 낡은 나무함을 유심히 들여다보았다. 공작가의 기사가 다급히 뒤따라와서 잊고 가신 물건이라며 건네준 것이다.

"우리 물건이 아니라 이거지."

"예. 짐을 꾸린 자들에게 모두 보여 주고 확인했습니다. 수도에서 짐을 쌀 때는 없었다고 합니다."

"공작가 기사가 안은 원래 비었다고 말했고?"

"예."

"크기와 구조를 봐서는 편지함 같은데……."

투박했다. 문양이 없는 밋밋한 질감에 재질도 평범하고 비밀스러운 이중 구조도 없었다. 귀족가의 집사도 이보다는 고급 제품을 쓴다.

쿤은 편지함을 쥔 채 생각에 잠겨 있다가 일어났다.

"따라와."

쿤은 제프리를 만나러 갔다.

"제가 미처 신경을 쓰지 못한 일이 뒤늦게 생각났습니다. 블레스 공작님과 친우라고 하셨지요. 한 번의 만남으로는 아쉬움이 많으셨겠습니다. 작별 인사를 나누실 자리를 따로 마련해야 했는데 배려가 부족했습니다."

쿤은 제프리가 솔직하기를 바랐다. '사실은 친구를 몇 번 더 봤네.'라는 한마디로 충분했다.

"살아 있다는 안부 인사를 전했으면 된 거지. 아쉬워야 다음 만남이 더 반갑지 않겠나."

제프리가 밤마다 블레스 공작을 만난 것. 어찌 보면 별것 아니다. 하지만 어떤 사소한 일도 숨기면 사소하지 않았다.

"그렇게 말씀해 주시니 제 마음이 가볍습니다."

쿤이 제프리의 거짓말을 확신한 순간부터 상황이 달라졌다.

쿤의 머릿속에는 모든 계획을 망라하는 커다란 그림이 있었다. 그림은 한순간도 완벽한 적이 없었다. 항상 수정하고 다듬었다.

최근에 대대적인 변동이 있었다. 거의 끼워 맞춘 그림을 뒤집게 만든 변수는 시에나였다.

그리고 지금. 쿤은 새로운 변수를 발견했다. 내버려 두면 아예 그림을 망칠 거라는 예감이 들었다. 쿤은 즉시 수정에 들어갔다.

"어르신께 양해를 구할 일이 있습니다."

쿤은 제프리에게 화이트칩이 아닌, 또 다른 소형 쾌속선을 이용해서 수도로 귀환하지 않겠느냐고 물었다.

"내게는 다른 배를 타고 가라?"

"아, 강요는 아닙니다. 선택권을 드리는 겁니다."

"이유는?"

"돌아가는 일정은 느긋하게 잡을 예정입니다. 제 임의로 결정한 일이라 어르신께서는 탐탁지 않으실 수 있으니까요."

"내게 하루 이틀의 시간은 큰 의미는 없지. 대체 얼마나 차이가 나는가?"

"어르신께서 다른 쾌속선을 타고 가시면 저보다 사나흘은 이르게 수도에 도착하실 겁니다."

"사나흘이나? 대체 무슨 이유로?"

"이유는 짐작하실 것 같습니다."

쿤이 미소 지었다. 소풍을 앞둔 아이처럼 들뜬 기색을 여지없이 드러냈다.

"은왕과 뱃놀이를 하겠다?"

"이런 기회가 다시 올지는 알 수 없으니까요."

제프리는 싸늘하게 식는 속마음을 감추었다. 허허롭게 웃었다.

"젊은 연인의 즐거움을 방해할 수야 있나."

"방해라니요. 당치 않습니다."

"군식구가 있는 것과 없는 것은 또 다르지. 그럼 나는 먼저 가겠네."

"그럼 준비하라고 연락해 두겠습니다."

"누가 나와 가는가?"

제프리는 쿤의 뒤에 서 있는 마틴을 흘끔 봤다.

"마틴이 편하시다면 데려가십시오."

"아닐세."

제프리의 거절은 미묘하게 단호했다. 쿤이 먼저 가라는 말을 꺼냈을 때부터 제프리의 머릿속은 바쁘게 회전했다.

"혼자 움직이는 나를 눈여겨볼 자는 없겠지. 자네와 다니는 것보다는 오히려 안전할 거네."

"호위에는 빈틈이 없도록 하겠습니다."

"그건 자네가 알아서 하리라 믿네. 호위 문제는 지금껏 자네가 잘 해 주었으니까. 그리고 난 돌아가자마자 디안을 만나려 하네. 그 녀석을 안 본 지가 꽤 되었어."

"예. 찾아뵈라는 전언을 철왕궁에 보내라고 하겠습니다."

"아니, 디안이 굳이 나올 건 없지. 결혼 후 주변에 보는 눈도 더 많아졌을 테고. 내가 들어가겠네."

"입궁하시겠다는 겁니까?"

"어렵나?"

"제가 어르신을 모시고 함께 들어가는 것이 가장 좋습니다만……. 괜찮으시겠습니까? 어르신 혼자 입궁하시게 했다고 나중에 디안이 제게 한마디 할지도 모르겠습니다."

"디안에게는 내가 잘 말해 두겠네."

"정 그러시다면. 지시해 두겠습니다."

제프리와 대화하는 내내 쿤은 마음이 딴 데 간 사람처럼 빈틈이 있었다.

상대의 방심을 유도하는 행동이라는 것을 마틴은 알지만, 제프리는 몰랐다.

'허어. 자네 같은 사내도 여자에게 홀리면 정신이 나가는군.'

쿤의 의도대로 제프리는 단단히 오해했다.

'마침 잘 됐군. 후작 모르게 폐하를 뵈어야겠어.'

대화를 끝내고 제프리의 방에서 나오는 쿤의 얼굴에서 웃음기가 사라졌다.

마틴은 쿤의 뒤를 말없이 따라갔다. 다시 방으로 돌아온 쿤은 탁자 위에 올려 둔 나무함을 물끄러미 쳐다봤다.

"마틴."

"예."

"검은 집에 안톤을 들여보내라고 연락해."

"예."

안톤은 남다른 재주가 있었다. 눈에 담은 광경을 그림 그린 것처럼 기억했다. 수백 권이 꽂힌 책장에서 책 한 권의 위치만 바꾸어도 단번에 찾아낼 수 있었다.

그리고 안톤은 겉보기에 어리숙했다. 말도 어눌하고 자잘한 실수도 잦아 상대가 방심했다.

"내가 수도에 없다는 사실이 그분 마음을 느슨하게 만들 거다. 그 며칠뿐이니까 뭐든 찾아내라고 해."

"예."

쿤은 나무함을 집어 들고 픽 웃었다.

"고작 이것을 기사가 몇 시간을 말을 달려 따라와 가져다주다니. 그리고 비싼 물건이 아닌 덕분에 내 손에 들어왔군. 여러모로 재밌네."

"예?"

"이 나무함을 가져다준 것을 블레스 공작은 모를 거다. 아랫사람들이 충성심으로 한 행동이지."

"예?"

"블레스 공이 이걸 봤다면 그냥 처분했겠지."

마틴이 여전히 알 수 없다는 알쏭달쏭한 표정을 지었다.

"마틴. 어르신께서 블레스 공작과의 만남을 왜 숨겼을까? 내게 알리고 싶지 않은 일이 있었던 거다. 대화 내용이든, 주고받는 물건이든."

쿤이 편지함을 시선 높이로 들어 올렸다.

"이게 그거야. 아마 원래 주인은 블레스 공이었겠지?"

"아……."

"함에 들어야 할 것이 비었으니 내용물은 어르신께서 챙겼겠군."

과연 무엇이 들어 있었을까.

제프리는 그리운 옛 친구인 블레스 공작을 만나고 싶어 여행에 동행한다고 했다. 두 사람이 친구가 맞을 것이다. 쿤은 조사를 통해 블레스 가문과 아케론 가문이 무척 가깝게 왕래했던 사실을 확인했다.

하지만 지금껏 쿤이 지켜본 제프리는 고작 친구의 얼굴을 보자고 이 먼 길을 움직일 열정 넘치는 사람이 아니었다. 분명히 목적이 있었다. 그리고 그 목적은 이 편지함 속의 어떤 물건이 틀림없다.

'아주 중요한 물건이겠지.'

제프리의 허술한 면을 발견한 것이 흥미로웠다. 태생이 귀족 도련님의 빈틈은 고난의 세월로도 채울 수 없는가 보다.

'나였으면 이런 증거물은 남기지 않아. 벽난로에 던져 태워 버렸을 텐데.'

아마 제프리는 편지함을 공작가에서 가져다줄 거라고는 생각도 못 했을 것이다.

마틴이 쿤의 눈치를 조심스레 살피다가 물었다.

"한데 쿤. 비싼 물건이 아닌 덕분에 얻었다는 말씀은 무슨 뜻입니까?"

"음? 아……. 처음 이 함을 발견한 사람은 방을 정리하던 하녀였겠지. 하녀는 집사에게 넘겼을 테고. 그리고 집사가 보기에 가치 있는 물건이 아니거든. 그 집사를 발터라고 생각해 봐. 발터는 어떻게 했을 것 같나?"

"아마…… 물건의 주인이 도로 찾으러 올 때까지 보관하겠지요."

"내게 보고할까?"

"안 할 것 같습니다."

"그런데 공작가의 집사는 주인에게 알리지 않아도 무방한 가치 없는 분실물이라고 생각했으면서 군이 기사를 통해 먼 길을 따라가 갖다 줬어. 왜일까?"

마틴이 생각하다가 고개를 저었다.

"그건 모르겠습니다."

"공작가 사람들은 공작을 존경해. 충성스러운 자들이야. 존경하는 공작님의 귀한 손님께 낡은 나무함을 가져다주는 수고를 자발적으로 할 만큼. 이 나무함을 받은 공의 반은 우스에게 있다."

"우스요?"

"그 녀석이 기사들에게 인심을 얻었으니 기사가 기꺼이 가져다준 거야. 나가는 길에 우스 들어오라고 해. 잘한 건 잘했다고 해야지."

"예."

대답하며 마틴은 가볍게 웃었다. 한동안 어깨에 잔뜩 힘이 들어갈 우스를 생각하니 짜증이 나면서도 웃음이 나왔다.

"그럼 나머지 반의 공은요?"

"누구겠냐. 블레스 공의 최고 귀빈이지."

쿤이 투덜거렸다.

"대체 블레스 공은 은왕을 온종일 붙들고 뭘 한 거야? 내가 서고에 박혀 있는 동안 두 사람이 단짝이 되었던데."

"그야…… 저는 모르지요."

"그 노인네 눈빛이 영 마음에 안 들어."

'그냥 은왕께서 그분과 친해진 것이 마음에 안 드는 게 아니라
요?'

마틴은 대꾸 없이 서 있다가 슬그머니 방에서 나왔다.

*   *   *

사흘의 마차 여행이 끝나고 부두에 도착했다. 저물녘 부두에는
화이트칩이 정박해 있었다.

쿤과 시에나가 먼저 배에 올랐다. 그 뒤로 기사들이 따랐다. 이
후 마차에서 짐을 내려 싣는 일꾼들이 움직였다.

화이트칩이 출발한 얼마 후 부두에 소형 쾌속선이 들어왔다. 아
까부터 서 있던 마차의 문이 열리고 마른 체형의 노인이 내렸다. 마
차는 시에나의 일행과 함께 부두에 도착했으나 아무도 내리지 않고
내내 서 있었다.

제프리는 마중 나온 사람들과 쾌속선에 올랐다. 오르는 사람도,
짐도 얼마 되지 않기에 승선 과정은 금방 끝났다. 곧 쾌속선이 출발
했다.

시에나는 감회에 젖어 다시 들어온 선실의 침실을 둘러보았다.
집에 돌아온 기분이 들었다. 고작 며칠 지냈을 뿐인데.

"전하."

"들어오라."

시녀들이 가져오는 물건을 보고 시에나의 눈이 커졌다.

"그게 무엇이냐?"

철골로 뼈대를 만들고 천을 덧씌운 구조물은 고급 의상실에서 쓰는 드레스용 옷걸이였다. 연보라색의 드레스를 옷걸이에 입혔다. 밑바닥에 달린 바퀴를 굴려서 시녀들은 시에니의 눈앞까지 끌고 왔다.

"후작님께서 보내셨습니다."

"왜?"

"특별한 저녁 식사 자리를 마련하셨다고 합니다. 전하께 보내드리는 초대장이라고 하셨습니다."

시에나가 드레스를 전체적으로 훑었다. 손을 뻗어 섬세한 레이스로 장식한 소매를 만졌다. 그녀는 피식 웃었다.

"거창한 초대장이구나."

항상 최고의 드레스만 입었던 그녀의 심미안은 높았다. 준비된 드레스는 그녀의 기준을 무난히 통과했다.

드레스는 맞춘 것처럼 그녀의 몸에 꼭 맞았다. 가슴선이 옆으로 넓게 파였다. 어깨와 빗장뼈가 살짝 드러났다. 가슴과 소매 끝에 퍼프 효과를 넣었고 허리는 곡선이 드러나도록 붙었다. 그래서 허리가 더 가늘어 보였다.

그녀가 마무리로 레이스 장갑을 끼는 도중에 바깥에서 문을 두드렸다.

"전하."

쿤의 목소리였다. 시에나가 시녀에게 고개를 끄덕였다. 시녀가 쪼르르 달려가 문을 열었다.

쿤은 안으로 들어왔다. 그 또한 차려입었다. 당장 성대한 연회에 나가도 손색없을 성장 차림이었다. 그는 한걸음 들어오자마자 멈추었다. 시에나만 바라보며 굳은 듯 서 있었다. 아무 말도, 움직임도 없었다.

후작의 뜨거운 시선은 시녀들을 민망하게 만들었다. 시녀들의 고개가 점점 아래로 떨어졌다. 슬금슬금 옆걸음으로 침실을 빠져나가 자리를 피해 주었다.

오직 그녀만 보인다는 듯, 황홀하게 넋 나간 남자의 눈빛은 시에나의 기분을 우쭐하게 했다. 그녀는 항상 우러러보는 주변의 시선을 당연하게 받았지만, 그의 눈빛은 달랐다. 심장이 반응했다.

"숙녀가 준비하는 동안은 기다려야지. 문을 두드리는 것은 예의가 아니야."

쿤이 천천히 그녀에게 다가갔다. 그녀의 손을 쥐며 허리를 숙였다. 레이스 장갑으로 덮은 손등에 입을 맞추었다.

시에나는 그의 정수리를 내려다보며 숨을 삼켰다. 장갑 없이 그의 입술이 직접 닿은 것처럼 손등이 뜨거웠다.

쿤이 고개를 들었다. 시에나를 바라보며 부드럽게 웃었다.

"무례를 용서하십시오. 간절히 바라옵건대 저녁 식사 초대에 응해 주시겠습니까?"

시에나가 그를 쳐다보며 눈을 깜빡거렸다. 의아해하며 고개를 짧게 끄덕였다.

"가실까요?"

쿤이 그녀의 옆에 서서 팔을 내밀었다.

시에나는 그의 팔에 손을 얹었다. 갑자기 정중한 예의를 차리는 그가 이상했다.

"이건 지금 뭐 하는 건데?"

"음. 시에나. 협조 좀 해 줘."

"뭘?"

"당신을 안고 저기로 방향 바꾸고 싶은 걸 참고 있거든."

쿤이 눈으로 슬쩍 가리키는 방향에는 침대가 있었다. 그의 시선을 따라갔던 시에나가 다시 고개를 옆으로 돌렸다. 마주친 그의 눈동자 속에 기대감이 엿보였다. 시에나가 고개를 끄덕이면 당장 그녀를 안아 들고 침대로 직행할 것 같았다.

시에나는 생긋 미소 지었다.

"초대에 감사하오. 라드 후."

"······영광입니다."

대답하는 목소리에 힘이 빠졌다. 시에나는 그의 에스코트를 받아 침실을 나가며 웃었다. 한숨처럼 내뱉는 그의 숨소리를 듣고 시에나의 웃음소리가 좀 더 커졌다.

선실을 나와 복도를 걸었다. 갑판으로 올라가는 계단부터 양쪽에 조약돌 크기의 빛돌을 깔아놓았다. 계단에 등을 꺼두었지만, 빛돌이 은은한 빛으로 가야 할 길을 알려 주었다.

빛돌은 낮에 빛을 흡수하고 밤에 흡수한 빛을 뿜어내는 특수한 돌이다. 그리고 돌마다 약간 성질이 달라 빛의 색이 조금씩 차이가 있었다.

붉은색, 노란색, 녹색, 주황색. 가지각색으로 빛나는 빛돌의 길을 따라 두 사람은 갑판으로 올라갔다.

'아…….'

시에나는 갑판에 펼쳐진 광경을 보며 감탄했다. 미소가 절로 지어졌다. 갑판 위가 온통 색색의 빛돌로 가득했다.

갑판의 넓은 중앙에 식사 테이블이 준비되었다. 테이블 주변에는 등을 세워 오직 그 부근만 환했다. 두 사람이 등장할 때부터 악사들이 잔잔한 곡을 연주했다.

시에나는 그가 잡아 주는 의자에 앉았다. 주변을 한 번 둘러보았다.

밤하늘은 까만 융단에 작은 보석이 박힌 듯 별이 촘촘했다. 강물은 모든 것을 집어삼킬 것처럼 새카맣게 어두웠다.

어둠의 망망대해 위에 빛에 둘러싸인 작은 섬 위에 오른 기분이 들었다. 배에 부딪혀 물살이 부서지는 소리마저도 음악이 되었다.

"마음에 드십니까?"

시에나는 그를 향해 활짝 웃었다.

"아마 평생 오늘을 절대 잊지 못할 거요."

쿤이 시에나를 잠시 바라보다가 말했다.

"최고의 극찬이군요. 부디 준비한 요리도 입맛에 맞으시기를 바랍니다."

며칠 사이에 날씨가 부쩍 따뜻해졌다. 완연히 봄이었다. 불어오는 강바람마저 포근했다. 요리는 나무랄 데 없이 훌륭했고 몽환적인 분위기는 더욱 입맛을 돋웠다.

식사를 마친 후 두 사람은 갑판 위를 거닐며 산책했다. 날씨 등 무난한 화제로 대화를 나눴다.

완벽한 저녁이었다.

*   *   *

늦은 저녁의 태양궁은 인적이 없었다. 궁인들이 일과를 거의 마무리할 시간이었다. 번을 서는 자들을 제외하면 대부분 처소로 돌아갔다.

파티마는 어둑어둑한 태양궁의 복도를 걸었다. 시녀가 한걸음 앞서서 파티마를 안내했다.

복도의 벽에는 사람 머리 크기의 둥근 돌이 일정한 간격으로 박혀 있었다. 파티마가 빛돌을 지나칠 때마다 그녀의 그림자가 짧아졌다가 길어지고, 또 짧아졌다.

'저렇게 큰 빛돌은 처음 봐.'

빛돌은 크기가 클수록 값이 제곱으로 뛰었다. 손가락 크기의 빛돌 가격이 은화 한 개라면 두 배 크기의 빛돌은 은화 네 개를 줘야 한다. 저 크기의 빛돌이면 가격은 둘째 문제이고 구하는 일조차 어려울 것이다.

'밝을 때 왔으면 좋았을걸.'

파티마는 처음 와 본 태양궁을 제대로 구경할 수 없어서 유감이었다. 까마득히 높은 천장은 어두운 그림자에 잠겨 잘 보이지 않는데도 장엄함이 느껴졌다.

목적지에 도착했다. 시녀가 걸음을 멈추었다. 굳게 닫힌 문을 향해 고했다.

"손님을 모셔 왔습니다."

잠시 후 문이 열렸다. 파티마는 시녀와 안으로 들어갔다. 문의 안쪽은 또 다른 작은 복도였다. 어디로 이어지는지 알 수 없을 여러 개의 문이 또 있었다.

"잠시만 기다려 주십시오. 말씀 올리겠습니다."

시녀는 가장 화려한 문을 열고 들어갔다. 오래 기다리지 않아 시녀가 다시 나왔다.

"안으로 모시겠습니다."

파티마는 심호흡을 한번 하고 시녀가 안내하는 화려한 문으로 들어갔다. 고풍스럽게 꾸며 놓은 응접실의 중앙에 큼직한 소파가 있었다.

소파에 앉아 있는 귀부인을 보자마자 파티마는 시선을 내렸다. 치맛자락을 잡고 무릎을 굽혔다.

"적왕께 인사 올립니다."

서늘한 눈매로 파티마를 위아래로 훑은 패트리샤가 고혹적인 눈웃음을 지었다.

"어서 오시오. 파티마 공주. 늦은 시각의 내 초대에 응해 주어 고맙소. 본디 중요한 이야기는 밤에 나누는 법이거든."

선실 침실로 돌아와 시에나는 편한 옷으로 갈아입었다. 침실에서 나온 그녀는 당황했다. 응접실이 텅 비었다. 당연히 있을 줄 알았던 쿤이 없었다.

그녀는 응접실 소파에 앉아 책을 펼쳤다. 책장을 넘기던 그녀가 고개를 들었다. 닫힌 그의 침실 문을 바라보았다.

'아무래도 침실에 쿤이 없는 것 같아.'

그녀의 시선이 응접실 출입문 쪽으로 돌아갔다.

'바쁜 일이 있나?'

그녀가 책을 한 권 다 읽을 때까지 그는 오지 않았다. 시에나는 시녀를 불러 목욕 준비를 지시했다. 시녀들이 큰 욕조 가득히 따끈한 물을 담아 가져왔다.

욕조에 몸을 담근 그녀의 머릿속에는 그의 생각만 가득했다. 따로 그와 약속한 것은 없었다. 식사 후 뭘 하자고 계획하지도 않았다. 하지만 그의 무소식이 은근히 신경 쓰였다.

먼젓번에 화이트칩을 타고 이동하는 동안, 그는 귀찮을 정도로 곁에 붙어서 떨어지려 하지 않았다. 왜 그때와 다를까.

'무슨 일이지?'

시녀들을 시켜 알아볼 수 있지만, 고작 몇 시간 보지 못했다고 유난스럽게 굴기는 싫었다.

목욕 후 시에나는 다시 책을 들고 응접실로 나갔다. 시간이 흘렀다. 마지막 페이지에서 그녀의 눈동자는 한참을 움직이지 않았다.

"후우……."

그녀는 작은 한숨을 내쉬며 탁, 소리 나도록 책장을 덮었다. 시계를 봤다. 거의 자정에 가까웠다.

'들어가 자야겠다.'

속이 좀 꼬였다. 침실로 들어가면서 문을 잠가 버릴 생각이었다. 그녀가 막 소파에서 일어났을 때 응접실 문이 열렸다. 들어오는 쿤과 눈이 마주쳤다.

쿤이 겸연쩍게 웃었다.

"자는 줄 알았는데."

그의 목소리에 어쩐지 힘이 없었다. 새치름했던 시에나의 표정이 걱정스럽게 변했다.

"무슨 일 있어?"

그의 모습을 살피다가 그의 왼손에 감긴 붕대를 발견했다. 그녀가 놀라 눈을 크게 떴다.

"손은 왜 그래?"

"아……."

쿤이 제 손을 들여다보았다.

"다쳤어?"

"약간."

"왜?"

시에나가 그에게 다가갔다. 붕대로 감긴 그의 왼손을 조심스레 만졌다.

"녀석들하고 대련하다가."

"녀석들?"

"마틴, 우스."

시에나는 그제야 그의 머리카락이 축축하게 젖은 것을 발견했다.

"갑자기 웬 대련이야? 이 시간에, 더구나 배 안에서."

"흑검 때문에. 방음실에 너무 오래 내버려 뒀어. 전에 말했지만, 흑검이 제대로 싱질부리면 골치 아프거든. 그 단계로 가기 전에 풀어 주려면 제대로 한 번 휘둘러 주는 게 제일 좋은 방법이라서."

"그래서 대련 중에 다친 거야? 일반적인 주종 관계와 다르다 해도 칼리 경 형제는 당신 수하잖아. 어떻게 당신을 다치게 만들어?"

"녀석들 때문에 다친 게 아니야. 당신을 처음 만났을 때 했던 말 기억해? 뽑으면 피를 봐야 한다고."

"아아……. 그럼 그날처럼 당신이 스스로 상처를 냈어?"

"그 녀석들을 벨 수는 없잖아."

"못쓰겠네. 그건 마검이 맞아. 무기가 주인을 해치는 경우가 어딨어? 치료는 제대로 했어? 붕대를 감을 정도면 많이 다친 거지?"

언짢아하며 인상을 쓰다가 걱정스레 묻는 그녀를 가만히 바라보던 그가 웃었다. 이 정도 생채기에 걱정해 주는 사람은 지금껏 아무도 없었다.

"깊은 상처는 아니야. 땀이 많이 나서 씻었더니 피가 멈추지 않더라고. 지혈하느라 감았어."

"세상에! 당연하지! 그런 무식한 짓을!"

시에나가 버럭 소리쳤다. 그녀에게 야단맞으니 쿤은 더 웃음이 나왔다.

그는 항상 가장 앞에서 걸어야 했다. 모두 그의 등만 보며 따라왔다. 가장 강한 길잡이여야 하므로 길이 아무리 험해도 힘들다고 말할 수 없었다. 누구도 그에게 괜찮냐고 묻지 않았다. 그게 당연한 줄 알았다. 자신의 운명이라고 생각했다. 평생 고독하게 운명과 싸우는 일생을 각오했다.

'당신은 내게 기적 같아.'

그녀 같은 사람을 만날 수 있으리라고는 상상조차 한 적 없었다. 처음은 '그녀라면 내 어깨가 더 무거워져도 견딜 수 있다.'라는 마음으로 시작했다.

그녀를 알면 알수록 자신이 얼마나 오만했는지 깨달았다. 그녀는 그가 짊어진 짐을 함께 나누어도 짓눌리지 않을 여자였다. 곁에서 나란히 손을 잡고 함께 갈 수 있는 여자였다.

그녀 앞에서는 가끔 엄살을 부리고 약한 모습을 보여 줘도 부끄럽지 않을 것 같았다. 그건 정말 환상적인 기분이었다. 그녀가 없는 인생은 상상만으로 눈앞이 막막했다. 아마 길을 찾지 못해 오랫동안 방황할 것이다. 어쩌면 영원토록.

그는 공작가를 나와 마차를 타고 오는 내내 갈등했다. 그저 모른 척 흘러가는 대로 내버려 두고 싶었다.

그녀는 영민하지만 순진하기도 했다. 그가 지금껏 상대한 온갖 군상들에 비교하면 빈틈이 많았다. 얼마든지 교활하게 파고들 자신이 있었다. 수단 방법 가리지 말고 그냥 가져 버리면 안 되나, 유혹에 시달렸다.

그녀라는 원석이 얼마나 찬란한 보석인지 누구에게도 보여 주지 않고 손안에 꽉 쥐고 싶었다. 그의 갈등에 종지부를 찍은 것은 그가 항상 마음속에 간직하는 아버지의 한마디였다.

『너 자신에게 비겁해지지 마라.』

그는 어릴 때 부모를 여의고 추억이 별로 없었다. 그래서 아버지가 커다란 손으로 어린 자신의 머리를 쓰다듬으며 하신 말씀이 지금껏 그를 이끌었다.

그래. 비겁해지지 말자. 그는 마차가 부두에 도착할 즈음에 겨우 결심이 섰다.

그녀와 웃으며 마주 앉아 식사하는 최후의 만찬이 될지도 모를 저녁을 준비했다.

하지만 마지막까지 미적거렸다. 흑검을 핑계로 시간을 끌었다. 차라리 오늘 하루가 어서 지나가기를 바라면서.

"시에나. 왜 아직 안 잤어?"

시에나는 그가 조금 전에도 비슷한 질문을 한 것을 기억했다. 그녀가 고개를 기울였다.

"내가 자고 있었으면 했어?"

쿤은 대답 대신 그녀의 어깨를 잡아 품으로 당겼다. 강한 힘이 들어가지 않았지만, 시에나는 이끌리듯 그에게 안겼다.

"당신에게 할 말이 있어."

"해."

"길어질 것 같아."

시에나는 선뜻 대답하지 못하고 망설였다. 힘든 이야기일지도 모른다.

'뭔가 이상했다 했지.'

완벽한 저녁 식사가 왠지 모르게 불편했다. 그가 애써 웃는다는 느낌을 받았다. 지금 모른 척하면 오늘 밤 편히 잠을 이루지 못할 것이다. 그녀는 오늘 할 일을 내일로 미루는 성격이 아니었다.

두 손으로 그의 가슴을 살짝 밀어냈다. 고개를 들었다. 마주친 그의 눈빛이 가라앉아 있었다.

"알았어. 방으로 와."

그녀는 뒤돌아 침실로 들어갔다.

시에나는 침실 소파에 앉아 기다렸다. 그는 즉시 따라 들어오지 않았다. 얼마 후 바깥에서 문을 두드렸다. 침실로 들어오는 쿤은 양쪽 손에 와인 한 병과 잔 두 개를 들었다.

그는 시에나의 앞에 마주 앉아 와인의 마개를 열었다. 두 사람 앞에 잔을 놓고 와인을 반쯤 채웠다.

"술은 좀 마서?"

시에나는 고개를 저었다.

"독하지 않은 것으로 가져왔어. 한 잔 정도는 괜찮을 거야. 난 사실 와인은 음료 같아 좋아하지는 않지만, 와인도 술은 술이니까."

쿤은 느닷없이 픽 웃었다.

"디안⋯⋯. 철왕과 전에 제대로 마신 적이 있는데 대단했지. 내가 상대방보다 먼저 취한 건 처음이었어. 철왕은 다음날 숙취도 없이 멀쩡하더라."

"아마…… 나도 그럴 거야. 신족의 특성이거든."

시에나는 멍하게 중얼거렸다.

비슷한 대화를 그와 나누었다. 꿈속에서. 꿈과 현실이 겹쳐졌다. 와인 한 병을 사이에 두고 긴 대화를 나누려 한다.

만약 꿈속의 황세와 공왕이 오늘과 같은 자리를 일찍 마련했으면 어땠을까. 진솔한 대화를 통해 서로를 이해하려고 노력했다면 그들의 미래는 달라지지 않았을까.

"그래? 대단한 혈통이네. 그럼 절대 당신과는 술 내기는 하지 말아야겠다."

쿤이 와인 잔을 빙글빙글 돌리며 잠시 말이 없었다.

"계절은 이맘때였을 거야. 봄이었지."

쿤의 이야기는 디안을 처음 만난 날부터 시작했다. 위험에 처한 디안을 우연히 구해 주었고 얼마간 함께 다녔다. 넉살 좋은 디안과 가까워졌고 디안과 거래하여 조력자가 되었다. 그 과정을 시간의 순서에 따라 늘어놓았다.

시에나는 흥미롭게 그의 말에 귀 기울였다. 두 사람이 어떻게 만나서 친해졌는지 꿈에서는 듣지 못했다.

쿤은 디안과의 인연을 군더더기 없는 설명으로 짤막하게 끝냈다. 더 깊은 이야기는 디안의 동의 없이 말할 수 없었다. 그는 이어서 본격적으로 자신의 이야기를 했다.

"라드 일족. 내가 정확히 이 단어를 당신 앞에서 꺼내는 것은 처음일 거야."

시에나는 고개를 끄덕였다.

"라드라는 단어의 뜻은 그다지 고결하지 않아. 우리를 스스로 낮추는 표현으로 그렇게 불러. 겸손의 의미도 있고 비하의 의미도 있지. 기원을 거슬러 올라가면 복잡한 감정이 응집된 결과인데 그것까지 당신이 알 필요는 없고. 우리는 라드 일족이라는 이름 아래에 묶여 정착하지 못하고 떠돌아다니지. 영원한 방랑, 라드 일족의 천형. 우리에게는 염원이 있어. 정착, 대대손손 우리의 자손들이 살아갈 땅. 이름 뒤에 라드라는 성씨는 붙인 자는 일족의 염원을 앞장서서 이루어야 하는 의무를 짊어져. 그 의무는 내 할아버지, 아버지를 이어 내게 내려왔지. 그래서 내 이름은 쿤 라드야. 쿤의 아들을 샤카라고 부른다고 했었지? 샤카는 그냥 샤카일 뿐, 샤카 라드가 아니야. 언제나 우리 집안에는 쿤 라드만 존재해. 다른 사람은 없어."

정착할 땅.

'아아⋯⋯. 그거였구나.'

시에나는 퍼즐의 조각을 찾았다. 꿈속의 그는 독립할 영토를 얻고 공왕의 칭호를 받았다. '공왕'이라는 칭호 자체에서 제국에 어느 정도 예속된 느낌이 풍긴다.

아마 그게 최선의 타협으로 끌어낸 결과였을 것이다. 제국의 땅 일부를 완전한 자치 독립국으로 인정해 주기에는 반대가 만만치 않았을 테니까.

"그럼 라드 일족은 한 번도 정착한 적이 없어?"

쿤의 눈빛이 흔들렸다. 묘한 시선으로 그녀를 바라보다가 대답했다.

"시도는 몇 번 있었지. 가장 최근에는 내 증조부의 증조부 때. 그냥 증조부님이라고 할게."

대륙의 어느 왕국 일부 땅을 할양받기로 하고 왕위 계승자 싸움에 끼어들었다. 증조부가 선택하고 밀어준 후계자는 다른 경쟁자들을 제치고 왕좌를 쟁취했다.

왕국의 새 주인은 라드 일족과 거래한 약속에 따라 땅을 주었다. 하지만 애초의 거래와 정확히 일치하지 않았다. 초반부터 어긋나기 시작했다.

"어떤 식으로?"

"처음 약속했던 내용과 달랐다고 해. 위치도 넓이도. 그리고 본래 살고 있던 자들을 왕국에서 책임지고 이주시켜 땅을 비워 주기로 했는데 차일피일 미루었다지."

"신의가 없네. 일국의 왕이 약속했으면 지켜야지."

쿤이 픽 웃었다.

"세상 사람들이 모두 당신처럼 생각하면 분쟁이 왜 일어나겠어."

"그래서?"

"증조부께서는 그 땅을 포기할 수 없었어. 자신의 대에서 일족의 염원을 이루어야겠다고 생각하셨겠지. 그건 일족의 꿈이면서 당대 쿤의 영광이기도 하니까."

증조부는 땅을 지키려면 힘, 즉 권력이 있어야 한다고 판단했다. 적극적으로 왕국의 정계에 뛰어들었다. 중앙에서는 정치적 싸움을, 일족의 정착지에서는 미래를 위한 기반을 쌓았다.

중앙 정치는 외줄 위에 올라타 아슬아슬하게 균형을 잡는 것과 같았다. 오늘의 친구가 내일은 적이 되기도 하고 굳건한 맹세를 함께 나눈 자가 등에서 비수를 꽂는 일이 부지기수였다.

증조부가 지긋지긋한 정치 싸움에 매진하는 사이에 일족의 정착지는 나날이 발전했다. 일족들은 모두가 주인이자 모두가 일꾼이었다. 자손의 미래를 위해 몸을 아끼지 않았다. 무력하게 하루하루 흘러가는 시간에 인생을 맡기는 왕국의 백성들과 마음가짐이 달랐다.

왕국의 귀족들은 왕도에서 제 밥그릇을 두고 피 터지게 싸우느라 백성들이 먹고사는 문제에 관심이 없었다.

십여 년쯤 지났을 때 일족의 정착지는 눈부신 발전을 이루었다. 비옥한 토지에는 알이 굵은 곡물이 자랐다. 번듯한 집이 모여 마을을 이루었다. 잘 닦인 길을 통해 물자의 유통이 활발했다.

증조부의 힘겨운 싸움도 어느 정도 성과가 있었다. 정계의 거물 권력자로서 자리 잡았다.

그런데 왕이 죽었다. 갑작스러운 죽음이라 미처 대처하지 못했다. 뒤를 이어 새로 왕위에 오른 후계자는 라드 일족에게 적대적이었다.

약한 왕권, 귀족들의 세력 다툼, 몇 년 이어진 흉년.

여러 악조건이 겹쳐져 당시 왕국의 사정은 말이 아니었다. 굶어 죽는 자들이 속출했으며 곳곳에서 소작농들의 봉기가 일어났다.

오직 라드 일족의 정착지만 다른 세상이었다. 왕국의 백성들 사이에 낙원이 있다는 소문이 암암리에 퍼져 나갔다. 자연히 그 땅으로 사람들이 몰려들었다.

새 국왕은 라드 일족의 정착지를 발판으로 자신의 왕권을 강화하려 했다. 왕은 라드 일족에게 왕국의 백성이 되라고 제안했다. 제안이라고는 했지만, 협박이나 마찬가지였다.

증조부가 거부하자 국왕은 역도들이 국토를 무단 점유하고 있다며 군대를 모았다.

"일족에게 왕국의 군대와 맞서 압승할 무력은 없었어. 어느 정도 버틴다 해도 막대한 희생이 필요했지. 일족의 가장 큰 재산은 사람이니까. 사람마저 잃으면 아무것도 남는 것이 없으니까. 결국, 증조부님은 모든 것을 포기하고 일족들을 데리고 왕국을 떠났지."

시에나는 쿤의 증조부가 느꼈을 당시의 좌절감을 알 것 같았다. 바로 앞에 평생의 목표가 보이는데 돌아서야 한다. 그 절망적인 심정이 과연 어떠했을까.

왕의 군사들은 라드 일족을 쫓지 않았다. 일족이 정착지에서 이룬 것들을 모조리 두고 갔기 때문이다. 왕과 귀족들은 거저 얻은 것과 다름없는 막대한 전리품에 눈이 돌아갔다. 이내 자기들끼리 싸우기 시작했다.

왕국은 그 후 얼마 버티지 못하고 멸망했다. 곳곳에서 들고 일어난 세력들이 건국을 선포하고 스스로 왕이 되었다. 끊임없는 전란으로 혼란은 오래 이어졌다.

'과한 욕심을 부리니 망하는 게 당연하지.'

시에나는 내심 쌤통이라고 생각했다.

"쿤. 다른 방식은 안 됐던 거야? 이를테면…… 재물로 땅을 산다거나."

쿤은 그녀를 물끄러미 쳐다보며 중얼거렸다.

"……난 당신을 종잡을 수가 없어. 꽉 막힌 것 같다가도 융통성이 넘치기도 하고."

돈을 주고 땅을 사서 나라를 세우라는 말이 그녀의 입에서 나오다니.

이런 식으로 그녀와 문답을 주고받으며 이야기할 수 있으리라고는 예상 못 했다. 그녀에게 라드 일족 이야기를 하면 거부 반응을 보일 줄 알았다.

그녀는 제국의 황녀. 제국을 다스리는 지배 계급의 최정점이었다. 그에 반해 라드 일족을 거느린 라드 후작은 제국인과 섞일 수 없는 완전한 외부 세력이었다.

그녀가 중간에 자리를 박차지 않고 이야기를 끝까지 들어주기만 해도 다행이라고 생각했다. 그는 이 뜻밖의 상황을 기뻐해야 할지, 불안해해야 할지 알 수 없었다.

"그 방식도 해 봤지. 증조부님보다 더 이전의 조상님께서."

결과는 묻지 않아도 뻔했다.

"우리는 실패를 기록하고 교훈을 얻어. 재물로 땅을 사는 방식은 아니구나. 그래서 증조부님은 다르게 접근했지. 그것도 실패. 그때 얻은 교훈은 타국의 정치에 깊이 관여하면 안 되는구나."

"당신은 철왕을 제위에 올리려 하잖아. 그건 정치에 관여하는 게 아니야?"

쿤이 말문이 막힌 표정으로 시에나를 응시했다. 하, 헛웃음을 흘리며 한 손으로 이마를 짚었다.

"와……. 확 들어오네. 남 얘기도 이렇게 직접적으로는 못 할 거야. 당신은 정말."

쿤은 실없는 웃음이 나왔다. 해도 될 말, 해서는 안 될 말, 고르느라 무척 고심했는데 다 쓸데없는 짓 같다. 그녀가 모난 구석이 없는 사람이라는 것은 알고 있었지만, 기대 이상이다.

쿤은 깊이와 끝이 보이지 않는 거대한 호수 앞에 앉아 있는 기분이 들었다. 아무리 돌을 던져도 수면은 잔잔했다.

"난 제국 정계에 간섭할 생각은 없어. 지금은 이 말밖에 못 해."

'흠…….'

시에나는 의문이 풀렸다. 그의 미묘한 태도가 이제 이해가 갔다. 그는 철왕을 황제로 밀어붙이는 배후라고 이름 붙이기에는 이상한 점이 많았다.

사교 파티에서 그가 등장할 때 철왕의 측근 세력들의 반응이 특히 이상했다. 적왕이나 리먼 공작이 등장하면 알랑거리는 추종자들이 항상 주변에 들끓었다.

하지만 라드 후작 주변에는 사람이 없었다.

라드 후작의 인기는 사람 자체의 매력에 이끌린 사람들의 열광이었다. 그를 중심으로 정치 세력이 뭉치는 것과는 거리가 있었다.

최근 가장 눈에 띄는 철왕의 측근은 밀러 백작이었다. 그런데 밀러 백작은 쿤과 데면데면했다. 철왕이 쿤의 곁으로 오면 밀러 백작이 슬그머니 다른 곳으로 가는 모습도 봤다.

'그럼 내가 생각한 것과 좀 다르네.'

시에나는 쿤이 모든 일을 손아귀에 쥐고 조종하는 막후 세력이라고 생각했다. 철왕을 제위에 올린 일등 공신으로서 제국 최고의 권력자이자 공왕의 자리까지 오르는 미래라고 해석했다.

그러나 그게 아니라면?

'공왕은 중앙에 별로 영향력이 없었겠구나.'

그렇다면 황제가 된 철왕에게 공왕은 큰 힘이 못 된다. 철왕은 리먼 가문과 힘겹게 싸웠으리라. 오히려 공국의 등장은 철왕의 정치적 실정이 되어 공격받는 빌미였을지도 모른다.

'미래가 어떤 상황으로 흘러갔는지 대충 알 것 같아.'

미래의 철왕은 정치적 기반이 약했다. 후계가 없는 철왕은 시에나의 존재가 대단히 부담스러웠을 것이다. 그래서 공왕과 결혼시켜 계승권을 박탈했다.

'철왕이 머리를 잘 썼네.'

아주 절묘한 한 수다.

시에나가 팔짱을 끼고 생각에 잠긴 모습을 쿤은 숨죽여 지켜보았다. 그녀가 고개를 번쩍 들자 쿤이 움찔했다.

"그럼 연합국의 외교 대리인이 된 건? 그거야말로 정치적인데."

쿤이 한숨을 내쉬었다.

"……그건 당신 때문이야."

"나 때문?"

"당신에게 잘 보이고 싶었으니까."

시에나의 눈이 커졌다.

"아무것도 아닌 놈이 알짱거리면 당신은 눈길도 주지 않을 것 같았거든. 그럴듯한 이름 하나는 달아야 상대해 줄 것 같아서."

시에나의 입이 슬쩍 벌어졌다.

'나 때문에…… 미래가 바뀐 거라고?'

그녀의 시선이 다시 아래로 내려갔다. 머릿속이 복잡했다. 심장이 두근거렸다. 회오리가 휩쓰는 광경을 멀리서 지켜보는 방관자인 줄 알았다. 그 회오리의 핵이 자신이었다니.

시에나가 다시 고개를 들었다. 쿤은 잔뜩 긴장했다.

"그럼 지금 라드 일족은 어디서 살아?"

쿤은 맥이 풀린 표정으로 대답했다.

"여기저기."

"숫자가 얼마나 되는데?"

"백만 정도."

"그렇게 많아? 그 많은 사람이 대체 어디서?"

"제국에도 있고 대륙의 여러 나라에 흩어져 있어. 일족의 정체성은 유지하되 그 나라에 소속되어 살고 있지."

일족은 특유의 근성으로 자리 잡은 지역에서 대부분 성공했다. 다들 중산층 이상으로 살아가고 있다. 아주 다양한 직업군에 종사했다. 상인, 학자, 교사, 의사 등.

일족의 지도부는 일족끼리 연결하는 연락망을 만들고 유지했다. 사는 지역에서 곤란한 일을 겪으면 적극적으로 도움을 주기도 했다.

쿤은 그런 것까지 구체적으로 설명하지 않았다. 일족의 기밀이기 때문이다.

"그럼 당신이 정착할 땅을 구해서 부르면 다 모이는 거야?"

"다는 아니겠지. 지금 사는 곳이 새로운 고향이 되어 버린 사람도 있으니까. 반 정도나 모일까?"

"반이라도 대단해. 그럼……."

"시에나."

시에나가 놀라 입을 다물었다.

"미안. 내가 너무 캐물었어."

쿤이 고개를 저었다.

"궁금한 건 얼마든지 물어봐. 그런데 내가 왜 라드 일족 얘기를 꺼냈는지 내 의도를 이해한 건가? 그러니까 내 말은, 내가 왜 철왕을 돕는지 말이야."

"당신은 나라를 세우고 싶은 거잖아. 아마 철왕이 황제가 되면 정착할 땅을 주기로 했겠지."

쿤이 한참 그녀를 응시했다.

"난……."

당장 말을 꺼낼 것처럼 벌어진 쿤의 입술이 다시 굳게 다물렸다. 그는 두 손으로 얼굴을 감싸 쥐고 긴 한숨을 내쉬었다. 하소연처럼 중얼거렸다.

"당신이 무슨 생각인지 도무지 모르겠어."

쿤이 고개를 들었다. 그의 마음은 그동안 계속 천국과 지옥을 왔다 갔다 했다. '그녀도 날 좋아해.'라고 들떠 있다가 '내가 혼자 착각에 빠진 걸까.'라고 불안해했다. 그녀의 '좋다'와 자신의 '좋다'는 엄청난 온도 차이가 있는 것은 아닐까 의심스러웠다.

"난 철왕의 조력자야. 당신은 분명히 알아. 그렇지?"

"응."

"그런데 당신은 그것에 대해 내게 한 번도 물은 적이 없어."

"당신도 내게 아무것도 묻지 않잖아."

"……내 입장은 당신과 달라. 내가 당신에게 뭘 물을 수 있겠어. 날 밀어내지 않는 것만으로도 황송할 뿐인데."

"……."

시에나는 그가 그런 생각을 하는 줄은 몰랐다. 항상 자신만만해 보였다.

"난 당신에게 뭐야? 그저 스쳐 지나갈 사람인가? 그래서 내가 철왕을 도와 뭘 하려는지 알면서도 궁금해하지도, 경계하지도 않는 건가? 그럴 가치조차 없으니까?"

시에나가 미간을 찡그렸다.

"무슨 소리야. 난……."

그녀는 말을 잇지 못했다. 무슨 말을 해야 할지 모르겠다. 시에나는 주변에서 두 사람의 관계를 정의하는, 정적이라는 단어에 심각한 의미를 둔 적이 없었다.

미래를 봤다. 다가올 미래에 철왕은 황제가 된다. 그것이 신의 뜻이라고 생각했다. 철왕을 돕는 쿤은 순리에 따를 뿐이므로 그를 적대할 이유가 없었다.

시에나는 자신의 실수를 깨달았다. 미래를 아는 사람의 무의식적인 행동이 그렇지 않은 사람의 눈에 어떻게 비칠지 고려하지 않았다.

그녀는 황제의 후계자다. 그런데 그녀가 아닌 다른 사람을 황제로 밀어 올리겠다는 남자가 나타났다. 상식적으로 두 사람은 같은 편이 될 수 없다.

그런데 그녀는 남자의 구애를 받아들였다. 남자의 연인이 되어 포옹하고 키스하고 같은 침대에서 잠들었다. 그 남자에게 자신의 편으로 돌아서라고 종용하지도 않았다.

'흠. 확실히 설득력 없는 관계군.'

아마 귀족 중 상당수는 두 사람의 스캔들을 보이는 대로 믿지 않을 것이다.

'그러니까 이 남자 말은……. 요컨대 내 마음을 확신하지 못한다는 거네.'

그럼 도대체 절절한 고백과 두 사람만의 규칙을 만들며 요란스레 굴던 일들이 다 뭐란 말인가. 갈피를 잡지 못하는 그의 태도가 약간 서운했지만, 이해는 했다.

시에나가 쿤을 받아들이기까지는 무척 많은 내적 갈등이 있었다. 그리고 꿈에서 보고 들은 정보는 상당한 역할을 담당했다. 미래의 그를 보고 괜찮은 남자라고 판단했다. 아마 그 판단은 현실에도 영향을 미쳤을 것이다.

하지만 그건 오직 그녀의 머릿속에서 벌어진 일이다. 시에나는 그를 알아 가고 이해하는 과정을 쿤에게 얘기한 적이 없었다.

복잡한 단계를 거쳤지만, 쿤의 입장에서는 갑작스럽고 단순해 보였을 것이다.

"난……."

꿈 이야기는 할 수 없다. 그녀는 신께서 꿈을 통해 메시지를 전한다고 믿었다. 함부로 발설하면 안 될 것 같다. 경솔하게 입을 놀렸다가 더는 꿈을 꾸지 못하면 곤란했다. 아직 꿈을 통해 얻고 싶은 정보가 많았다.

그리고 꿈이 전부 진실이 아니라는 사실을 얼마 전에 알았다. 꿈에서 들었던 철왕의 출생은 거짓이었다. 믿음이 흔들려 혼란스러웠다.

"난…… 당신을 경계할 필요가 없다고 생각했어. 제국법은 여타 왕국들과 달라. 계승 서열은 절대적이야. 정치 공작으로 제위에 올리고 끌어내리고, 그런 게 애초에 불가능해."

"그 말은. 당신은 내가 어차피 실패할 거라고 생각했다는 뜻?"

"음……. 그건 아니고."

그녀는 꿈 얘기를 꺼내지 않으면서 어떻게 자연스럽게 설명할 수 있을지 고민했다.

"당신은 실패가 뻔한 일에 뛰어들 사람이 아니니까. 철왕의 출생 신분. 아마 그 열쇠를 쥔 건 아닐까 생각했지."

"……뭐?"

쿤의 눈동자가 흔들렸다.

"불확실한 친모의 신분이 철왕의 한계야. 그런데 만약 친모가 명문가 출신이라면? 계승 서열이 올라갈 정도……."

말을 하다가 시선을 든 시에나는 흠칫 놀랐다. 그가 테이블에 두 손을 얹고 시에나 쪽으로 상체를 기울여 뚫어지게 그녀를 쳐다보고 있었다.

그의 가라앉은 검은 눈동자가 짙었다. 표적을 노리는 사냥꾼처럼 사납고 냉혹해 보였다. 시에나는 그의 모습이 낯설어 긴장했다.

"왜……?"

"당신 생각이야?"

"응?"

"앉은 자리에서 머리만 굴려서 그런 결론을 생각해 냈다고 말하는 거야?"

"응…….""

하, 쿤이 기가 막힌 웃음을 흘리며 벌떡 일어났다. 손으로 머리를 거칠게 쓸어올렸다가 허공을 응시했다. 복잡한 표정으로 배회하던 시선이 다시 그녀에게 향했다.

"기가 막히는군. 지금 내 기분이 어떤지 알아? 죽을힘을 다해서 뛰고 또 뛰었는데 당신 손바닥 위에서 뱅뱅 돌고 있었단 말이지."

쿤이 '맙소사'를 중얼거리며 생각에 잠겼다가 간간이 웃음도 터뜨렸다.

시에나는 그가 화를 내는 것인지 즐거워하는 것인지 알 수 없어서 말없이 그를 관찰했다.

"대단해."

진정했는지 쿤이 다시 소파에 앉았다. 그녀에게 경탄이 가득한 눈길을 보냈다.

"당신에 비교하면 디안은……. 아니, 내가 멍청했지. 두 사람이 엇비슷하다고 착각했으니."

"……."

시에나는 그가 왠지 흥분한 것 같다고 생각했다.

"더 말해 봐. 당신 생각을 듣고 싶어."

"그래서……."

"그래서?"

"최소한 나와 비슷한 서열이 되려면 철왕의 친모 혈통이 공작 가문은 되어야 하지 않을까."

쿤의 입이 떡 벌어졌다.

"당신은 정말 천재구나. 물론, 당신이 머리 좋은 건 알았지만. 그런 수준으로 말할 차원이 아니었어. 당신이 미래를 읽는다고 말해도 놀라지 않을 것 같아."

그의 눈빛에 경외감이 담겼다. 무릎 꿇고 찬가라도 부를 기세였다. 시에나는 양심이 콕콕 찔렸다. 그가 미래 운운할 때는 손끝이 움찔했다.

슬쩍 시선을 비켜 부담스러운 그의 눈빛을 피했다. 모든 것을 스스로 생각한 게 아니다. 꿈을 통해 미래를 본 덕분이다. 정답에 가까운 힌트를 받았고 이리저리 끼워 맞추었을 뿐이었다.

민망해서 괜한 헛기침을 했다. 그녀는 화제를 돌렸다.

"말 나온 김에 물어볼게. 그렇다, 아니다, 정도만 대답해 주면 돼. 혹시 철왕의 친모가 블레스 공작 가문 출신이야?"

쿤이 바로 고개를 저었다.

"아니."

'어?'

시에나의 눈이 커졌다. 그의 표정이 말끔했다. 거짓말하는 것 같지 않았다.

"아니야?"

"아니야."

"정말?"

"정말 아니야. 어디서 무슨 말이라도 들었어?"

"블레스 공에게…… 젊은 나이에 죽은 누이동생이 있다기에. 난 혹시 했지."

"그렇군. 그건 몰랐네."

대답하면서 쿤은 내심 찜찜했다. 걸리는 부분이 있었다.

원래 디안은 황제와 거래를 통해 친모의 신분을 얻으려 했다. 디안은 어머니의 빚을 갚으라고 황제에게 요구했다. 천한 출신이라고 오명을 쓴 생모의 명예 회복을 바랐다.

디안의 친모가 공작의 딸이라는 사실은 진실이다. 하지만 아케론 가문은 죄인으로 낙인찍혀 이미 사라졌다. 그래서 황제는 편법을 써서 디안의 친모가 공작 가문의 고귀한 혈통이라고 공표하기로 약속했다.

그러나 제프리가 황제를 만난 후 원안은 폐기되었다. 아케론 가문의 복권 후 디안의 생모가 아케론 공작의 딸이라는 사실을 밝히는 쪽으로 계획이 바뀌었다.

그래서 쿤은 폐기된 원안대로 진행되었다면 디안이 생모가 어느 공작 가문 출신으로 둔갑했을지는 알지 못했다. 그건 디안도 모른다고 했다.

'블레스 공에게 누이동생이 있었다니. 그럼 원안대로 갔으면 디안의 가짜 어머니가 되었을지도 모르겠군.'

정말 딱 맞는 조건이 아닌가. 쿤은 더욱더 존경스러운 눈빛으로 시에나를 바라보았다.

"그래서 당신은 그걸 확인하러 나와 블레스 공작령으로 간 거였구나."

"응, 뭐……."

'블레스 가문 출신이 아니라고? 미래가 또 바뀌었어? 꿈에서 들은 내용은 진실이 아니니까……. 그럼 이건 잘못된 미래가 바로잡힌 건가?'

알 것 같으면서도 모르겠다. 신의 말씀은 참 불친절했다. 그분이 전하려는 깊은 뜻을 도통 알 수가 없다.

어쨌든 철왕이 거짓 수작질로 황제가 되려는 것은 아니라 다행이다. 날카롭게 날을 세웠던 그녀의 마음이 다시 무뎌졌다.

"당신은 언제부터 그런 생각을 하기 시작했어? 디안이 황궁에 나타났을 때부터인가?"

"아니야. 최근이야. 당신을 만난 이후."

쿤이 또다시 경탄하여 탄식했다. 모든 것을 꿰뚫어 보는 그녀의 통찰력이 놀라웠다. 지금도 이 정도인데 그녀의 세상이 더 넓어지면 얼마나 많은 것들을 볼 수 있겠는가.

그녀는 황제의 자리에 내정된 사람이었다. 이 강대한 제국의 지배자, 천하의 주인이 될 예정이었다. 태생으로 얻은 자리지만, 그녀의 자격은 차고도 넘쳤다.

금화 한 개를 두고도 악다구니를 부리는 인간들이 넘치는 세상에서 그녀의 고고한 마음이 믿기지 않았다. 후계자로서의 위치가 위협을 받는데도 전혀 동요하지 않을 수 있다니.

'디안이 없었으면, 내가 아니었으면…….'

디안이 반쪽 황족이라는 오명을 벗으면 그녀보다 계승 서열이 올라가는 것은 맞다. 하지만 라드 일족이 디안을 돕지 않았다면 아마 디안은 진즉 묘비에 이름만 남겼을 것이다.

'내가 터무니없는 욕심을 부린 걸까.'

감히 분에 넘치는 보물을 원했나. 황좌에 올라 천하를 지배할 여자의 발목을 붙들어 끌어내리려 하는 건가. 그런 짓을 해도 되는 건가.

'내 손으로 이 여자의 눈부신 미래를 부수는 건가.'

그녀를 진심으로 사랑한다면 그녀를 포기해야 하는가. 놔줘야 하는가. 발밑이 까마득히 무너져 내리는 것 같다. 급격히 어두워진 그의 표정을 살피며 시에나가 말했다.

"쿤. 난 당신을 스쳐 지나갈 사람이라고 생각한 적 없어."

"……."

시에나를 바라보는 그의 눈동자가 흔들렸다.

"왜……."

목이 꽉 막혀 제대로 소리가 나오지 않았다.

"당신이 알아낸 사실을 주변에 알리지 않았지?"

그들이 알았다면 지금껏 조용할 리가 없었다.

"주변? 누구?"

"……."

"내 어머니? 리먼 공?"

쿤이 뻣뻣하게 굳은 목을 끄덕였다.

"철왕이 친모의 신분을 되찾는 것은 제자리를 찾아가는 거잖아. 내 주변 사람이 알면 틀림없이 방해할 테니까."

그가 시선을 떨구고 굳은 표정이 풀리지 않자 시에나가 일어났다. 그의 앞으로 다가가 섰다.

"쿤. 나 봐."

쿤은 말 잘 듣는 아이처럼 고개를 들었다. 시에나는 그를 내려다보며 두 손으로 그의 얼굴을 감쌌다.

"내가 당신이 좋다고 했잖아. 내 말 안 믿어?"

"……믿어."

"잘난 척 잘하는 남자가 왜 이렇게 풀이 죽었어."

그의 두 팔이 시에나의 허리를 감아 확 끌어당기는 바람에 시에나는 그의 머리를 안은 자세가 되었다.

시에나는 픽 웃으며 그의 머리카락에 손가락을 넣어 쓸어내렸다. 그의 어리광을 받아 주는 기분이 제법 괜찮았다. 아직 덜 마른 머리카락의 축축한 물기가 손가락 사이로 느껴졌다.

"시에나."

"응."

"사랑해."

"……응."

쿤은 팔에 잔뜩 힘을 주어 그녀를 꽉 안았다. 아뜩해지는 눈을 감았다. 두 개의 상반된 마음이 치열하게 충돌했다.

그녀를 원했다. 이토록 애달프게 사람을 탐내고 바란 적이 없었다. 갖지 못하면 죽을 것 같았다.

하지만 억지로 꺾인 그녀가 언젠가 오늘의 반짝거림을 잃고 시들어 버릴까 봐 두렵다. 그녀의 원망을 받으면 가슴을 치며 후회할 것 같았다. 사랑하는 여자의 불행은 견딜 수 없는 고통일 것이다.

이제 와 되돌리는 건 불가능했다. 세상일은 도도하게 흐르는 강줄기와 같았다. 흐름을 살짝 바꿀 수는 있어도 거슬러 올라갈 수는 없다. 아케론 가문은 복권될 것이다. 황제가 적극적으로 추진하는 일을 무슨 수로 막겠는가.

길을 잃었다. 어느 쪽으로 가도 정답이 없었다.

'어떡하지.'

그는 인생 최대의 난제를 만났다.

6장

각자의 입장

　철왕께 고하겠다고 들어갔던 시종이 나왔다. 시종은 들어가기 전보다 더 깍듯해진 태도로 제프리에게 말했다.

　"들어가 보십시오."

　제프리가 응접실 안으로 들어가자마자 멈칫했다. 소파에 앉아 있던 디안이 벌떡 일어났다. 디안은 혼자가 아니었다. 디안이 일어나니 곁에 앉아 있던 귀부인도 엉겁결에 따라 일어났다.

　'그로시 공의 손녀인가.'

　제프리는 질부의 얼굴을 처음 봤다. 그녀는 의아한 표정이었다. 대체 누구길래 철왕께서 일어나 맞이하시는가, 생각하는 듯했다.

　디안이 활짝 웃었다.

　"어쩐 일이세요. 연락도 없이 직접 입궁을 다 하시고. 수……."

제프리는 그 자리에서 허리를 깊이 숙였다.

디안이 입을 다물었다. '숙부님'이라고 부르려던 호칭을 입안에 삼켰다. 그는 애매한 미소를 지으며 정중한 인사를 올리는 제프리를 바라보았다.

"철왕 전하. 인사 올립니다. 그간 평안하셨습니까. 철왕비께도 인사 올립니다. 뵙게 되어 영광입니다."

디안은 선뜻 대답하지 못했다. 숙부의 속을 알 수 없었다.

"전하. 이토록 반겨 주시니 그저 감읍할 따름입니다. 어린 시절 잠시 정을 나누었던 보잘것없는 늙은이일 뿐입니다."

디안의 입매가 굳었다가 미소 지었다. 비올렛에게 정체를 밝히지 않으려는 숙부의 의도를 대충 알아차렸다.

"사람이 은혜를 입었으면 기억하는 것이 도리니까요. 비올렛. 내가 어릴 때 이분께 큰 은혜를 입었다오. 목숨 빚이지."

비올렛이 호감 가득한 눈빛으로 제프리에게 인사를 건넸다.

"귀한 손님이 오셨네요. 말씀 나누세요. 저는 제 방에 있을게요. 혹시 제가 도와드릴 일이 있으면 언제든 말씀하시고요."

"고맙소. 그러리다."

비올렛이 자리를 피해 주었다. 디안은 시종들을 모두 물리고 제프리와 둘만 남았다.

"숙부님께 제 아내를 소개해 드리고 싶었습니다."

"아직은 아니다. 매사 조심해야지."

"비올렛은 괜찮아요."

"왜?"

"그녀는 제 아내니까요."

제프리가 속으로 끌끌 혀를 찼다. 헛똑똑이 같으니. 외모는 제 아비를, 성격은 제 어미만 쏙 빼닮았다.

'그 반대였으면 좋았을 것을.'

"디안. 가장 무서운 상대는 외부의 적이 아니라 내부의 적이다."

"비올렛이 제 적이라는 말씀이세요?"

"항상 마음의 경계를 늦추지 말고 누구도 믿지 말라는 뜻이야. 넌 아직 아무것도 이룬 것이 없다. 살얼음판에 선 것처럼 긴장해도 모자랄 판에 느슨히 풀어져 있으면 어쩌겠다는 거냐. 적당히 신혼 재미를 즐겼으면 슬슬 정신을 차려야지."

디안은 뭐라 말을 꺼내려다가 그냥 입을 다물었다. 숙부가 말한 내용에 지적할 부분이 한둘이 아니었다. 오랜만에 봐서 반가운 숙부와 언쟁하고 싶지 않았다. 아무도 믿지 말라는 숙부의 말이 슬펐다.

'그럼 숙부님도 믿지 말아야 합니까?'

왠지 질문을 던지면 숙부는 냉정하게, '나도 믿지 마라.'라고 말할 것 같았다. 실제로 그런 말을 들으면 가슴이 먹먹할 것이다.

'숙부님. 전 내 편을 갖고 싶어요. 세상 사람들이 모두 내게 등 돌려도 내 손을 잡아 줄 내 편이요.'

디안은 비올렛을 '내 편'이 되어 줄 사람이라고 믿었다. 그리고 그녀가 내 사람이 되어 주기를 바란다면 자신도 그녀에게 최선을 다해야 한다고 생각했다.

'언젠가 숙부님도 절 이해해 주시겠지요.'

"여행은 즐거우셨어요?"

"오가는 길은 편안했다."

"숙부님이 오셨으면 라드 후작도 왔겠군요. 은왕도 입궁했으려나요."

"나 먼저 왔다."

"예?"

"라드 후가 먼저 가라고 하더구나. 방해꾼 없이 느긋한 여행을 즐기겠다고."

고개를 갸웃하던 디안이 히죽히죽 웃었다.

"은왕과 함께 말이죠. 그 녀석 참. 늦바람이 단단히 들었다니까요. 아주 푹 빠졌어요."

제프리는 마뜩잖은 표정을 지었다. 아무 생각 없어 보이는 조카가 딱했다. 라드 후작은 뒤에서 무슨 모략을 꾸미고 있을지 모르는데.

"디안."

"예."

"내게 말하지 않은 게 있지?"

"제가요? 무엇을요?"

"라드 후작과 무슨 밀약을 한 거냐. 곰곰이 생각해 보니 네가 그 부분을 명확하게 말한 적이 없어."

제프리는 처음엔 흔한 시나리오를 생각했다. 라드 후작이 디안을 황제로 올리고 공신이 되어 실권을 잡으려는 야망을 품었다고.

왕권 다툼은 어디서든 벌어지는 일이고 그래서 상황은 다 비슷

비슷했다. 공신은 일을 도모할 때는 최고의 아군이지만, 대업을 이룬 후에는 가장 큰 걸림돌이 된다.

아직 목표를 이루기 전이라 지금은 아군은 많을수록 좋았다. 하지만 그 이후에 라드 후작의 처리는 고심해 볼 문제였다.

그런데 라드 후작의 처신이 뭔가 이상했다. 제프리가 의혹을 품은 가장 큰 계기는 은왕과의 스캔들이었다. 정치적 노림수가 있는 스캔들이라기에는 석연치 않은 느낌이 들면서 생각이 많아졌다.

"밀약이라뇨. 줄 게 있어야 밀약을 하지요."

디안은 뜬금없다는 듯, 어깨를 으쓱했다. 라드 일족이 정착할 땅을 주기로 한 약속은 두 사람만의 비밀이었다. 디안은 누구에게도 그 얘기를 한 적 없었다.

문서로 증거는 남겼으나 디안은 자신이 보관해야 할 약정서마저도 쿤에게 맡겼다. 그때는 이래 죽으나 저래 죽으나, 자포자기하는 마음이었다. 괜히 되지도 않는 수 싸움 하려다가 망하느니 아예 무장 해제를 하자고 생각했다.

디안은 자신의 결정을 후회하지 않았다. 사심 없이 쿤을 대했기에 든든한 동맹을 얻었다. 쿤의 측근, 스테판이 자신을 사기꾼이라고 부르는 걸 알지만, 전혀 기분 나쁘지 않았다. 사실이니까.

쿤은 아무것도 없는 자신에게 투자했다. 승률이 희박한 도박이었다. 자신이 쿤의 지인이라면 뜯어말렸을 것이다.

제프리는 천연덕스러운 디안의 표정에서 아무것도 읽지 못했다.

사람이 가벼워 보이는 것은 디안의 단점이자 장점이기도 했다. 사람들은 디안이 속마음을 감출 줄 모른다고 오해했다. 쿤의 도움이 아니었으면 디안은 오늘 이 자리까지 오지 못했을 것이다. 분명한 사실이다.

하지만 쿤을 만나기 전까지 죽지 않고 살아남은 것, 쿤을 아군으로 삼은 것은 틀림없는 디안의 능력이었다.

"숙부님. 전에 말씀드렸지만, 후작과 저는 이해득실만 따지는 관계가 아니에요."

"친구?"

되묻는 제프리의 어조는 뻐딱했다.

"과연 상대방도 널 그렇게 생각하는지는 모르겠구나."

"숙부님. 그동안 후작의 사람됨을 지켜보셨잖아요."

"그 얘기는 됐다. 평생을 지켜봐도 모르는 게 사람이다. 어쨌든 내가 모르는 밀약은 없다는 말이지?"

디안이 작은 한숨을 내쉬었다.

"예. 없어요."

"입궁한 김에 폐하를 뵈어야겠다."

"지금요?"

"네 힘으로 어렵니?"

"음……. 마침 낮 휴식 시간이니까요. 제가 종종 이맘때 폐하를 뵈러 중정에 가거든요. 저와 가면 아무도 이상하게 보지 않을 거예요."

"녀석. 제법이구나."

제프리가 기특해하며 디안을 칭찬했다. 디안이 기쁜 듯 미소 지었다. 그런데 속마음은 복잡했다. 숙부와 재회했을 때는 그저 숙부의 생존만으로 세상을 얻은 듯 행복했다. 숙부의 따뜻한 시선이 그저 좋았다.

대견한 아이를 흐뭇하게 바라보는 어른 앞에서 디안은 아이가 될 수 있었다. 기댈 수 있는 어른은 존재만으로도 든든했다.

하지만 숙부와의 만남이 반복될수록 디안의 환상은 조금씩 깨졌다. 어른의 관용이 아닌, 나이든 자의 아집을 접할 때마다 내색할 수 없으나 실망했다.

"그리고 디안. 오늘 내가 폐하를 뵙는 건 라드 후작에게는 말하지 마라."

일어나 소파를 돌아 나오던 디안이 멈칫했다. 외숙을 쳐다봤다. 두 사람은 말없이 시선만 마주쳤다.

"예."

디안이 순순히 대답하자 오히려 제프리가 놀랐다. 디안이 제프리에게 다가와 싱긋 웃었다.

"숙부님이 제게 해로운 일을 하실 리는 없으니까요."

"그래. 나만 믿어라."

제프리가 디안의 어깨를 가볍게 툭툭 두드렸다.

"가시죠."

한발 앞서 걸어가는 디안의 얼굴에서 웃음이 걷혔다. 차라리 '나도 믿지 마라.'라는 말을 듣는 편이 나을 뻔했다.

디안이 무겁게 눈을 감았다가 떴다. 디안의 등 뒤에 선 제프리는 조카의 표정을 보지 못했다.

*   *   *

오후에 화이트칩이 수도 부두에 정박했다. 같은 자리에서 출항
한 후 정확히 한 달 만에 돌아왔다.

시에나는 출발할 때 거의 빈 몸으로 배에 올랐다. 내리려니까 짐
이 늘었다. 공작가에서 안긴 선물이 잡디히게 많았디. 특히 베스에
게 선물할 개조한 이동의자의 부피가 컸다.

짐 싸기는 일꾼들이 알아서 할 일이었다. 그녀는 황궁에서 나올
때 입었던 옷으로 갈아입는 것으로 준비가 끝났다.

바깥에서 침실 문을 두드렸다. 시중을 마친 시녀들이 물러가면
서 쿤이 안으로 들어왔다.

"당신이 타고 갈 마차가 준비됐어. 짐도 다 실었고. 이것도 입어
야지. 오늘도 여전히 바깥에 구경꾼이 많아."

쿤이 갖고 들어온 짙푸른 망토를 펼쳤다. 그녀가 배에 처음 올라
탈 때 얼굴을 감출 의도로 썼던 망토였다. 시에나가 팔을 들어 올리
자 쿤이 뒤에서 그녀의 팔에 끼워 맞추어 망토를 입혀 주었다.

"한 달이 순식간에 지나갔네."

쿤이 아쉬움 가득한 표정으로 중얼거렸다.

시에나는 간밤의 일이 떠올랐다. 시간은 정확하지 않았다. 아마
새벽이었을 것이다. 그녀는 평소에 한 번 잠들면 아침까지 잤다. 그
런데 어젯밤에는 이유를 알 수 없이 잠에서 깼다.

옆이 비어 있었다. 손으로 더듬어 보니 시트가 차가웠다. 그녀는
잠을 청하려다가 아무래도 신경이 쓰여서 다시 눈을 떴다. 며칠 전

에 비슷한 일이 있었기 때문이다. 그날은 자다가 깬 것은 아니었고 아침에 눈을 뜨니까 그가 옆에 없었다.

시에나는 상체를 반쯤 일으킨 상태에서 쿤을 발견했다. 그는 어두컴컴한 침실의 소파에 앉아 있었다. 그의 뒷모습 형체만 보였다.

시에나가 한참을 꼼짝하지 않고 그를 숨죽여 바라보는 동안 그는 미동조차 없었다. 나직한 그의 한숨 소리를 듣지 못했으면 앉아서 자는 건가, 라고 생각했을 것이다.

'무슨 일이야?'

묻지 못했다. 방해하기가 조심스러웠다. 깊이 생각할 일이 있는 것일지도 모르니까. 그녀는 자신의 경험이 비추어 그를 이해하려 했다. 시에나는 종종 사색의 시간을 가졌고 그녀의 습관을 아는 시녀들은 방해하지 않았다.

그녀는 조용히 다시 누웠다. 어느새 잠들었다. 아침에 눈을 떴더니 이번에는 그가 곁에서 자고 있었다.

'물어볼 걸 그랬나?'

당신이 밤잠을 이루지 못하고 고뇌하는 문제가 무엇이냐고. 그의 표정에 그늘이 있으면 모르는 척 무슨 일이냐고 물어볼 텐데 그는 평소와 같았다. 잘 웃었고 아무 걱정 없는 사람처럼 태평했다. 내색하지 않는데 굳이 파고들기가 여의치 않았다.

"당신은 저택으로 가?"

"난 배에 남아서 할 일이 좀 있어. 그 후에는 상회에 먼저 들르려고. 오래 자리를 비웠으니 처리할 일들이 쌓였을 거야. 입궁해서 폐하께 보고도 올려야 할 텐데 오늘은 늦었으니 내일 아침에 할까 해."

쿤이 망토의 후두를 그녀의 머리에 씌웠다.

"며칠 후가 당신 생일이야. 황궁은 연회 준비로 한창 바쁘겠지?"

"글쎄……."

생일을 생각하니 자연스레 어머니가 떠올랐다. 패트리샤는 매년 시에나의 생일 연회를 화려하고 성대하게 여는 일에 집착했다.

시에나의 마음에 그림자가 드리워졌다. 한 달 동안 별일은 없었을까. 모든 것을 손 놓았던 잠시의 외유가 끝났다. 돌아가면 어머니와 싸워야 한다.

'그리울 것 같아.'

환궁한 후 꽤 오랫동안 이번 여행이 생각날 것이다.

쿤이 고개를 숙여 그녀의 입술에 가볍게 입을 맞췄다.

"축하연 날 아침에 에스코트하러 갈게."

"쿤."

"음?"

"먼 길 여행이 편안했어. 당신 덕분이야."

"다행이군. 당신이 만족했으면 됐어. 마음에 들면 생일 선물로 줄까?"

"뭘?"

"화이트칩."

"아니."

당황한 시에나가 재빠르게 거절했다. 머뭇거렸다가는 그가 정말 생일 선물로 이 배를 안겨 줄 것 같았다.

"그냥, 필요할 때 가끔 태워 줘. 그거면 돼."

쿤이 두 팔을 벌려 시에나를 안았다. 힘을 주어 압박이 느껴지도록 꽉 안았다가 팔을 풀었다.

두 사람은 선실에서 나왔다. 복도에 길버트가 푸른 망토를 입고 기다리고 있었다. 갑판으로 올라가는 계단 밑에서 쿤이 말했다.

"전하. 저는 여기까지만 배웅해야 할 듯합니다. 위로 올라가면 눈에 띌 테니까요."

"알았소."

시에나는 계단을 올라가다가 뒤를 돌아보았다. 마지막 눈인사를 나누고 싶었지만, 그는 정중히 고개를 숙인 자세였다. 시에나는 오래 지체하지 못하고 다시 계단을 올라갔다.

시에나가 갑판을 가로질러갈 즈음 마틴이 쿤에게 다가와 작은 목소리로 보고했다.

"그분이 황제를 만났습니다."

쿤의 눈빛이 싸늘하게 식었다.

*　　*　　*

"지나간 일입니다."

공왕이 말했다.

"……하긴. 이제 와 그걸 따져 무엇하겠소."

시에나는 환궁한 첫날, 꿈에 들어왔다. 지난 꿈을 꾼 이후 거의 한 달 만이니까 시기상으로는 들어맞지만, 공교로웠다.

만약 여행이 하루 더 길어졌으면 배에서 꿈을 꾸었을까.

아니면 꿈을 꾸기 위해서는 황궁 안이라는 조건을 갖추어야하는 걸까.

"내가 선황 폐하보다 나을 것도 없소."

황제가 자조적으로 중얼거렸다.

"가끔 공국령 소식을 듣소. 어머니가 입단속 시킬 텐데도 내 귀에 들어오는 것을 보면 소문이 과장은 아닌 모양이오. 북쪽으로 가라. 굶어 죽을 염려가 없는 낙원이 있노라."

"소문은 본래 살이 붙습니다."

"아니지. 소문이 거짓이면 내 어머니가 그 땅을 그토록 탐낼 리가 없지 않겠소."

황제가 피식 웃었다.

"선황께서 그토록 철저히 손을 써 뒀을 줄이야. 어떤 빈틈도 없이 철저히 제국법에 근거를 둬서 어머니도 리먼 공도 손을 못 쓰고 있소. 그러니 그대는 염려 마시오. 공국령이 다시 제국령이 될 일은 없을 테니."

공왕이 속을 알 수 없는 깊은 눈으로 황제를 응시했다. 시선을 내리며 고개를 살짝 숙였다.

"망극하옵니다."

시에나는 그가 말해 주었던, 그의 증조부의 증조부 이야기가 떠올랐다.

그의 증조부가 왕이 탐낼 정도로 정착지를 부흥시켰듯 자손인 그도 훌륭한 군주로서 공국령을 다스리는 모양이었다.

—북쪽······. 블레스 공 말에 의하면 옛 아케론 공작령이 수도에서 북동쪽에 있다고 했지.

아무래도 그 흑암성이 맞는 것 같다.

—어떻게 생긴 성일까. 시간이 조금만 더 있었으면 보러 갔을 텐데.

마차를 타고 사흘이면 금방 휙 다녀올 거리는 아니라 포기했다. 하지만 어차피 블레스 공작령까지 간 김에 무리해서라도 다녀올 것을 그랬다.

"······많이 달라졌소? 내가 기억했던 모습은 이제 없을까?"

시에나는 이해하지 못한 말을 공왕은 용케 알아듣고 대답했다.

"흑암성은 그대로입니다."

그제야 시에나는 황제가 흑암성에서 지냈던 때를 언급한다는 것을 알았다.

"그리고 다른 곳도, 저는 변화를 잘 모르겠습니다."

"그대는 자주 보니 모르겠지. 아마 나는 가서 보면 놀랄 거요."

"보러 오십시오."

황제가 잠시 아무 말이 없다가 훗, 웃었다.

"내가 관심을 두지 않는 게 공국령을 돕는 일이오. 내가 망가뜨리는 것은 이 제국만으로도 충분하지 않겠소."

"폐하."

짧은 호칭 속에 안타까움이 담겼다.

"폐하의 탓이 아닙니다."

"내 탓이오."

"폐하."

"어머니도, 리먼 공도 결국은 전부 다 내 부덕이오."

"지금이라도 바로잡으실 수 있습니다."

황제는 대답 대신 한숨만 내쉬었다.

"폐하께서는 신목에 꽃을 피우시지 않았습니까. 당신은 신의 축복을 받았습니다."

─뭐?

시에나는 비명에 가까운 소리를 질렀다.

황실에 내려오는 전설이 있다. 새 황제가 즉위하여 신목의 관을 처음 쓰고 즉위식을 치르는 날, 신께서 굽어보시어 황제의 자질을 살핀다. 성군이 될 황제가 관을 쓰면 신께서 축복하여 신목에 꽃을 피워 널리 알린다고 했다.

시에나의 아버지, 현 황제의 즉위 때 꽃은 피지 않았다. 조부 때도 피지 않았다. 마지막 기록은 위로 6대를 거슬러 올라가야 하니 지금은 거의 전설로만 남았다.

─내가…… 신목의 꽃을 피웠다고?

감각을 느낄 수 없는데도 소름이 돋는 착각이 들었다.

시에나는 눈을 떴다. 멍하게 천장을 바라보던 그녀는 손을 가슴에 얹었다. 심장이 쿵쿵 뛰는 소리가 귀에 들리는 것 같았다.

＊　　　＊　　　＊

쿤은 소파에 앉아 뻑뻑한 눈을 두 손으로 꾹 눌렀다. 창으로 희뿌연 새벽빛이 새어 들어왔다. 머리가 묵직했다. 생각이 많아 밤새 거의 잠을 이루지 못했다.

어제 배에서 내려 곧장 상회로 갔다. 그리고 레반한테 좀 더 자세한 이야기를 들었다.

　「철왕이 황제를 뵈러 가면서 노인을 동행했다고 합니다. 관리
　는 아니었고 전에 본 적이 없는 인물이라고 했습니다. 그리고 그날
　은 그분이 입궁한 날이었습니다.」

태양궁에 포섭해 둔 간자가 알린 소식을 레반이 전했다. 간자는 제프리를 알아보지 못했을 것이다.

그자는 쿤의 수하가 아닐뿐더러 수하 중에서도 제프리의 얼굴을 아는 자는 손에 꼽혔다. 철저한 보안과 안전을 위해서였다.

'이렇게 유용하게 써먹을 줄은 몰랐군.'

쿤은 피식 웃으며 눈을 문지르던 손을 뗐다.

태양궁에 심은 간자는 중요도 등급을 매기자면 밑바닥 급이었다. 태양궁에 내 사람을 심는 것은 아주 위험한 작업이라 시도조차 하지 않았다. 그저 동태만 살필 의도로 말단 궁인과 관리 몇을 포섭했다.

그들은 자신들이 첩자라는 자각도 없을 것이다. 국가 기밀을 훔

쳐 오라는 것도 아니고 그저 오다가다 본 것만 말해 주면 하는 일에 비해 후한 보상을 받을 뿐이니까.

이 뒷공작을 디안은 모른다. 디안을 감시할 목적은 아니니 굳이 말하지 않았다. 그런데 결과적으로는 감시한 셈이 되었다.

디안이 자신의 행적을 지켜본 자가 있다는 사실을, 그자의 눈을 통해 쿤이 봤다는 사실을 알게 되면 어떻게 반응할까. 배신감을 느낄까?

'어차피 디안도 나도. 서로에게 모든 것을 열지 않아.'

두 사람의 동맹은 강하면서 약했다. 서로의 의견이 맞고 같은 방향으로 가면 친구가 될 수 있으나 언제든 깨질 수도 있다.

쿤의 마음에는 저울이 있었다. 저울의 끝에 디안이 올라서 있다. 쿤은 그 반대편에 무게 추를 올려 절대 디안의 방향으로 기울어지지 않도록 조절했다. 쿤은 디안보다 일족이, 자신의 사명이 훨씬 중요했다.

그런데.

쿤은 한숨을 쉬며 두 손으로 머리를 감싸 쥐었다.

그의 마음에 또 하나의 저울이 생겼다. 저울의 끝에 시에나가 올라가 있다. 저울은 완전히 균형을 잃었다. 점점 더 그녀 쪽으로 기울었다.

그 여자보다 일족과 자신의 사명이 훨씬 중요하다고 자신 있게 말 못 하겠다. 그의 고뇌는 깊어지고 날이 갈수록 답은 더 보이지 않았다.

"쿤."

문을 두드리는 소리와 작은 부름이 들렸다. 쿤이 고개를 들어 문을 쳐다봤다. 문이 조용히 열리며 두 사람이 안으로 들어왔다. 두 사람 중 앞서 들어온 자, 레반이 쿤을 보며 말했다.

　"벌써 일어나 계셨군요. ……설마 안 주무셨습니까?"

　쿤은 말없이 와서 앉으라고 손짓했다. 레반과 자세가 구부정한 청년이 함께 맞은편에 앉았다.

　"안톤. 내게 줄 것이 있다며?"

　"예, 예. 쿠, 쿤."

　안톤이 주섬주섬 품을 뒤져 둘둘 만 종이를 꺼냈다. 안톤은 일족 내에서 대단한 지위를 가진 것은 아니지만, 특권이 있었다. 어떤 임무를 맡든 반드시 쿤을 만나 직접 보고했다.

　"그, 그분의 옷 시중을 들 때…… 허, 허리춤에……."

　더듬더듬 고하는 안톤의 보고는 장황하고 알아듣기 어려웠다. 명료한 정리를 좋아하는 레반은 곁에서 듣자니 속이 터질 지경이었다. 싫은 내색 전혀 없이 신중하게 귀를 기울이는 쿤이 대단해 보였다.

　레반이 생각하는 쿤의 가장 큰 장점이었다. 쿤은 사람을 진심으로 대했다.

　'그래서 쿤이 인복이 많은가.'

　안톤은 쓰임새를 알 수 없으나 특이한 능력을 지닌 인재를 모을 때 발탁되었다. 소심한 버릇과 말 더듬는 습관 때문에 안톤이 자원했을 때 주변의 비웃음을 샀다. 누구도 안톤이 그런 대단한 능력이 있다고 짐작하지 못했다.

쿤은 모든 자원자를 면접하며 대화를 나눴다. 안톤의 면접 날은 마침 레반이 보조로 도왔다.

레반은 심하게 말을 더듬으며 두서없는 자기소개를 하는 안톤을 쫓아내려 했다. 할 줄 아는 일이 뭐냐고 물어도 딴소리만 했다.

하지만 쿤이 계속 대화하겠다고 하니 레반은 속으로 구시렁거릴 수밖에 없었다.

그날 안톤은 무려 한 시간이나 떠들었다. 실컷 말하고 나서는 울음을 터뜨렸다. 누구도 안톤의 말을 그렇게 들어 준 사람이 없었다. 그리고 그날 이후 안톤은 쿤의 신봉자가 되었다.

"……베개 미, 밑에 넣고 주, 주무셨습니다. 그래서…….."

안톤의 상황 설명은 아주 오래 걸렸다. 결론은 여행에서 돌아온 제프리가 한시도 몸에서 떼놓지 않는 가죽 주머니가 있었고 예리한 눈썰미의 안톤이 눈치챘다.

제프리는 입궁 전날 목욕할 때, 어쩔 수 없이 단 한 번만 그 비밀스러운 물건을 소지하지 않았다. 책장 사이에 교묘히 숨겨 둔 것을 안톤이 찾아냈다.

안톤은 발견한 서신 여러 장을 빠르게 펼쳐 눈으로 기억했다. 그 후 외운 내용을 옮겨 적었다. 안톤이 가져온 종이 뭉치가 그것이었다.

쿤이 종이를 펼쳤다. 인상적인 부분을 발견했다. 서신의 끝에 찍힌 인장은 안톤이 본 대로 그린 것이라 아주 정확하지는 않지만, 알아볼 수 있었다. 복잡하게 얽힌 나뭇가지 형태의 인장. 신목을 상징하는 황제의 직인이다.

"수고가 많았다. 안톤. 이 일은 내가 잊지 않고 포상하겠다. 네 공이 정말 크다."

안톤이 헤벌쭉 웃으며 기뻐했다. 안톤을 내보내고 남아 있는 레반에게 쿤은 종이를 보여 주었다. 레반이 받아서 살펴보더니 고개를 갸웃했다.

"제국어가 아닌데요."

"이건 제국의 고어야. 사라진 언어지."

"고어요? 어떻게 아셨습니까? 읽을 줄 아십니까?"

"단어 한두 개만 알아. 해석해 와라. 이것을 우선순위에 두고 처리하도록. 나가는 길에 발터 들어오라고 해."

"예, 쿤."

잠시 후 발터가 들어왔다.

"입궁해야겠다. 황제 폐하를 뵈러 갈 거니까 준비해."

"예, 쿤."

       *   *   *

시에나가 시녀의 시중을 받아 옷을 갈아입는 동안 베스가 이동의자 바퀴를 손으로 잡아 돌리며 시에나의 주변을 왔다 갔다 움직였다.

"마음에 드시오?"

"예, 전하. 정말 신기한 물건입니다. 이것만 있으면 저 홀로 황궁에서 집까지 갈 수 있겠습니다."

과장 섞인 농담이겠지만, 시에나는 염려가 되어 말했다.

"손목에 무리가 가지 않도록 조심하시오. 시중드는 이는 항상 데리고 다니시오."

"예, 전하."

베스가 다시 바퀴를 돌려 움직였다. 신기한 장난감을 얻은 아이처럼 신나 보였다. 시에나는 선물한 사람으로서 흐뭇했다.

문을 열고 조용히 들어온 시녀가 시에나의 곁으로 쪼르르 다가와 고했다.

"전하. 스투스 경이 뵙기를 청합니다."

"집무실에서 만날 것이니 그쪽에서 기다리라고 해라."

"예, 전하."

시중을 마친 시녀들이 물러갔다.

시에나가 베스를 돌아보며 물었다.

"스투스 경이 언제 돌아왔소?"

"모르겠습니다. 그동안 입궁한 적이 없었습니다."

그렇다면 아마 시에나의 입궁 소식을 패트리샤를 통해 전해 들은 모양이다.

"내가 자리를 비운 사실을 누가 알고 있소?"

"대부분 모를 것으로 생각합니다."

시에나가 외부 활동을 거의 하지 않는 편이라고 해도 그건 사교 활동뿐 국정 전반적인 참여도는 높았다. 평소 자주 참관하는 회의에 계속 모습이 보이지 않으면 말이 나오기 마련이었다.

그런데도 그녀의 부재가 알려지지 않았다면 누군가 손을 쓴 것이고 그 사람이 누구일지 뻔했다.

시에나는 피식 웃었다.

"어머니는 어지간히 내 여행을 없던 일로 만들고 싶으신 것 같군."

'여행 자체의 문제가 아니라 동행한 사람이 쿤이기 때문이겠지.'

은왕이 라드 후작과 장기 여행을 다녀온 사실이 알려지면 두 사람 관계는 돌이키기 어려운 사이로 인식될 것이다. 아무리 제국의 풍속이 자유로워도 미혼 남녀의 동반 여행은 파격적이었다.

"전하. 저는 그 부분만큼은 적왕께서 잘하신 일이라고 생각합니다."

시에나는 대답 없이 웃었다. 그녀를 바라보는 베스의 안색이 흐려졌다.

어제 내색은 안 했으나 시에나를 보자마자 놀랐다. 황녀가 달라졌다. 시에나는 의식하지 못하는 듯하지만, 매일 아침저녁으로 봤던 베스는 한 달 만에 보니까 단번에 변화를 느꼈다.

베스의 소중한 아가씨가 여인이 되어 돌아왔다. 서서히 벌어지던 꽃망울이 활짝 피어 완숙한 아름다움을 뽐냈다. 사랑받고 사랑하는 여자의 행복이 느껴져서 뭐라 말할 수도 없었다.

"백작부인. 스투스 경에게 전해 주겠소? 내가 폐하를 뵈러 먼저 태양궁에 다녀올 것이니 기다리라고."

"예, 전하."

시에나는 태양궁 복도에서 맞은 편에서 오던 쿤과 마주쳤다. 두 사람은 잠시 멈칫했다. 쿤이 먼저 정중히 인사했다.

"라드 후. 폐하를 뵙고 나오는 길이오?"

"예, 전하. 보고 겸 귀환 인사를 드렸습니다."

어제까지 두 사람은 누구보다 가까운 사이였지만, 지금은 지켜야 하는 선이 있었다. 쿤이 공과 사를 구별할 줄 모르는 사내였다면 시에나는 그를 마음에 담지 않았을 것이다.

그런데 시에나는 거리를 두고 서 있는 쿤을 보며 아쉬움을 느꼈다. 아직 여행의 여운이 남았다. 그의 품에 꼭 끌어안겼을 때 느꼈던 아늑함이 그리웠다.

그녀를 안아 준 유일한 남자, 그리고 앞으로도 유일하고 싶은 남자.

시에나는 그의 곁을 지나치면서 걷는 속도를 줄였다. 그녀의 손이 쿤의 손가락 하나를 살짝 쥐었다가 놓았다.

쿤이 화들짝 놀라 돌아보았다. 흔들리는 눈으로 멀어지는 그녀의 뒷모습을 응시했다. 하염없이 바라보던 쿤은 또다시 놀랐다. 그대로 가 버릴 줄 알았던 그녀가 살짝 고개를 돌렸다. 자신과 눈이 마주쳤다가 다시 몸을 돌려 걸어갔다.

그의 심장이 요란하게 뛰었다. 심장에서 뿜어내는 피가 빠르게 퍼지면서 온몸이 뜨거워졌다. 당장 쫓아 달려가 그녀를 품 안에 가두고 싶었다.

'도대체 나더러 어쩌라는 거야.'

자신을 둘러싼 상황이 원망스러웠다. 속이 타들어 간다. 이제 겨우 그녀가 제대로 돌아봐 주기 시작했는데.

앞으로 나아갈 수도 뒤로 물러설 수도 없다. 옴짝달싹할 수 없는 덫에 걸렸다.

시에나는 뜻하지 않게 그를 만나서 기분이 좋았다. 그녀의 입가에 슬며시 미소가 올라왔다. 그녀는 황제의 서재 앞에서 표정을 관리했다. 고하러 들어간 시종이 다시 나와 고개를 숙였다.

"안으로 드시옵소서, 전하."

시에나는 서재로 들어갔다. 황제는 소파에 앉아 있고 소파 테이블 위에는 황제의 승인을 기다리는 서류가 가득 쌓였다.

"인사 올리옵니다. 폐하."

황제는 서류를 손에 들어 읽다가 시선을 들었다.

"어쩐 일이냐."

"어제 다녀왔다는 인사를 드리면서 미처 말씀 올리지 못한 일이 있었습니다."

"길어질 이야기냐?"

"예. 여의치 않으시면 나중에 다시 찾아뵙겠습니다."

황제가 서류를 내려놓았다.

"다급한 일은 없구나. 말해 보라."

시에나는 숨을 한번 가다듬고 말하기 시작했다. 주된 내용은 블레스 공작령으로 오가는 여정 동안 목격한 고리대업자들의 전횡과 그들의 배후에서 방관하거나 동조하는 각 지역 영주들의 무책임함을 성토하는 내용이었다.

쿤은 당장 손쓸 방법이 없으며 수십 년 동안 꾸준히 일관적인 정책으로 개선해야 한다고 말했다. 지도자의 강력한 의지가 중요하다고 했다. 시에나도 그의 의견에 동의했다.

그래도 황제께서 백성들의 피폐한 생활상을 조금이라도 알아주시기를 바랐다.

시에나가 말을 마치자 황제가 근엄하게 고개를 끄덕였다.

"여행이 헛되지 않았구나. 보고 느낀 것이 그만하면 시간 낭비는 아니다."

시에나는 황제의 표정에서 감흥을 발견하지 못했다. 본디 감정을 잘 드러내는 분은 아니지만, 황제에게 생소한 이야기는 아닌 것 같았다.

'하긴, 폐하께서 제국의 사정을 모르실 리가 없지.'

시에나는 안도하는 한편으로 의아했다. 왜 폐하께서는 알면서 내버려 두는 것일까.

"폐하. 감히 고견을 청하옵니다. 폐하께서 제게 일임하신 봉토에서도 같은 일이 일어나고 있는지는 아직 확인하지 못하였으나 만약 그러하다면 제가 어찌해야 하옵니까?"

황제는 턱을 쓸며 잠시 침묵하다가 말했다.

"은왕."

"예, 폐하."

"봉토의 일에 지나치게 매일 필요 없다."

시에나가 놀라 고개를 들었다.

"네가 모든 것을 할 수 있다고 자만하지 마라. 현실적으로도 가능하지 않다. 네가 백성의 삶을 어찌 다 간섭할 것이냐? 사람은 타고난 소임을 하면 될 뿐이다. 네가 할 일은 그런 소소한 것이 아니다."

"……예. 폐하."

서재에서 나오는 시에나의 얼굴에 표정이 없었다. 그녀는 덜덜 떨리는 두 손을 꽉 주먹 쥐었다. 어머니의 배신을 알았을 때도 이처럼 충격을 받지 않았다.

그녀를 지탱하던 거대한 기둥이 무너졌다. 완벽한 제국을 지배하는 황제는 처음부터 없었다. 지금껏 그녀가 만든 허상에 불과했다.

'소소한 것?'

반발심이 치밀었다. 황제는 제국의 백성들이 고리대업자에게 고통받고 평생 빚의 굴레에서 벗어나지 못해 비참하게 사는 삶은 그런 식으로 표현했다.

그런 밑바닥까지 살피는 것은 황제로서 할 일이 아니라고 정의했다. 고리대업자의 횡포를 몰라서 대처하지 못한 게 아니라 간섭할 일이 아니라고 생각한 것이었다.

　　「블레스 공작이 황제였다면 제국은 지금보다 훨씬 좋은 모습이
　　었을 거라고 생각해.」

쿤이 한 말이 맞았다. 다수 백성이 고통받는 나라라니. 제국은 모든 것이 잘못되었다.

'철왕의 의견은 어떨까.'

다음 황제에 오를 사람의 생각이 중요했다. 현 황제의 치세는 얼마 남지 않았으니까.

시에나의 발걸음이 빨라졌다. 그녀는 태양궁을 나와 철왕궁으로 방향을 틀었다.

시에나가 철왕궁에 갔을 때 이미 선객이 있었다. 아까 태양궁에서 마주쳤던 쿤이 소파에서 일어났다. 디안이 히죽 웃으며 인사를 건넸다.

"두 사람, 미리 약속하고 온 겁니까?"

시에나는 흥분한 마음을 가라앉혔다. 급한 마음에 갑자기 찾아오는 실례를 저질렀다. 지금은 낮 휴식 시간도 아니었다.

"내가 방해했군요. 나중에 오겠습니다."

"아니에요. 괜찮아요. 라드 후는 오랜만에 인사차 온 거예요."

디안이 손을 내저으며 쿤을 쳐다봤다. 쿤은 고개를 끄덕였다.

"은왕 전하께서 용무가 있으신 듯하니 제가 물러가겠습니다."

"그럴 필요 없소. 함께 들어도 괜찮소."

시에나가 다가오자 디안이 일어나서 쿤의 옆자리로 옮겨 갔다. 시에나가 소파에 앉은 후 쿤도 다시 앉았다.

"철왕. 시종이 안에 손님이 계시다는 말을 않더군요."

"아, 그건 내가 따로 말하지 않는 한 찾아오면 무조건 안으로 모시라는 손님이 셋이 있었거든요. 비올렛은 이제 손님이 아니니까 제외하고 남은 둘은 라드 후, 그리고 은왕이요."

시에나는 '감사한 말씀이군요.'라고 짧게 응대했다. 달콤한 차를 마신 것처럼 기분이 부드럽게 풀어졌다.

왜 철왕이 경계심 많은 귀족들과 스스럼없이 잘 어울릴 수 있는지 알 것 같았다. 디안의 호의는 다른 속셈이 없는, 아이의 미소처럼 순수한 호의로 느껴졌다.

"내가 모른 척해 봤자 가식적으로만 보일 테고. 어차피 은왕도 내가 안다고 생각하지요? 두 사람 같이 여행 다녀온 거요."

시에나가 고개를 끄덕였다.

"여행은 즐거웠어요?"

디안의 눈이 호기심으로 반짝거렸다. 쿤을 찔러 봤자 얘기해 주지 않을 테니 은왕을 공략할 셈이었다.

"즐거웠어요."

"가는 데에만 열흘이 넘게 걸린다던데. 지루하지 않았나요?"

"배 여행도 마차 여행도 다 좋았어요."

시에나가 순순히 대답하자 디안이 표정이 짓궂어졌다.

"가장 지루해야 할 시간이 좋았다니. 둘만의 시간을 아주 의미 깊게 보낸 것 같네요."

"네. 철왕께서 철왕비와 좋은 시간을 보낸 것처럼요."

빙글거리던 디안의 표정이 굳었다. 시에나가 그런 식으로 받아치리라고는 예상도 못 한 일이라 디안은 머릿속이 멍했다.

'방금 뭐야? 무슨 뜻이지? 나와 비올렛처럼? 둘이 혹시? 에이, 설마.'

시에나는 태연히 찻잔을 입에 댔다. 쿤이 슬며시 고개를 돌리며 웃음을 삼켰다. 쿤이 보기에 오누이 사이의 서열은 완전히 자리잡혔다. 그녀는 언제나 디안의 머리 위에 있었다.

"철왕. 블레스 공작령으로 가는 중에 들른 폐하의 직할령에서 눈살이 찌푸려질 만한 일을 봤어요."

시에나는 아까 황제 앞에서 했던 긴 이야기를 요약해서 말했다.

"내 봉토는 어떤지 아직 확인하지 못했습니다. 철왕의 봉토는 어떤가요? 좋은 해결책을 알고 있다면 조언을 듣고 싶어요."

시에나의 이야기를 들으며 디안의 표정은 점점 진지해졌다.

"으음. 폐하의 직할령에서마저 그 지경이라니. 그건 미처 몰랐군요."

'몰랐다고?'

시에나의 시선이 잠깐 쿤을 향했다가 돌아갔다.

'역시 내 짐작대로인가.'

쿤과 디안은 모든 정보를 공유하는 관계가 아닌 듯하다.

"은왕의 말을 듣고 보니 나도 봉토의 사정을 더 자세히 알아봐야겠네요. 고리대가 무조건 나쁜 건 아니에요."

시에나는 고개를 끄덕였다.

"높은 이율로 착취하는 것이 문제이지요."

"맞아요. 그럼 징수법 조항을 활용하면 어떨까 싶은데……."

"징수법이요?"

"말 나온 김에 살펴볼까요?"

디안은 시종에게 일러 집무실에 있는 법전을 가져오라고 지시했다. 잠시 후 시종이 가져온 법전을 받아 펼쳤다.

"여기 이 조항이요."

시에나는 디안이 알려 준 조항을 읽었다. 그 조항은 세금을 내지 못한 자가 일정한 말미를 얻어 미루어 낼 때 이자를 붙여 내도록 규정했다. 그런데 조항이 참 애매해서 모든 이자를 제한하는 데 비틀어 적용할 수 있었다.

"이런 조항을 어떻게 알았어요?"

시에나는 평소에 법 공부를 열심히 한다고 자부했다. 그런데 이 조항은 처음 봤다.

제후와 혼인한 신족은 계승권을 박탈한다는 규정 역시 사문화된 조항이었다. 꿈속 미래에서 그 조항을 적용해 자신과 쿤을 결혼시킨 사람이 철왕이다.

"내가 책 읽기는 그다지 좋아하지 않는데 법전은 재밌더라고요. 그리고 제대로 이용하면 이것 하나만으로도 강력한 무기도 될 수 있고."

'아…… . 이게 철왕이 싸운 방식이었구나.'

시에나는 꿈속 미래에서 철왕이 얼마나 치열했을지 알 것 같다. 황제가 된 철왕에게는 힘이 없었고 자신을 공격하는 자들에게 맞설 방어막으로 법만큼 강한 명분은 없었을 것이다.

*   *   *

파티마는 한동안 외출하지 않고 메르제 백작 저의 자신의 방에서 꼼짝하지 않았다. 곧 은왕의 생일이 다가오는 터라 귀족들은 다가올 성대한 황궁 연회를 기대하며 대부분 모임을 뒤로 미뤘다. 소규모의 티파티만 이곳저곳에서 열렸지만, 그런 곳은 철저한 친목 위주라 파티마를 끼워 주지 않았다.

메르제 백작부인은 최근에 보석 경매에 푹 빠졌다. 마음 맞는 귀부인들과 어울려서 구경 다니느라 온종일 집에 없었다. 파티마를 전처럼 챙기지 못했다.

메르제 백작부인이 야속한 것은 아니었다. 혼자 조용한 시간을 보내는 동안 파티마는 왠지 서글픈 자신의 신세를 되돌아보게 되었다.

제국인들의 파티마에 대한 관심은 흥미 위주였다. 그들이 보기에 파티마는 이방인이고 울타리 바깥의 사람이었다. 처음에는 몰랐지만, 점점 보이지 않는 벽을 느꼈다.

파티마는 제국인들과 진정으로 마음을 트는 교류를 하기 위해서는 그들의 세계에 합류해야 한다는 사실을 깨달았다. 즉, 공주라는 이름을 버리고 제국인이 되어야 한다. 가장 좋은 방법은 제국인과의 결혼이었다.

그리고 파티마가 제국인과 혼인해서 자리를 잡기까지 도와줄 후원자가 꼭 필요했다.

　　「내가 공주를 도와주지. 그러니 그대도 나를 도와주게.」

얼마 전, 적왕을 만나 은밀한 제안을 받았다.

　　「공주. 그대가 라드 후작을 얻을 수 있도록 돕겠소.」
　　「……왜 저를 도와주려고 하십니까?」
　　「그대의 목적 달성이 곧 내게 도움이 되거든. 라드 후작을 연모

하는 공주의 마음을 알고 있다네. 나는 은왕의 곁에서 라드 후작
을 떼어 내고 싶고 그대는 연모하는 이를 얻고. 이것이야말로 양쪽
이 모두 만족할만한 거래가 아니겠는가.」

「제가 할 일이 있습니까?」

「있고말고. 공주의 도움이 가장 중요하다오.」

적왕의 계획을 듣고 파티마는 내심 놀랐다. 적왕의 말대로 파티
마가 계획의 핵심이었다. 더구나 희생도 상당했다.

'내 동의를 구하지 않은 상태에서 그런 계획부터 미리 짜 두다
니.'

목적을 위해 거리낌 없이 사람을 도구로 취급한다. 파티마는 비
슷한 사람을 알고 있었다.

부친의 첫 번째 부인, 레카.

사막 부족의 관습에서 첫 번째 부인의 위치는 막강했다. 남편이
죽은 후 정당한 계승자가 없으면 스스로 가주가 될 수도 있었다. 핏
줄이 아닌, 며느리 혹은 사위는 가주가 될 수 없는 제국과 달랐다.

더구나 레카는 신녀의 혈통이었다. 제국으로 치면 최고의 명문
가 출신인 셈이다.

일부다처가 관습이니 어느 부인에게 얻은 자식이건 원칙적으로
차별은 없다. 하지만 아마 레카가 아들을 낳았다면 그 아들이 반드
시 부친의 뒤를 이었을 것이다. 그러나 레카는 아이를 낳지 못했다.

제 배로 낳은 자식은 없으나 부친의 두 번째 부인이 낳은 아들을
양자로 들였고 그 양아들이 현재 가장 유력한 계승권자다.

레카는 아버지가 가장 사랑한 네 번째 아내에게서 태어난 파티마를 눈엣가시처럼 여겼다. 어릴 때부터 항상 등 뒤에서 지켜보는 눈이 있다고 느꼈다. 보이지 않는 손이 목을 조여 오는 공포는 겪지 않으면 모른다.

여자아이로 태어났으니 망정이니 사내였다면 진즉 레카의 음모에 휘말려 죽었을 것이다. 파티마가 야망을 품게 된 것도 레카 때문이었다. 살아남아야 하니까.

'은왕과 적왕. 기질이 참 다른 모녀야.'

은왕은 모략과 어울리지 않았다. 어떤 일이든 정면으로 부딪쳐 헤쳐나갈 것 같다.

한편으로는 아니꼬운 마음도 들었다. 은왕의 곧은 성정은 적왕이 만들어 준 것은 아닐까. 적왕이 딸의 그림자가 되어 온갖 더러운 일을 처리한 덕에 은왕은 양지바른 곳만 바라볼 수 있었던 것일지도 모른다.

'내가 적왕의 제안을 받아들이면. 그때도 은왕이 지금의 고고함을 지킬 수 있을까?'

심술궂은 마음 삐죽 솟았다. 파티마의 눈에서 음울한 빛이 번뜩였다가 이내 사라졌다.

'그래서 내게 남는 게 뭔가.'

은왕에게 한 맺힌 원한이 있는 것도 아닌데 이를 갈 이유가 없다. 은왕의 마음을 다치게 해 봤자 통쾌하지 않을 것이다. 감정적인 화풀이일 뿐 그건 승리가 아니다.

파티마는 박탈감을 느낄 정도로 은왕이 부러웠다. 파티마가 갖고 싶은 모든 것을 은왕은 이미 갖고 있으니까.

하지만 남의 불행이 내 행복으로 변한다고 믿지 않았다. 그런 패배자의 자격지심으로 지금껏 살아오지 않았다.

그래도 적왕의 제안은 달콤했다. 막막하던 참에 내밀어 준 손이었다.

그날 대답하지 않았다. 생각할 시간을 달라고 하니까 적왕의 표정이 잠시 굳었다. 잠깐이었지만 파티마는 계산이 어긋난 자의 낭패감이 엿보았다. 아마 제안을 넙죽 받아들일 줄 알았던 것 같다.

「그대의 의향을 확인하지 않고 서두른 내 실수로군. 은왕의 생
일 전까지는 답을 주시게. 공주. 올바른 결정을 내릴 것으로 기대
하리라.」

아마 더 오래전에 적왕이 제안했다면 받아들였을지도 모르겠다.

하지만 철왕의 결혼 축하연 날, 연회장으로 나란히 함께 입장하는 은왕과 라드 후작을 보고 깨달았다. 이미 두 사람 사이에 끼어들 자리는 없었다.

어릴 때 부친이 어머니를 바라보던 눈빛으로 라드 후작은 은왕을 바라보았다. 그건 억지로 빼앗을 수 있는 게 아니다.

레카는 부와 권력과 명예를 쥐었지만, 끝내 아버지의 애정 어린 눈빛만큼은 자신의 것으로 하지 못했다.

레카가 아무리 눈을 치켜뜨고 호령해도 파티마는 내심 아버지의 사랑을 받지 못한 레카를 향한 업신여기는 마음이 있었다. 파티마

는 남편 될 사람의 애정과 존중을 받고 싶었다. 레카의 삶은 파티마가 꿈꾸는 미래가 아니었다.

파티마는 그날 멀찍이 두 사람을 지켜보다가 일찍 연회장에서 나왔다. 상실감이 커서 연회를 즐길 마음이 들지 않았다. 그날을 떠올리자 파티마는 다시 입안이 씁쓸했다.

다음 날부터 은왕과 후작의 스캔들이 사교계에 폭발적으로 퍼져 나갔다. 어디를 가든 다 그 얘기뿐이었다. 의혹을 품은 사람도 꽤 있었다.

「세상일을 보이는 그대로 믿을 수야 있나요.」
「뭔가 뒷거래가 있을지도 모르죠.」

파티마는 이번에는 그들이 떠드는 말에 혹하지 않았다. 사막의 속담에 '미움은 감출 수 있으나 사랑은 감출 수 없다'라는 말이 있다. 이미 그 두 사람은 감출 수 없는 정도라고 생각했다.

"공주님."

하녀가 문을 두드리고 들어왔다.

"손님이 오셨습니다."

"손님? 누구?"

갑자기 찾아올 손님으로 떠오르는 사람이 없었다.

"연합국에서 오셨다고 합니다. 유단이 찾아왔다고 말씀 올리면 아실 거라고 했습니다."

파티마의 안색이 굳었다. 곧바로 하녀에게 손님을 모셔 오라고 지시했다. 이십 대 청년이 안으로 들어왔다. 파티마는 하녀를 내보내고 둘만 남았다.

"오랜만이다. 잘 지낸 것 같네."

유단이 파티마의 차림새를 훑어보며 말했다. 파티마는 오랜만에 사막 전통 복장을 입은 이국적 외모의 고국 사람을 보니까 갑자기 꿈에서 깬 것 같아 얼떨떨했다.

"그래. 오랜만이야."

유단은 파티마의 이복형제였다. 하지만 정식 혼인으로 태어나지 않은, 혼외자였다. 그래서 부친의 후계자가 될 자격이 없었다.

제국은 혼외자도 가문의 후계자가 될 수 있지만, 사막은 아예 불가능했다. 공식적인 자리에서 유단은 파티마에게 말을 놓을 수도 없었다.

어릴 때 파티마는 죽을 뻔한 유단을 구해 준 적이 있었다. 그 이후로 유단은 파티마의 사람이 되었다.

"여기까지 어쩐 일이야?"

"데리러 왔어."

파티마가 주먹을 꽉 쥐었다.

"아버지께 무슨 일이 생겼구나."

"아직은 아니지만, 조만간 확실해."

유단이 간략히 국왕의 상태를 설명했다. 처음 앓아누웠을 때는 가벼운 병으로 생각했고 의원들의 진단도 심각하지 않았다. 하지만 나날이 병이 깊어져 의식을 잃는 횟수가 잦아졌다.

"큰 마님, 아니 이제는 일왕비라고 해야겠지. 그쪽 움직임이 아주 부산해. 본격적으로 왕위 계승을 준비하기 시작했어. 저러다 왕이 덜컥 죽으면 일왕비가 널 데리러 사람을 보낼 텐데 지금 나와 돌아가는 편이 나을 거야."

파티마가 한참의 침묵 끝에 중얼거렸다.

"……돌아가 봤자 내가 뭘 할 수 있다고."

의지와 상관없이 억지로 결혼해야 할 것이다. 레카가 좋은 혼처를 잡아 줄 리가 없었다. 이미 아내가 한둘 있는 중늙은이에게 시집보내겠지.

그래서 아버지가 건재하실 때 라드 후작의 마음을 잡으려 한 것이었다. 지금 파티마에게는 돌아가서 싸울 수 있는 무기가 전혀 없었다.

"유단. 내가…… 제국에서 계속 살 거라고 하면."

물끄러미 파티마를 바라보던 유단이 어깨를 으쓱했다.

"그런 방법도 있지. 좋을 대로 해."

"너도 여기서 살래?"

유단이 고개를 저었다.

"이러니저러니 해도 나는 아는 사람들이 사는 내 고향이 좋아. 여기서는 결국 손님일 뿐이니까."

"그래……."

평생 이방인으로 살 것인가. 한 치 앞도 내다볼 수 없는 고국으로 돌아갈 것인가.

어느 쪽을 택해도 아쉬움은 남을 것이다.

　시에나는 디안과 법 조항을 놓고 토론하던 중 뒤늦게 방치한 스투스가 생각났다. 지금껏 기다리고 있을 것이다.

　"그만 가야겠습니다. 이 이야기는 나중에 천천히 다시 하지요."

　"그럽시다."

　"저도 가 보겠습니다."

　쿤이 일어났다.

　디안의 속을 떠볼 생각으로 왔지만, 오늘은 심각할 이야기를 나눌 분위기가 아닌 것 같다.

　"잘 됐군요. 라드 후. 은왕을 궁까지 모셔다드리시오."

　"예, 전하."

　두 사람이 함께 나가는 뒷모습을 보며 디안이 흡족하게 웃었다. 참 잘 어울린다. 물론 은왕에 비하면 쿤이 한참 모자란다고 생각하지만, 또 저만한 녀석은 찾아보려면 없으니까.

　"에휴."

　두 사람이 완전히 나가고 난 후 디안은 소파에 기대 한숨을 내쉬었다.

　'마침 은왕이 와서 다행이야.'

　쿤에게 외숙의 행적을 사실대로 말하자니 내키지 않고 거짓말도 하고 싶지 않았다.

　'외숙과 제대로 얘기해 봐야겠어. 도대체 무슨 생각이신지.'

　외숙의 속내를 확실히 알아낸 후 쿤과 얘기를 나눠야겠다. 가슴이 답답했다. 예감이 좋지 않았다. 외숙과 쿤. 두 사람 모두 만족할 만한 답이 없을 것 같다.

시에나와 쿤이 나란히 함께 걷는 모습이 지나가던 궁인들의 눈길을 끌었다. 그들은 고개를 숙이고 얌전한 태도로 두 사람 곁을 지나친 후 멀찍이 떨어진 곳에서 저들끼리 수군거렸다.

"시에나. 당장 궁으로 돌아가야 해?"

"일정이 있긴 한데…… 왜?"

"당신과 좀 걷고 싶어서. 핑계가 너무 하잘것없나?"

시에나는 흐릿하게 웃는 그의 표정이 피곤해 보인다고 생각했다. 돌아오는 배 안에서도 고민이 많아 보였는데 안 좋은 일이라도 있는 걸까. 함께 걷는 것 정도로 위로를 줄 수 있다면 기꺼이 해 주고 싶었다.

시에나는 멀리서 따라오는 시녀들을 손짓해서 불렀다.

"너희 먼저 궁으로 돌아가라. 가서 스투스 경에게 오후에 다시 오라고 전해라."

"예, 전하."

멀어지는 시녀들을 보며 쿤이 물었다.

"스투스. 당신이 조사를 부탁한 그 자인가?"

"맞아."

"얼마나 진행되었는지 확인해야겠네. 지금쯤이면 성과가 있을 텐데. 두 달이 넘었지, 아마."

"응. 그쯤 됐어."

두 사람은 정원 쪽으로 방향을 잡아 걷기 시작했다. 산책하기 좋은 봄 날씨였다. 적당한 햇빛과 부드러운 바람이 포근했다.

날씨가 좋은 덕분에 평소에는 마차를 타고 깊은 안쪽까지 들어오는 귀부인들이 오늘은 멀리서부터 수다 꽃을 피우며 걸어 들어왔다. 그들은 적왕의 티파티에 참석하는 손님들이었다.

"어머, 저기."

"은왕 전하와 라드 후작님 아니에요?"

거리는 제법 멀었지만, 두 사람을 알아보기에는 충분했다.

"어제 화이트칩이 부두에 정박했다더니. 라드 후작님이 돌아오자마자 은왕 전하를 뵈러 왔나 봐요. 로맨틱해라."

"두 분, 정말 좋아 보이네요."

"그런데 적왕께서 딱히 별말씀이 없는 것을 보면 저 두 분을 그저 지켜보실 생각인 걸까요?"

귀부인들은 두 사람의 모습이 작은 점으로 멀어질 때까지 그 자리에 서서 수다를 떨었다. 소문을 몰고 다니는 귀부인들의 수다가 패트리샤의 귀에 들어가지 않을 리 없었다.

그리고 꼭 눈치 없이 떠들기 좋아하는 사람이 한둘은 있기 마련이었다. 한창 분위기가 무르익었을 때 귀부인 한 명이 패트리샤에게 말했다.

"적왕. 든든한 사위를 얻으시겠어요. 라드 후작의 재력이 능히 나라를 살 정도라고 하던걸요."

그 말에 응대해서 맞장구치는 여자들이 호들갑스럽게 떠들었다. 몇몇 사람은 패트리샤의 눈치를 살폈다.

"재력뿐인가요? 폐하의 신임도 받고 있지요. 잠깐 대화한 적 있
는데 참 점잖은 신사더군요."

"그런데 공작 가문 사람은 아니잖아요."

"후작이 공작가의 양자로 들어가면 되지 않나요? 아예 선례가 없
는 것도 아니고."

그러한 선례가 있기는 했다. 황족의 혼인적령기에 신분이 맞는
적당한 상대가 없으면 배우자감의 신분을 세탁했다. 하지만 그건
황족의 혼인이었지 황제의 배우자로서는 선례가 없었다.

찻잔을 든 패트리샤의 손가락에 힘이 들어갔다. 패트리샤는 절
대 사람이 많은 장소에서는 감정적인 모습을 드러내지 않았다. 채
신없는 행동이며 자신의 약점을 드러내는 꼴이라고 생각했다.

패트리샤가 떠드는 자들을 말없이 응시했다. 그들은 눈동자를
굴리며 얼른 찻잔을 들어 입에 물었다.

'한심한 것들.'

악의는 없으나 생각도 없다. 화낼 가치도 없었다. 여론을 만드는
일에 저런 머릿속이 텅 빈 가벼운 인사들도 필요하니 내버려 둘뿐
이다.

'은왕이 그자에게 더 깊은 감정을 품기 전에 반드시 둘을 떼어 놔
야 해. 내가 끼어들어 갈라놓으면 오히려 역효과가 나겠지. 은왕이
그놈에게 환멸을 느끼게 하는 방식이 최선이야.'

이만하면 충분히 시간을 줬다. 슬슬 파티마 공주의 답을 들을 때
가 되었다.

쿤이 물었다.

"당신은 왜 철왕에게 호의적이지?"

돌이켜 생각해 보면 지금과 같은 은왕과 철왕의 관계를 전에는 상상할 수 없었다. 은왕과 철왕, 두 사람은 모든 부분에서 완벽히 대척점에 있었다.

"철왕이 날 적대하지 않으니까. 난 그저 받는 대로 줄뿐이야."

어느새 두 사람은 정원의 깊은 곳까지 걸어 들어갔다. 지나가던 궁인들이 띄엄띄엄 보였다가 이제는 아예 인적이 없었다.

"당신은 철왕의 호의가 거짓이 아니라고 믿어?"

시에나는 질문의 의도를 살피려고 쿤을 쳐다보았다. 그의 표정에서 진심으로 의아해하는 빛을 읽었다.

"그쯤은 구별해. 내가 철왕의 속내까지 읽을 수는 없겠지. 그래도 나와 척지지 않으려는 마음은 알겠어."

"철왕은 당신이 지금껏 쌓아 올린 것들을 빼앗으려는 사람이야. 당신보다 부족한 사람이 당신이 마땅히 가져야 할 것을 차지하려고 해. 왜 화를 내지 않지? 왜 제지하지 않는 거야?"

걸음이 멈추었다. 시에나는 그의 혼란스러운 표정이 퍽 이상해 보였다. 그의 표정은 언제나 확신에 가득 차 있었고 매사에 자신감이 넘쳤다. 그래서 디안이 황제가 될 재목이 틀림없다고 믿기 때문에 디안을 돕는 거라고 생각했다. '당신보다 부족한 사람'이라는 표현이 의미심장하게 들렸다.

"당신이 할 말은 아닌 것 같은데."

쿤의 눈빛이 흔들렸다가 허탈하게 웃었다.

"……그건 그렇지."

그녀는 언제나 솔직했고 가끔은 그 솔직함이 아프게 그를 찔렀다.

"내가 딱히 다른 의도가 있어서 철왕을 맞상대해 주는 것은 아니고……."

"시에나. 난 그걸 의심하는 게 아니라."

"안쓰러워."

쿤이 미간을 찡그렸다.

"……안쓰러워? 누가?"

"철왕."

"철왕이?!"

쿤의 거의 소리치듯 되물었다. 그의 황당해하는 표정을 보며 시에나는 웃었다. 철왕을 보면 가슴이 묵직해졌던 감정이 무엇인지 확실히 깨달았다.

시에나는 현실의 철왕의 모습 위에 꿈속 대화 속에만 등장하는 철왕을 종종 겹쳐 보았다. 시간이 지날수록 점점 둘을 동일시하게 되었다.

정적의 공격에 시달리다가 젊은 나이에 생을 마친 황제, 법 조항을 들이밀며 싸워야 했던 힘없는 황제, 정적 세력의 중심에 있는 이복 누이를 증오하지도 못한 마음 약하고 외로웠던 황제.

꿈속의 시에나가 품은 고통스러운 죄책감이 현실의 시에나에게도 영향을 미쳤다. 초상화 한 장으로만 남은 그의 인생이 가여웠다.

"난 모든 것을 부족함 없이 누리며 살았지만, 철왕은 그러지 못했으니까. 빈민가에서도 지낸 적이 있다고 들었어."

"……연민이라."

쿤은 이해할 듯 말 듯 한 표정을 지었다.

"때로는 사랑보다 강력한 감정이 연민이야."

"그래?"

"내 어머니가 하신 말씀이지. 상대가 가여워 보이기 시작하면 뭐든 용서하게 된다고. 사랑의 끝은 연민이라고 하셨는데 그 말씀의 뜻은 아직 잘 모르겠어."

"당신의 어머니가 연민하던 대상은 누구였는데?"

쿤이 잠시 뜸을 들이다가 대답했다.

"내 아버지."

시에나가 쿡, 웃음을 터뜨렸다. 쿤이 한숨을 내쉬었다.

"철왕이 부럽다. 당신의 동정을 받다니."

시에나는 그에게 눈을 흘겼다. 쿤이 옆으로 돌아서면서 팔을 벌려 시에나를 끌어안았다.

"나도 불쌍하게 봐 줘."

"당신이 왜 불쌍해? 당신이 불쌍하면 이 세상에 불쌍하지 않을 사람이 없겠네."

"왜?"

"부족한 게 없잖아. 재물, 권력, 사람."

"난 그거 전부와 당신 하나를 바꾸라고 해도 바꿀 건데?"

"말은 잘하지."

"당신은 내게만 냉정해."

쿤이 투덜거리며 더욱 팔에 힘을 주어 그녀를 안았다. 옅은 그녀의 향기가 코끝을 스쳤다. 등 뒤를 감싸 안은 그녀의 팔이 흔들리는 자신을 꽉 붙들어 주는 것 같았다.

지금 심정으로는 그녀를 위해 무엇을 내놓아도 아깝지 않았다. 그녀가 바라는 것이면 별이라도 따다 주고 싶었다.

"정말 아무렇지 않아? 철왕이 황제가 되어도?"

"……아무렇지 않지는 않아."

아무렇지 않은 줄 알았다. 시에나는 철왕이 황제가 되는 것이 신의 뜻이라면 따라야 한다고 생각했다.

하지만 지난 꿈에서 미래의 자신이 신목의 꽃을 피웠다는 사실을 알게 된 후 그녀는 자신의 본심을 들여다볼 수 있었다. 분하고 억울했다. 왜 신께서는 자신에게 이토록 잔인하실까.

태어나서 지금까지 오직 황제가 되는 미래만 바라보며 살았다. 왜 이제 와서 그게 네 길이 아니라고 하시는가. 신목의 꽃을 피울 수 있는 내가 철왕보다 무엇이 부족해서.

꿈에서 깬 새벽녘, 그녀는 창가에 서서 아침을 밝히는 태양이 떠오르는 광경을 응시했다.

처음 보는 것도 아닌데 그 장관이 그녀의 마음 어딘가를 건드렸다. 왠지 얼키설키 엉켰던 속이 평안하게 정돈되었다. 욕심을 내려놓자고 마음먹은 그 짧은 순간이 자신의 인생관을 변화시키는 아주 중요한 전환점이 된 것 같았다.

"시에나."

쿤의 목소리가 속삭이듯 낮았다. 부르는 음성에 힘이 실렸다. 시에나는 알 수 없는 예감에 긴장했다.

"당신이 황제가 되기를 바란다면 내가……."

시에나가 그를 안았던 손을 풀고 그를 확 떠밀었다.

"뒷말은 듣지 않겠어."

"시에나."

"제국의 황제는 누가 밀어 올리고 끌어내릴 수 있는 자리가 아니야. 철왕이 황제가 되든 내가 되든 그것은 능력과 운이 하늘의 뜻과 일치했을 뿐이지, 당신이 황제로 만드는 게 아니라고. 착각하지 마."

"……."

"……."

침묵은 길었다. 두 사람의 시선이 맞부딪쳤다. 그녀의 선명한 황금색 눈동자를 바라보던 쿤이 먼저 시선을 돌렸다.

"그렇군. 내가 건방진 소리를 했네."

"쿤. 철왕과 무슨 일 있어?"

쿤의 손가락 끝이 움찔했다.

"두 사람 일에 내가 끼어들건 아니지만, 당신이 어떤 결정을 내리든 내가 걸림돌이 되지 않았으면 해."

쿤은 그녀를 물끄러미 바라보았다. 나름대로 지금껏 뚜렷한 주관을 갖고 살아왔다. 하지만 그녀에 비교하면 자신은 바람이 불 때마다 이리저리 흔들리는 갈대에 불과했다.

욕심 같아서는 그녀에게 '내가 어떻게 했으면 좋겠어?'라고 물어 답을 구하고 싶었다.

'그럴 수는 없지. 비겁하게.'

그녀가 쓸데없다고 말한 남자의 자존심을 오직 그녀의 앞에서는 포기할 수 없다. 답은 오롯이 스스로 찾아내고 결과에 대한 책임도 오직 혼자 짊어져야 한다.

"당신이 겨우 걸림돌일 리가 없잖아. 날 통째로 쥐고 흔들고 있다고."

쿤은 그녀가 농담으로 듣고 코웃음 칠까 봐 얼른 덧붙였다.

"진심이야. 당신만큼 내게 막강한 영향력을 행사하는 사람은 없어."

"알아."

시에나가 미소 지었다.

"당신도 날 쥐고 흔들고 있는걸."

그의 휘둥그레진 눈을 보며 시에나는 웃음을 터뜨렸다. 가끔 그가 멍청해 보일 정도로 빈틈 가득한 표정을 짓는 모습이 좋았다. 오직 자신만 볼 수 있을 테니까.

*　　*　　*

파티마는 오랜만에 입궁해 도서관에 들렀다. 그녀는 라드 후작이 돌아온 사실을 뒤늦게 전해 들었다. 후작이 오전 중에 이미 입궁했다가 출궁한 사실을 알고 아쉬웠다.

'후작님을 뵈려면 어찌해야 하지. 저택으로 찾아가야 하나. 아니면 만나 뵙자고 사람을 보내야 하나.'

다른 사심은 없었다. 말끔히 마음을 정리하지는 못했지만, 미련은 접었다. 파티마는 도움이 필요했고 생각나는 사람은 라드 후작뿐이었다.

나오는 길에 시녀가 다가와 말을 걸었다.

"공주님."

틀림없이 적왕이 보낸 시녀라고 생각했다. 은왕의 생일 연회가 며칠 남지 않았으니까.

'후작님을 만나 본 후에 적왕의 제안에 응할지 말지 결정할 수 있을 텐데.'

단호히 적왕을 내치기에는 현재 파티마의 처지가 막다른 골목이었다.

"은왕 전하께서 모셔 오라고 하셨습니다."

"은왕 전하?"

뜻밖의 인물이었다.

"자네 주인이 은왕 전하이시라고?"

"예, 공주님."

"무슨 일로 나를 찾으신다던가?"

"저는 모르옵니다."

"……."

"전하께서 이르시기를 공주님께 혹여 급한 다른 일이 있으시면 편하신 시간으로 약속을 받아 오라고 하셨습니다."

"……아닐세. 지금 뵈러 가지."

"예. 모시겠습니다."

파티마는 앞서 걷는 시녀의 뒤를 따라갔다. 무슨 일로 부르는지 몹시 궁금하고 한편으로 흥미로웠다.

시녀는 파티마를 응접실로 안내했다. 잠시 기다리시라는 말을 하고 물러갔다. 한참 앉혀 두고 사람 진을 빼놓으려는 속셈은 아닌가 의심했지만, 그리 오래 기다리지 않아 은왕이 안으로 들어왔다.

소파에 앉아 있던 파티마가 일어나 고개를 숙였다.

"인사 올립니다. 은왕 전하."

"어서 오시오. 약속 없이 그대를 급히 부르는 결례를 했소. 그대를 모욕할 의도는 없으니 부디 오해는 마시오."

"아니옵니다. 전하. 초대를 받은 제가 영광입니다."

두 사람은 듣기 좋은 말로 예의 바른 인사를 건네며 소파에 마주 앉았다.

"오랜만이오."

"예, 전하. 그간 평안하셨습니까?"

"늘 평안하오. 공주도 그간 평안하였소? 요즘은 어찌 지내시오?"

"외출하지 않은 지 오래되었습니다. 오늘 무척 오랜만에 입궁한 참이었습니다."

"그래서 철왕의 결혼 축하연에도 나오지 않은 거군."

그날 참석해서 나란히 입장하는 은왕과 후작을 봤지만, 파티마는 아무 말도 하지 않았다. 그날 두 분을 뵈었다, 잘 어울리신다, 입에 발린 말을 할 만큼 속이 없지는 않았다.

비록 외사랑이었으나 라드 후작은 파티마의 첫 연심이었다. 여전히 속이 쓰렸다. 아무렇지 않게 되려면 시간이 더 필요했다.

"제국 생활은 어떻소? 불편한 점은 없소?"

"하루하루가 새롭습니다. 제국의 앞선 문물에 항상 감탄합니다."

파티마는 판에 박힌 대사를 읊었다. 제국인들은 늘 그녀에게 제국이 어떠냐고 물었고 사막보다 선진화된 제국을 칭송하는 답을 듣고 싶어 했다.

'어서 본론을 말해.'

파티마는 은왕의 목적을 둘 중 하나로 짐작했다. 사막의 정세를 알고 싶어 하는 정치적 목적, 혹은 은왕 자신이 라드 후작과 공식 연인이 되었으니 너는 앞으로 행동거지를 조심하라는 경고.

"공주. 앞으로의 계획이 어찌 되오?"

"말씀의 뜻을 모르겠습니다."

"계속 제국에 머물 것인지, 고국으로 돌아갈 것인지를 묻는 거요."

파티마는 여상하게 미소 지었으나 속이 비틀렸다. 대놓고 떠나라는 소리를 들을 줄은 몰랐다.

"아직 결정하지 못했습니다. 지금 답을 드려야 합니까?"

"그대가 계속 제국에 머물 거라면 내가 공주를 후원하겠소."

파티마의 입매가 굳었다. 당황한 기색을 감추고 다시 생글생글 웃었다.

"전하. 따뜻한 배려에 감사드립니다. 지금도 저는 불편함 없이 잘 지내고 있습니다."

시에나가 훗, 웃으며 찻잔을 내려놓았다.

"딴소리하지 맙시다. 난 말 돌리는 건 좋아하지 않소. 그대가 제국에서 이만큼 지냈으니 후원한다는 말뜻을 알아듣지 못할 리가 없지 않은가."

파티마의 얼굴에서 미소가 걷혔다. 미심쩍은 표정으로 은왕의 진의를 확인했다.

"제 후원자가 되시겠다고요?"

"그렇소."

"후원자가 필요하면 라드 후작님께 부탁드리면 됩니다."

"물론 그래도 되겠지. 하지만 라드 후작과 나. 둘 중 하나를 택할 수 있다면 내가 낫지 않은가? 라드 후작은 제국인이 아닐뿐더러 미혼 남녀 사이의 후원 관계는 추문의 빌미가 될 뿐이오."

"제가 그 추문을 바란다고 생각하지는 않으십니까?"

이제 두 사람의 얼굴에는 형식적인 미소조차 없었다. 오고 가는 말투가 사납지는 않으나 분위기는 싸늘했다.

시에나는 파티마의 도발이 흥미로웠다. 자신의 앞에서 이 정도로 말대답하는 귀부인은 지금껏 없었다.

"그래서 그대는 사내 하나를 사이에 두고 나와 싸우겠다는 건가? 내가 그 싸움에서 질 것 같소?"

"……진정으로 전하께서는 사내를 차지하기 위해 저와 싸우실 수 있습니까?"

"나누어 가질 수 없는 보물을 원하는 자가 여럿이면 싸워야지."

파티마가 황망한 표정으로 시에나를 응시했다. 기가 막히면서도 라드 후작을 승리의 전리품처럼 말하는 은왕의 표현에 속이 뻥 뚫린 것처럼 시원했다. 풋, 튀어나오는 웃음을 파티마가 얼른 손으로 막았다. 비칠비칠 나오는 웃음을 참을 수가 없었다.

"소…… 송구합니다. 전하."

시에나는 파티마가 겨우겨우 호흡을 가다듬는 동안 별말 없이 기다렸다. 갑자기 웃음을 터트리는 주변 사람의 태도가 이번이 처음이 아니었다. 철왕이 그랬고, 블레스 공작도 그랬다. 그들처럼 파티마의 웃음 역시 악의나 조롱은 느껴지지 않았다.

"정말 제 후원자가 되어 주실 겁니까?"

"빈말이 아니오."

"어느 정도까지 지원해 주실 수 있습니까?"

"내가 도울 수 있는 거라면 무엇이든."

"저는 손님으로서 제국에 머물고 있습니다. 전하께서는 제가 제국에 남을 가능성을 크다고 생각하시는 듯합니다. 이유가 있습니까?"

"전해 들은 말이 있소. 고국에 돌아가면 그대의 처지가 곤란해진다지."

파티마는 비올렛에게 하소연했던 일이 기억났다. 괜한 소리를 했구나, 나중에 자책했었다.

"절 동정하십니까?"

"동정이라니. 우리가 그런 대단한 감정을 나눌 정도로 가깝진 않소."

"……그렇습니까?"

동정심을 강자가 약자에게 일방적으로 베푸는 시혜라고 생각하는 파티마는 시에나의 말에 숨은 뜻을 읽을 수 없었다.

"거래하자는 거요."

"그럼 제가 대가로 드릴 것이 있어야겠군요. 저는 아무것도 드릴 게 없습니다."

"내가 바라는 것은 그대의 안정적이고 독립적인 생활이오. 그대가 내 후원을 받아 제국에서 살겠다면 제국인이 되겠다는 의미겠지."

"제가 공주의 지위를 버리면 라드 후작님과의 끈도 사라지니까요. 절 후작님으로부터 떼어 놓고 싶다는 말씀이군요."

"그렇게 해석해도 무방하오."

파티마는 태연하게 고개를 끄덕이는 은왕이 다시 보였다. 은왕은 사랑과 질투 같은 인간의 속된 욕망 따위에 관심 없을 줄 알았다. 적당히 포장했을 뿐 결론은 '내 남자한테서 떨어져.'라는 말이다.

치정만큼 신분 고하를 가리지 않고 벌어지는 세속적인 싸움은 없을 것이다. 그리고 은왕과 같은 방식으로 문제를 해결하려는 자는 거의 없을 것이다.

"제가 전하의 후원을 받고 딴마음을 먹을 수도 있습니다."

"그럴 리 없소."

"……예?"

"그대가 말을 바꿀 사람은 아니지."

시에나는 확신에 차 말했다.

꿈속 미래에서 파티마는 쿤의 연인이었다.

스스로 한 약속조차 지키지 않는 형편없는 여자가 그 남자와 마음을 나누었을 리가 없다.

혼란스럽게 흔들리는 눈으로 시에나를 바라보던 파티마가 고개를 떨어뜨렸다. 배 속이 울렁거렸다.

'우습구나.'

처음으로 자신의 인격적인 완성을 인정해 준 사람이 짝사랑하는 남자를 빼앗은 상대라니.

은왕이 심리전을 펼친다는 의심은 들지 않았다. 은왕은 가식적인 말로 상대를 설득해야 하는 필요성을 느낀 적이 없으리라. 항상 강자의 위치에 있었을 테니까.

〈다음 권에서 계속〉